Impressum

Kay Jones
Token – The-Charlotte-Heynes-Saga
Herausgegeben von: Klarissa Klein, Postf. 1127, 59707 Arnsberg
November 2016
Copyright ©Klarissa Klein, 59701 Arnsberg, 2016
Coverfoto: Klarissa Klein
Klarissa Klein
EBooks sind **_nicht_** übertragbar! Es verstößt gegen das Urheberrecht, dieses Werk weiterzuverkaufen oder zu verschenken!

Herstellung und Verlag:
BoD - Books on Demand, Norderstedt
ISBN 978-3-7431-1656-6

Token

The Charlotte Heynes Saga

Kay Jones

London

Müde stütze ich mich am Waschbecken auf und halte meinen Kopf gesenkt. Sofort fällt meine dunkle Haarpracht herunter und verdeckt mein leichenblasses Gesicht, dessen kraftloser Schimmer noch durch dunkle Augenringe verstärkt wird. Mein Kopf summt; drei Nächte und Tage ohne Schlaf. Ich bin müde und ich kann es nicht mehr verbergen. Ich sehe auf, wische mir die Haare aus dem Gesicht, binde mir einen lockeren Zopf. Das Gesicht, das mir aus dem fleckigen Spiegel im Waschraum der Uni entgegensieht, hat entfernt Ähnlichkeit mit dem, das ich mal kannte. Das war es dann aber auch. Das gelbe, flackernde Licht im Waschraum der Uni, der so alt zu sein scheint wie die Gezeiten an sich, lässt meine Haut kränklich aussehen. Ich habe eh schon Probleme mein Aussehen zu akzeptieren, aber das hier ... macht mich richtig hässlich. Mein Gesicht hat Macken und ich wäre froh, sie nicht zu haben. Es sind keine Narben, nein. Es sind Muttermale. Nicht mal Sommersprossen. Nein: Es müssen Muttermale sein. Genervt tippe ich auf die drei kleinen Geburtsmale an meinem Kinn. Mit den Ringen unter den Augen, dem blassen, gelblichen Teints und den farblosen schmalen Lippen, sind diese Mistviecher noch deutlicher zu sehen als sonst. In meinem Kopf surrt es, ein gepflegter Tinnitus vermischt sich mit dem Pfeifen der defekten Neonröhren und dem Stimmgewirr, das aus dem Flur vor der Tür zu mir herüberschwappt. Es dröhnt, pfeift und hämmert in meinem Kopf. Diese drei kleinen Biester, die auf meinem Kinn prangen, tragen maßgeblich Schuld daran, dass ich nicht schlafen kann. Nicht schlafen darf, nicht schlafen will. Sie sind nicht nur aus kosmetischer Sicht hässlich und störend. Diese drei Male haben eine Bedeutung, um die mich niemand beneiden würde, wenn die Außenwelt erkennen könnte, worum es sich dabei handelt. Welches Ausmaß diese drei kleinen Male auf ihr Leben haben könnten. Immer wieder werde ich darauf angesprochen, dass ich diese Male trage. Wie hübsch diese doch seien und wie gut sie mir stehen würden. *Glaube, Liebe, Hoffnung.* Ab und an erkennt dann jemand, was und wer ich bin und warum ich diese Male trage. Und dann bin ich nicht mehr Charlotte Heynes. Dann bin ich jemand anderes. Jemand, der ich nicht sein will, der ich auch nicht sein kann. Aber interessiert es jemanden, was ich will?

Diese drei Male sind eine Auszeichnung. So wurde es mir gesagt, so soll ich es glauben. Sie tragen eine Geschichte in sich. Diese drei Male auf meinem Kinn. Meine Großmutter hat mir diese Geschichten erzählt. Seltsam, ja, aber Großmütter können solche Geschichten am besten erzählen. So als wären sie wahr. Großmutter erzählte mir von diesem einen Dorf und schon bei ihrer ersten Erzählung wusste ich, dass es dieses Dorf nicht geben konnte. In diesem Dorf am Fuße des Vulkans wurde schon seit Urzeiten auf diese kleinen Zeichen, die Mutter Natur den – den Gezeichneten - mitgab, geachtet. Die Neugeborenen wurden akribisch auf diese Male untersucht. Jeder Zentimeter Haut wurde unter die Lupe genommen, damit man die Ankunft der *anu* um Nichts in der Welt verpassen möge. Als könne ein Säugling die *anu* - die Übermutter - sein. Wer glaubt denn so was? Auch ich musste die Prozedur über mich ergehen lassen. Meine Großmutter erzählte mir davon. Sie erzählte mir, dass ich damit gar nicht einverstanden war und lauthals protestierte. Sie erzählte mir die Geschichte immer dann, wenn meine Eltern – die so gar kein Verständnis für diese Geschichte aufbringen wollten – nicht im Haus waren, sie auf mich aufpasste und wir mit Kakao und Keksen vor dem Kamin saßen. Und als ich klein war, liebte ich diese Geschichte. Bis zu dem Tag, an dem ich glaubte. Glaubte, gleich doppelt gezeichnet zu sein. Nicht nur die drei dunkelbraunen Male am Kinn, machten aus mir eine *arwydd;* später dann, als sich meine Augenfarbe zeigen sollte, wurde denen, die wussten, klar, dass ich mehr sein sollte und werden würde, und obwohl sie wussten, was ich sein würde, bereitete mich niemand

darauf vor. *Meine Großmutter starb. Meine Eltern verleugneten die Zeichen. Wie sehr habe ich mir später gewünscht, sie hätten es nicht getan. Wie sehr hätte ich in den folgenden Jahren ihren Zuspruch gebraucht und noch mehr ihre Hilfe, um das Wenige, was man hätte wissen können, zusammenzutragen. Warum sollten sie auch, es war doch nur eine Geschichte. Oder?* Es änderte aber nichts an der Tatsache, dass ich meine drei Male am Kinn und die wunderschönen, dunkelblauen Augen, welche die unendliche Tiefe eines Bergsees ins sich trugen, so sehr hasste, dass es schon an Selbstzerstörung grenzte. So war ich bis zu meinem zehnten Lebensjahr davon überzeugt, dass irgendwann ein Blitz über mir sein gespenstisches Licht ausbreiten würde und ich mit einer Krone auf dem Haupt über die Menschheit herrschen würde. Wie sehr habe ich später diese Fantasiewelt gehasst.
Natürlich war nichts von dem wahr. Nichts von alledem würde eintreffen. Ich war ein ganz normales Kind, das eben das Pech hatte mit besonders abergläubischen Menschen aufzuwachsen.

Trotzdem gab es Menschen, die daran glaubten. Weit entfernt, irgendwo auf dieser Welt. Nicht hier in der englischen Provinz, in der ich lebte. Es gab dieses Dorf, in welchem die Bewohner daran glaubten, dass es mich gab. Dass ich eine von ihnen, eine *arwydd* war. *Nur ich wusste nicht, dass es dieses Dorf gab. Für mich war das eine Geschichte, ein Märchen, das man Kindern vor dem Zubettgehen erzählte. Eine fantastische Reise in eine Welt, die es nicht mehr gab, nicht mehr geben durfte, die einfach nicht existierte.* Blaue Augen und drei Muttermale hätten mich in diesem Dorf zu einer Sensation gemacht. Viele der *arwydd* waren mit nur einem Mal versehen, erzählten sie sich. Ich hatte gleich zwei. Und wenn irgendjemand gewusst hätte, dass es eigentlich drei waren, wäre ich wie eine Königin behandelt worden. *Wenn diese Geschichte denn wahr gewesen wäre.* Trotzdem hatte ich dieses dritte Zeichen für mich behalten. Die Gemeinschaft des Dorfes, dass es nicht gab, wusste nicht, dass ich es mit mir trug. Meine Eltern wussten es nicht. Meine Großmutter wusste es nicht. Lange Zeit wusste ich es ebenfalls nicht. Ich wusste nicht, dass es so etwas überhaupt gab. Doch als es das erste Mal in Erscheinung trat, da wusste ich, dass ich es hassen würde. Denn es war wahr. Ich habe das *Dritte Auge*. Wenn ich in den Spiegel schaue, dann bin ich eine junge Frau mit rötlichem, sehr festem dichtem Haar. In meinem Gesicht sieht man zwei Augen, Brauen darüber, eine Nase und einen Mund. Meine Haut ist so blass, dass die dunkelblauen Augen beinahe schwarz erschienen, und ich immer so aussehe, als wäre ich gerade aus einem Fiebertraum aufgewacht. Meine Lippen sind schmal und von einem zarten Rosa. Nicht, dass sie irgendwann mal füllig waren. Aber durch das, was ich nach und nach erlebte, presste ich sie immer so fest zusammen, dass sie wie eine Linie wirkten. Ich möchte so gern wie die anderen Mädchen in meinem Semester sein. An die, die über mir sind, wage ich mich gar nicht. Kein Vergleich. Ich könnte einem Vergleich niemals standhalten. Aber wie schön wäre es, wenn ich mal auf Partys gehen würde. Jungs kennenlernen wäre auch mal toll, ab und an ein wenig fürs Studium pauken. Aber das bin ich nicht. Werde es auch nie sein, weil sich hinter meiner Stirn ein verfluchtes Geheimnis verbirgt. Ich habe Visionen. Visionen mit unterschiedlichen Stärken und Bedeutungen und ich vertuschte sie, indem ich Migräne vorschiebe. Mal zeigen sie mir Vergangenes, und wenn sie mich richtig quälen wollen, dann die Zukunft. Ich bin ein wandelndes Buch mit leeren Seiten. Wobei die Vergangenheit nicht das Schlimmste war. Die war vorbei. Sie war geschehen und ließ sich nicht mehr ändern. Die Zukunft ist es, die mir Kopfschmerzen bereitete. Im wahrsten Sinne des Wortes. Es ist schwer, in die Zukunft sehen zu können. Es ist fürchterlich das Schicksal der Menschen in meiner Umgebung bereits vor dessen Geschehen zu kennen, denn ich weiß nicht, ob es so eintrifft oder nur eine Fantasie ist. Wenn es passiert, also wenn ich eine diese Visionen habe, dann frage ich mich danach immer, ob diese Ältesten, die es ja nicht gab - also meiner Meinung nach nicht gab - auch nur den Hauch einer Ahnung von den Auswirkungen dieses dritten Zeichens auf mich und auf sie hatten. Diese Fantasie, die Vorstellung, dass es dieses Dorf und die Menschen, die wenigstens ein wenig von dem wussten, was ich sein sollte, die half mir manchmal darüber hinwegzukommen, dass ich anders war. Auch wenn es nur eine Vor-stellung war. Diese Gedanken machten meine Migräne erträglich. Erträglicher. Und wenn ich in den Jahren meiner Pubertät glaubte, ich wäre einem Ammenmärchen aufgesessen, wurde es mir an meinem achtzehnten Geburtstag schlagartig klar: Ich war anders. Ich war seltsam. Ich bin eine *arwydd*. Und das Beste, was ich tun konnte, war, diesen ganzen Mist zu verleugnen und zu ignorieren.

Langsam gehe ich durch die Gänge der Uni. Der Hörsaal für den Kurs „Englische Literatur des 17. und 18. Jahrhunderts" ist im alten Teil der Universität untergebracht. Angemessen untergebracht. Die Luft ist wie immer abgestanden und umhüllt uns Studenten mit der Geschichte aus zweihundert Jahren. Von Ehrfurcht erfüllt gehe ich bedächtig durch unsere heiligen Hallen, beobachtet von den großen Autoren meiner Muttersprache. Aber ich wirke wie ein Schlafwandler, als ich durch die Gänge schleiche, denn ich stoße mit anderen Studenten zusammen und lasse mich dann von der Masse treiben. Keine Ahnung, wie ich den Hörsaal erreiche, aber ich werfe meine Tasche auf die Bank, setze mich mit einem leisen Stöhnen und sucht nach meinem Heft. Es ist die letzte Vorlesung für diese Woche. Beinahe sehnsüchtig sehe ich hinunter auf das Podium. Leider gibt es nicht viel, das mir den Tag versüßen kann oder mich zumindest für zwei Stunden so weit aufrichten, dass ich nicht doch noch einschlafe. Aber auch das leiseste Flehen einer übermüdeten Studentin wird beizeiten erhört und so betritt die personifizierte Koffein-Tablette auf zwei Beinen schlechthin gerade das Auditorium. Der Dozent für englische Literatur gibt sich die Ehre und verdammt: Muss der heute so heiß aussehen? Professor Ashton Keyne. Seine verwaschenen Jeans sitzen so eng auf seinem Hintern, dass man glauben konnte, sie sind angegossen. Sein Hemd, das ein wenig weiter am Kragen geöffnet ist als bei der stickigen Luft hier im Saal notwendig, zeigt einen Ansatz buschiger dunkler Brusthaare. So dunkel wie die Locken auf seinem Kopf. Weich und duftig umschweben diese Locken ein sonnengebräuntes Gesicht, in dem die wunderbarsten hellblauen Augen, die ich je gesehen hab, von einem dichten ebenso dunklen Wimpernkranz, wie es sein Haar ist, umrandet liegen. Zu meiner Beruhigung stelle ich fest, dass der gesamte weibliche Teil der Studenten eher auf die Betrachtung des Professors aus ist, als auf die Analyse der englischen Literatur in der viktorianischen Epoche. So brauche ich kein schlechtes

Gewissen zu haben, als ich meinen Kopf auf die Hände stütze und vorgebe, als würde ich aufmerksam zuhören. *Ich bin so müde und erschöpft. Nur ein wenig vor mich hindämmern.* Vielleicht kann mein Hirn etwas Ruhe finden. Ruhe, die ich schmerzlich vermisse. Ach was: In den letzten drei Nächten und Tagen verpasst habe. Denn jedes Mal, wenn ich die Augen schloss, um zu schlafen, hat mich ein und derselbe Albtraum gequält und mich schreiend aufwachen ließen. Verschwitzt, heftig atmend und panisch sitze ich danach stundenlang auf meinem Bett und versuche, die grausamen Bilder, die durch die Schatten in meinem Zimmer noch verstärkt werden, aus meinem Kopf zu verscheuchen. Die alte und gewaltig große Kastanie vor meinem Fenster im Studentenheim, die durch die Laterne daneben gespenstig ausgeleuchtet wird, scheint mit ihren langen Armen nach mir zu greifen, noch bevor mich der Albtraum aus seinen Fängen entlässt. Vor Angst fast wahnsinnig versuche ich, mich aus meiner Bettdecke zu befreien, die sich während des Traums um meinen Hals gewickelt hat. Ich habe Halt gesucht und ihn in meinem Oberbett gefunden. Kurz darauf wache ich immer auf. Schreiend. Nur gut, dass ich ein Einzelzimmer im Studentenheim bewohne. Nach dieser Tortur hätte ich ungern jemandem erklären müssen, was mich da so gejagt hat. Dass ich träumte, dass dieses Dorf, das am Fuße eines inaktiven Vulkans lag, von diesem angeblich so ruhigen Berg verschlungen wurde. Dass es mit glühender Lava überschüttet wurde und die Menschen schreiend aus den Häusern liefen, um sich und ihre Habe in Sicherheit zu bringen. Aber es gab keine Sicherheit. Nicht in dieser Vision. Aus den Hängen des Berges quoll die heiße Glut unaufhaltsam in Richtung Tal und jeder, der sich auf den Straßen befand, wurde von dieser roten zähflüssigen Masse gegriffen und verschlungen. Der Schlund des Vulkans öffnete sich und verschlang alles, was sich in seiner Nähe befand. Steine, Menschen und Tiere, gingen augenblicklich in Flammen auf, wenn sie von der heißen zähflüssigen Masse erfasst wurden. Und das, hätte ich ungern einem meinen Kommilitonen erklären müssen.

Ich wische mir den Angstschweiß von der Stirn, der mir bei der Erinnerung an dieses schreckliche Erlebnis wie ein Wasserfall das Gesicht herunter läuft, während ich so tue, als würde ich den Ausführungen des Professors lauschen. Die Erinnerung an diesen Traum hängt mir noch in den Knochen und mein Herz pocht wie wild in meiner Brust. In meinem Traum war der Vulkan ohne Vorwarnung ausgebrochen, hatte die Spitze des Berges abgesprengt und Unmengen an Lava durch die Luft geschleudert. Unmenschliches Getöse brauste durch die mit Schwefelgestank erfüllte Luft. Menschen schrien vor Angst und liefen durcheinander, manche wurden von den herunterfallenden Brocken heißer Lava erschlagen und verbrannten sofort. Nicht einmal mehr Asche war von ihnen übrig geblieben. Die Nacht war von rotem Licht durchzogen, Blitze zuckten aus dem Kelch des Vulkans; ein grausames Feuerwerk der Natur tief aus dem Schlund der Erde, die uns Leben spenden sollte und doch Tod und Verwüstung brachte. Ich hatte die Bewohner des Dorfes gesehen. Direkt in ihre Gesichter gesehen und die vor Angst geweiteten Augen, die weit aufgerissenen Münder mit den stummen Schreien der Furcht, hatten mir die Luft zum Atmen genommen. Als einer der Dorfbewohner auf mich zutrat und mich vorwurfsvoll ansah, mich an den Schultern packte und schüttelte, um mir immer wieder die gleiche, stumme und unausgesprochene Frage zu stellen. Lautlos in all dem Getöse war diese Frage über seine Lippen gekommen, aber ich wusste, welche Frage es war. Warum hast du uns nicht gewarnt? An dieser Stelle bin ich aufgewacht - wache ich immer auf -, habe geschrien und die Haut in meinem Gesicht befühlt. Der Traum ist so real gewesen, dass mein Gesicht glüht. Wie verbrannt glüht. Ich mache mir Vorwürfe, meine Nachbarn, die Menschen mit denen ich aufgewachsen war und die ich wie meine Familie liebe, in diesem Dorf nicht gewarnt zu haben. Ihnen nicht erzählt zu haben, dass ich dieses Unglück bereits vor Wochen vorausgesehen hatte. Ich schäme mich, sie in diese Katastrophe stürzen zu lassen.

Die Sache hatte nur ein Haken:
Ich bin niemals dort gewesen. Bin dort nicht aufgewachsen, kenne weder den Vulkan noch das Dorf mit Namen. Ergo kann ich auch nicht voraussagen, dass er ausbrechen würde. Kann in keine Gesichter sehen, die mir Vorwürfe machen und mich fragen, was mich zum Teufel geritten hat, sie nicht zu warnen. Ergo kann ich auch niemals mit meiner Großmutter vor dem Kamin gesessen haben, um mit ihr Kakao zu trinken und Kekse zu essen. Genau genommen kenne ich meine Großmutter nicht einmal. Sie starb in meinem wirklichen Leben viele Jahre vor meiner Geburt. Also dürfte ich diese Geschichte auch gar nicht kennen. Ich habe niemals dieses Dorf betreten, weil es dieses Dorf nicht gibt. Den Vulkan gibt es nicht und somit auch den Ausbruch nicht. Niemand hat mich fragend angesehen, niemand hat mir jemals Vorwürfe gemacht, dass ich ihn nicht gerettet habe. Das, was ich jetzt Visionen nenne, waren in meiner Kindheit Träume. So real, dass ich glaubte, eine Großmutter zu haben, die mir seltsame Geschichten erzählte. Aber seien wir doch mal ehrlich: Nichts von diesem kranken Scheiß war wirklich geschehen.

Was aber durchaus real ist, sind diese verfluchten Halluzinationen, die so wirklich und greifbar in meinem Kopf umherschwirren, dass ich irgendwann zwischen zwei Versionen meines Lebens hin und her schwankte: Die eine ist, dass ich total verrückt bin und eine fürchterliche Fantasie mein eigen nennen konnte. Die Zweite ist da schon etwas handfester. Sie besagt, dass ich sehr wohl Visionen habe, die sehr wohl Kommendes und Vergangenes zeigen, dass sie jedoch nicht so tragend sein mochten, dass wirklich und wahrhaftig Schlimmes geschehen würde. Beiden Versionen ging anheim, dass ich nicht alle Tassen im Schrank habe und das macht mir richtig Angst. Anderen, die später in mein Leben getreten waren und die mich anhand meiner Merkmale meinen als etwas erkennen zu müssen, was ich nicht bin, nicht ganz so sehr, denn sie sehen genau das in mir, was ich laut meiner Visionen war oder werden sollte: eine **anu**. Geboren wurde ich im mittelenglischen Peterborough. Keine Stadt, die einem ein aufregendes Leben präsentieren würde. Keine Gegend für junge Leute, wie meine Mutter immer zu sagen pflegte. Also ging ich nach London. Schrieb mich an der Uni ein, machte einige Vorkurse, die mir zur Orientierung dienen sollten, nahm einen Job als Bedienung in einem Restaurant an, das von Sue – einer Freundin meiner Mutter geführt wurde - und kam mehr schlecht als recht durch meine Studienzeit. Das sind also die Fakten. Gut: Die Muttermale, die tiefblauen Augen und das dritte Auge habe ich trotzdem. Und manchmal kann ich die Zukunft vorhersagen. Leider nicht meine. Es wäre ungemein hilfreich gewesen, wenn ich die Fragen für Prüfungen schon etwas früher zur Verfügung hätte. Aber nein: So weit will mein Talent dann doch nicht gehen. Dem Internet sei Dank, kann man sich mit Informationen, die man nicht braucht, die einen aber beschäftigen, selbst das Gehirn vollmüllen. Und was das WWW nicht hergibt, dafür gibt es Bücher und Ty.

Ich liege mehr über meinem Heft, als dass ich sitze, und denke über den Traum nach. Logisch und absolut kühl versuche ich zu analysieren, warum mich ausgerechnet diese Katastrophe seit drei Nächten heimsucht. Mit einem Hirn, das so müde ist, dass es beim Denken knirscht, ist das aber gar nicht so einfach. So schließe ich die Augen, döse ein wenig vor mich hin und ab und an schicke ich meine Hand so über das Heft, dass es aussieht, als würde ich mir Notizen machen. Es gibt Dinge, die lernt man nur auf der Universität. So zu tun als ob, lag da an allererster Stelle. Es raschelt leise und ich blinzel in die Richtung, aus der das Rascheln kommt. Die abgerissene Ecke aus einem Collegeblock schiebt sich in meinen Sichtbereich. „Ich schreib für dich mit." Ein schräges Lächeln huscht über mein Gesicht. Ich bin so im Tran, dass ich gar nicht bemerkt habe, wer sich da neben mich gesetzt hat. Ich hauche einen Dank und mache Augen und Ohren zu. Einen Augenblick später

bin ich tatsächlich eingeschlafen und so bemerke ich den sorgenvollen Blick meines Helden nicht mehr. Gegen Ende der Vorlesung tippt er mich sachte an und ich schrecke trotz dieser sanften Berührung, abrupt hoch. Etwas, dass ich besser nicht getan hätte, denn es weckt das Interesse des Profs an mir. „Alles klar?" Ich brauche einen Moment, um mich zu sammeln, dann nicke ich. „Danke, Ty", flüstere ich, als er mir das Blatt mit seinen Aufzeichnungen zuschiebt. „Für beides."
„Kein Problem. Wieder nicht geschlafen?", fragt er und räumt seine Unterlagen in die braune, abgegriffene Umhängetasche, die vor ihm auf dem Tisch liegt. Ich lehne mich zurück und lasse den Kopf in den Nacken fallen. Tyler dreht sich zu mir, damit er mich besser ansehen kann und sein Blick sagt „Mädchen, du siehst grausam aus". Seine Frage ist deshalb rein rhetorischer Natur, trotzdem bestätige ich seinen Verdacht. „Ja", sage ich, „wieder so blöd geträumt." Er boxt mich freundschaftlich auf den Arm. Seine Art mich aufzumuntern. „Du solltest bei mir pennen. Das würde die bösen Geister vertreiben", feixt er und ich muss schmunzeln. „Funktioniert doch immer", gibt er zu bedenken und ich weiß, es kommt ihm wirklich nur darauf an, dass ich schlafen kann. Ty oder besser Tyler Hanks war und ist mein Freund. Mein bester Freund. Der beste Freund, den man haben kann. Immer schon. Manchmal glaube ich, er hat die englische Literatur nur

belegt, damit er auf mich aufpassen kann. Was nicht stimmt, aber manchmal würde das einiges, wenn nicht alles erklären. Er ist groß. Verdammt groß. Bestimmt eins neunzig und bietet so jede Menge Körper, an den man sich getrost anlehnen kann. Und dieser Körper ist durch jahrelanges Schwimmtraining geformt und gestählt und bietet einem kleinen Mädchen, wie ich eines bin, nicht nur eine starke Schulter zum Anlehnen. Genauso wie der Professor hat er dunkle Locken auf dem Kopf, die aber bei Weitem nicht so sexy aussehen, wie bei unserem Lehrkörper. Seine Haut ist ein wenig blass, was daran liegt, dass er ein echter Streber ist. Ty kommt kaum aus seiner Studentenbude in der Nähe von Slade Gardens heraus. Während mein Kumpel die Literatur als seine Bestimmung ansieht und seine Bude jetzt schon, wie ein Antiquariat wirkt, ist das Fach für mich so etwas wie ein Notnagel. Allerdings einer, in dem ich für gewöhnlich recht gut bin. Tys Augen sind sehr schmal und seine Lippen genauso. Er wirkt immer etwas blutleer, obwohl er absolut gesund lebt. Irgendwie ist er ein Unikum. Ein Faktotum in meiner Umgebung, und ich liebe ihn dafür, dass er mich mit meinen Macken aushält. Ich öffne die Augen, lege ihm eine Hand auf die Wange. „Klar hat es das, aber das war der schwarze Mann unter meinem Bett. Der ließ sich leichter vertreiben." Ty beugt sich zu mir, küsst mich auf die Stirn, um einen Augenblick später in einer absolut eleganten Bewegung aufzustehen, sich die Tasche über die Schulter zu werfen und zu gehen. Irgendwie ist das zu viel auf einmal für mein geschundenes Hirn und mein Lächeln verkommt zu einem schrägen Grinsen. „Na ja ... Du weißt, wo Du mich findest." Er winkt und ist verschwunden. „Miss Hynes?" Ich zucke zusammen. Im allgemeinen Getümmel des Feierabends hätte ich den Mann beinahe überhört. Was will der? Und dass er was von mir will, ist, dem Professor deutlich anzusehen. Bekomme ich jetzt meine Standpauke, weil ich den Großteil der Stunde verschlafen habe? Ich nehme meine Tasche, den Professor immer im Blick, und gehe langsam die Stufen des Auditoriums hinunter. Er steht mit dem Rücken zu mir und sein verdammt sexy Oberkörper zeichnet sich unter seinem Polohemd ab. *„Muss das sein?"*, denke ich mit einem stummen Seufzer. *Wie kann der Kerl nur so unverschämt gut aussehen?* Und überhaupt: Wenn schon schreiend aus Träumen aufwachen ... wieso kann er dann nicht die Hauptrolle darin spielen? Aber eine erotische Fantasie mit meinem Professor kann ich an diesem Freitag nicht verkraften. Jede körperliche Anstrengung, egal wie schön sie auch mochte, würde mich heute töten. Doch anstatt mich zusammenzureißen, fällt mein Blick auf seinen Hintern. *„Mein Gott"*, denke ich, *„warum ich? Warum jetzt?"* Ich bleibe für einen Moment am Fuß der Treppe stehen, die hinauf zum Podium führt, schließe die Augen und versuche mich zu konzentrieren. Mein Hirn knirscht wirklich, wenn ich mich anstrenge. *Klingt irgendwie ungesund.* Er hört meine Schritte, sieht auf, lächelt mich kurz an und deutet an, dass ich noch einen Augenblick warten muss. *Beim Professor zum Rapport.* Ich fühle mich jetzt nicht nur todmüde, sondern auch beunruhigt. Immer noch ist mir nicht ganz klar, was er von mir will und ich hoffe, dass er sich beeilt. Ich sehe auf die Ränge, die sich jetzt langsam leeren. Es ist Freitag und keiner der Studenten will länger als nötig in der Uni bleiben. Ich will das auch nicht. Aber ich steh hier unten, winke einigen zu, die sich verabschieden, und wippe betont gelangweilt auf meinen Füßen auf und ab. In diese gespielte Langeweile gefangen, erschrecke ich, als er sich dann tatsächlich erbarmt und mich anspricht. „Charlotte, ich mache mir ernsthaft Sorgen um Sie", sagt er, sieht mich aber nicht direkt an, weil er immer noch mit seinen Unterlagen beschäftigt ist. „Ich …", stottere ich verlegen, doch Keyne winkt ab. „Sie sind in der letzten Zeit etwas … nun, wie sage ich es möglichst freundlich: abwesend." Das ist tatsächlich die höfliche Umschreibung für meinen Zustand. „Arbeiten Sie noch in diesem Schnellimbiss?", fragt er und sieht kurz auf. Ich nicke betreten. Irgendwie musste ich ja meine Brötchen auf den Tisch bekommen. „Was verdienen Sie da?" Ich stutze. Warum will er das wissen? Ich habe ein halbes Stipendium und bisher immer die Leistungen aufbringen können, die diese Unterstützung rechtfertigen würde. Und es ist definitiv nicht meine Arbeit im Diner, die mich überforderte. „Ähm", ich räuspere mich, bevor ich antworte, „acht Pfund die Stunde." Keyne blickt kurz auf, nickt verständig und wendet sich wieder seinen Unterlagen zu. Jetzt finde ich, dass der richtige Augenblick gekommen ist, um eine gewisse Nervosität an den Tag zu legen. Auch wenn er mich bisher immer nur kurz angesehen hat, seine dunklen Augen mit den langen Wimpern bringen einfach jeden aus der Fassung. Vor allem mich in diesem Moment, weil ich körperlich etwas angeschlagen bin und auf solche Reize stark reagiere. „Ah ... da ist es ja", sagt er und strahlt. „Ihre Hausarbeit." Mir sinkt das Herz in die Hose. „Gut gemacht." Er reicht mir einen Stapel Unterlagen und mit einem flüchtigen Blick sehe ich auf die Zensur, die er vermerkt hat. 1+. *Wow.* „Ihre Arbeiten, die Sie zuhause erledigen, lassen an Ihrem Leistungswillen keinen Zweifel", sagt er und lehnt entsetzlich lässig an dem kleinen Tisch, auf dem er seine Sachen ausgebreitet hat. Keyne verschränkt die Arme vor der Brust und beobachtet mich prüfend. „Ihre Beteiligung hier, lässt allerdings zu wünschen übrig." Ich öffne meine Tasche und will das Prachtstück an Hausarbeit darin verschwinden lassen, aber ich stocke in meiner Bewegung. Soll ich ihm von meinen Schlafproblemen erzählen? Nein. Eine Ausrede wäre sicher besser. *Nur nicht zu persönlich werden*, denke ich, *so was hängt dir die nächsten Jahre nur an.* „Ein wenig Stress in der letzten Zeit", gebe ich zur Antwort, „mehr nicht." Keyne nickt erneut. Und dieses Nicken raubt mir den letzten Funken Selbstbeherrschung. Ich kneife mich in den Finger, damit ich mich wieder auf das konzentrieren kann, was er mir jetzt erzählen will. „Die Fakultät hat mir eine neue Studie genehmigt, für die ich noch einige Studenten zur Unterstützung suche. Die Bezahlung liegt bei 10 Pfund die Stunde und nach dieser Hausarbeit stehen Sie auf meiner Wunschliste ganz oben." Es klingt so beiläufig, was er da gerade sagt. Eine studentische Mitarbeit ist so viel wie ein Sechser im Lotto. Ich versuche meine aufkeimende Aufregung zu verbergen. „Allerdings wäre es dann Essig mit dem Job im Diner", fährt er fort. „Ich würde Sie nämlich etwas häufiger in Anspruch nehmen müssen." Er grinst breit wegen der Zweideutigkeit. Ich versuche meine grauen Zellen davon zu überzeugen, endlich ihren Dienst zu verrichten und nachzudenken. Der heißeste Professor der Uni, zehn Pfund und einen Eintrag in meiner Akte als wissenschaftliche Mitarbeiterin. So sehr ich Sue, die Besitzerin des Diners, mag; ich weiß, wofür ich mich entscheiden würde. „Wann geht es los?" Keyne lacht lautlos. „Am Montagnachmittag. Wir werden uns mit den anderen Studenten jeden Tag zwei bis drei Stunden lang treffen. Kommen sie in Raum zehn in der naturwissenschaftlichen Abteilung in Gebäude D. Leider habe ich keinen anderen Raum finden können." „Ich werde da sein", sage ich. Mit einem Lächeln entlässt mich der Professor ins Wochenende und ich muss mich verdammt zusammennehmen, dass ich die vielen Stufen des Auditoriums nicht hüpfend hochlaufe. Auch wenn mein Tag so widerlich begann; jetzt laufe ich beschwingt durch die Gänge, hinaus auf den Campus. Wenn ich Glück habe, würde ich Ty noch aufgabeln und bestimmt kann ich ihn dazu überreden, ein wenig mit mir zu feiern. Beinahe renne ich ihn über den Haufen, denn er steht im Eingang und unterhält sich mit einem Professor. Kichernd entschuldige ich mich und lasse kurz einfließen, dass ich vor der Tür auf ihn warten würde. Er nickt, erstaunt darüber, dass ich jetzt so munter bin. Ich stoße die schwere Glastür des Ausgangs auf und trete in die Sonne. Herrlich: Freitag, Sonnenschein, eine gute Zensur und einen super Job in Aussicht. Manchmal kann das Leben echt toll sein. Selbst wenn man die Nacht schlaflos verbracht hat. Einen Augenblick schließe ich die Augen, lehne den Kopf zurück und genieße die warmen Sonnenstrahlen. „O.k.", sagt Ty, der jetzt neben mir steht, „was ist los?"

„Eine Eins plus und zehn Pfund die Stunde." Er reißt die Augen und den Mund vor Erstaunen auf. „Wow." Zu mehr kommt er nicht. Ich springe an ihm hoch, umarme ihn stürmisch und lache laut. „Lass uns feiern. Pizza und Bier bis zum Erbrechen." Ty lässt sich von meiner Begeisterung anstecken und auf dem Weg zu seiner Wohnung bestellt er telefonisch die Pizza und in einem Supermarkt wandern noch Bier und Knabbereien in unsere Taschen. Wir lachen viel und meine Müdigkeit ist beinahe vergessen. *Beinahe. Vergessen.* Denn als ich satt und zufrieden bin, kommt sie wieder auf. Ich lege mich auf sein Bett, sehe ihn schläfrig an und er beginnt, diese eine Stelle auf meiner Stirn zu massieren, von der er weiß, dass sich dahinter mein Geheimnis verbirgt. „Nimmst du noch Deine Tabletten", fragt er und seine Stimme lullt mich ein. Herzhaft gähnend verneine ich. „Mir ist jedes Mal so übel davon." Ty steht auf, klettert über mich hinweg und legt sich hinter mich. „Aber du brauchst sie. Du siehst doch, was passiert, wenn du sie nicht nimmst." Meine Antwort ist mehr als unartikuliert. Ich schlafe schon halb, bin wunderbar entspannt, was auch durch seine Körperwärme gefördert wird, und irgendwie bin ich nicht mehr in der Lage, diesem Gespräch zu folgen. Ty hält mich. Die nächsten Stunden wird er mich fest umschlungen halten und dafür sorgen, dass die bösen Geister, die meinen Schlaf rauben wollen, keine Chance haben.

„Meine Süße", sagte jemand hinter mir. Ich brauchte mich nicht umzudrehen. Ich wusste, dass es Tyler war. Das tat er ab und an. Mich in meinen Schlaf verfolgen. Er tat das,

damit er sicher sein konnte, dass sich niemand anderes in meinem Kopf breitmachte und mich so daran hinderte wenigstens etwas Ruhe zu finden. Tyler trat an mich heran und umarmte mich. „Worauf hast du heute Lust?" Ich lehnte mich an ihn und rieb meinen Kopf an seiner Schulter. „Vielleicht etwas Meer?" Kaum habe ich es ausgesprochen, da standen wir an einem Strand in der Karibik. „Zu heiß", maulte er und ich musste lachen. „Besser?", fragte ich und in meiner Vorstellung standen wir an einer rauen Küste Schottlands, ließen uns den Wind und die Gischt der sturmaufgepeitschten Wellen um die Gesichter streichen. „Wesentlich." Er zog mich auf einen Felsen, legte die Arme noch etwas fester um mich und sein gleichmäßiger Atem, der mir sagte, dass er in unserem realen Leben neben mir eingeschlafen war, streichelte die Haut an meinem Hals. „War es wieder der Vulkanausbruch?" Ich nickte. Das musste zur Antwort reichen. „Verstehe ich nicht", sagte er und an seiner Stimmlage konnte ich erkennen, dass er wirklich keinen Schimmer hatte, warum ich ausgerechnet davon träumte. „Hattest Du noch andere Träume?" Ich antwortete nicht sofort, obwohl … ja, da waren noch andere Träume. „Ja … Simons Unfall letzten Montag und der Anschlag auf Mrs. Andrews Blumengarten." Beide Ereignisse hatten sowohl Tyler als auch mich fürchterlich aufgeregt. Simon war ein Kommilitone und sein Wagen hatte sich bei regennasser Straße überschlagen. Ihm ging es gut, doch der Schock saß uns beiden in den Knochen, denn zwei Tage vorher hatte ich davon geträumt. Mrs. Andrews war Tylers Lieblingsprofessorin und er war tief erschüttert, als er am Dienstag in die Uni kam und davon hörte, dass jemand Säure auf ihre preisgekrönten Rosen gegossen hatte. Mrs. Andrews war so schockiert und entsetzt über diese Tat, dass sie sich krankschreiben ließ. Ein Verlust: nicht nur für Tyler. „Also hattest du viel Stress in den letzten Wochen." Ich nickte. Was sollte ich anderes tun? Er hatte ja recht. So viel negatives Zeugs hatte ich seit Jahren nicht geträumt. Und wenn, dann war es niemals in dieser Deutlichkeit geschehen und die geträumten Dinge waren schon gar nicht exakt so passiert, wie ich es träumte.

Tyler und ich kannten uns schon aus unseren Kindertagen. Er war immer ein Außenseiter gewesen.
Mit seinem intensiven Schwimmtraining, das er nur seinem Vater zuliebe absolvierte. Sicher, das Training zahlte sich aus und irgendwann nahm er sogar mal an einem Trainingscamp der Organisation „Jugend für Olympia" teil. Erfolgreich sogar. Bis zu dem Zeitpunkt, als ihn das Pfeiffersche Drüsenfieber davon abhielt, an den letzten Wettkämpfen teilzunehmen. Etwas, das seinen Vater zur Weißglut trieb, denn es zeigte diesem, dass sein Sohn nicht nur im Wasser ein guter Griff war. Ty und ich sind ganz spezielle Käuze. Ich, weil ich

ständig mit meiner angeblichen Migräne zu kämpfen habe und er, weil er Schwimmflossen zwischen den Fingern und Zehen hat. Was passte da besser, als dass sich diese zwei seltsamen Vögel zusammentaten? Zumal diese beiden seltsamen Gestalten auch noch nebeneinander wohnten. Sobald wir unsere Hausaufgaben erledigt hatten, er sein Training hinter sich gebracht, saßen wir entweder in dem Baumhaus auf seiner Seite des Gartens oder in meinem Zimmer. Unseren Müttern war damals schon klar – wie sollte es bei Müttern auch anders sein – dass Tyler und ich heiraten würden. Niemand verstand, was uns zusammenhielt. Tyler war und ist mein Anker. Er ist es auch, der den Grund für meine Migräne – die ja keine war - herausfand. Seltsam. Als Erstes fand er heraus, dass ich ihn anlog. Dass ich alle in meiner Umgebung anlog. Wie ein Seemann sein Garn sponn, erzählte und tue es noch immer Märchen darüber, warum ich wieder unleidlich war. Doch so sehr ich mich auch bemühte, mich und das, was mich umtrieb zu verstecken, Tyler fand mich irgendwann. Sah, dass ich unter Angst litt und seine Beharrlichkeit mir wirklich jedes Geheimnis aus der Nase ziehen zu können, war auch in diesem – meinem sehr persönlichen – Fall erfolgreich. Ich fürchtete, dass er mich auslachen würde; aber nein: ruhig, gespannt jeder Einzelheit lauschend, saß er da, dachte nach und traf seine Entscheidung. Es ließ ihn nicht los, dass ich litt. Es schmerzte ihn körperlich, mich leiden zu sehen. Nachdem sämtliche Medikamente nicht mehr wirkten – offiziell nicht mehr wirkten –, weil Tyler und ich sie jedes Mal im Garten vergruben, ich aber von immer noch von Visionen geplagt wurde, die meine Mutter für Spinnereien hielten-, machte er sich auf die Suche nach dem Grund. Und er fand sie in seinen Büchern. War das Schwimmen eher dem Familienfrieden geschuldet, so war das Lesen sein wahrer Lebensinhalt. Tylers Zimmer war über und über mit Büchern gefüllt und es roch immer ein wenig nach Bücherei, wenn man diesen Raum unter dem Dach seines Elternhauses betrat. Er beschränkte sich dabei nicht auf ein Thema. Nein: Tylers Bücherregale waren tatsächlich besser sortiert, als unsere örtliche Bibliothek. Und so fand er in einem alten Buch den Hinweis, den er brauchte, um mich und mein Lügengebilde zu enttarnen und es gleichzeitig zu schützen. Er vergrub sich wie ein Rotweiler in das Wadenbein eines Einbrechers in diesen Hinweis und je mehr er las, desto mehr verstand er. Und er lies mich an seinem Wissen teilhaben. Denn ich litt. Ich litt unter den Visionen, die mir körperliche Schmerzen verursachten, und unter meinem Neid auf die anderen Mädchen in meinem Alter, die so herrlich normal waren und all das tun konnten, wozu sie Lust hatten. Ich hingegen musste immer und überall darauf achten, dass mich nicht eine meiner Vorhersagen buchstäblich von den Füßen riss. Das war mein größter Schmerz. Ein unerfüllter Wunsch, ein unerfülltes Leben. Tyler half mir also zu verstehen, was mit mir los sein könnte. Dass wir im Dunkeln tappten und nur Vermutungen anstellen konnten, aus dieser Annahme die wildesten Geschichten resultierten, lag in der Natur der Dinge. Doch half mir dieses Tun schon sehr, wenn es mir auch immer noch nicht half, das gesamte Bild zu erfassen. Es machte es auf jeden Fall einfacher, dass ich jemanden hatte, der mich nicht für vollkommen durchgedreht hielt. Und irgendwie kam in uns der Verdacht auf, dass mir übel mitgespielt wurde. Dass diese Geschichte mit der Großmutter, die es nicht gab, von irgendjemandem forciert wurde. Damit ich glaube. Woran auch immer. Und dass dieser Jemand, der mir diese entsetzlichen Bilder schickte, glaubte, ich wäre eine der *arwydd.*

Gemeinsam versuchten wir zu verstehen und wir begaben uns in diese Fantasiewelt. Denn das, was wir in den Büchern fanden, konnte nicht wahr sein. So etwas gab es nur in Fiktionen. Dass, was da stand, in diesen alten, in Leder gebundenen Büchern, musste in die Mystik eingeordnet werden. Das konnte es nicht geben. Ich konnte es nicht glauben. Wollte es nicht glauben, auch wenn sich dieser Funke namens Hoffnung in eine Ecke meines Hirns verzog, um immer mal wieder lächelnd hervorzusehen und dann ein »siehste« zu flüstern. Es war einfach zu verrückt, als dass es wahr sein konnte. Tyler sah das anders und er las nicht nur; er lernte. Seine Anwesenheit vertrieb die grauenhaften Vorstellungen, durch die ich gehen musste, zwar nie ganz, machte sie aber erträglich. Und auch wenn ich immer wusste, dass er mir glaubte: Als er es mit eigenen Augen sah, was ich sehen musste, erhöhte er seine Anstrengungen noch einmal, mir mein Leben zu erleichtern. Um die Auswirkungen meiner seltsamen Gabe zu mindern, beschäftigte sich Tyler mit Magie, Okkultismus und Hexerei, Parapsychologie, Psychokinese und Präkognition. Jedes noch so kleine Fitzelchen an Informationen, das er finden konnte, analysierte er und probierte das Ergebnis dann an und mit mir aus. Irgendwann las er davon, dass sich Außenstehende in die Träume derer schleichen konnten, die mit dem *Dritten Auge* „geschlagen" waren. Wir versuchten es, scheiterten häufig, aber sobald wir mehr Übung hatten, funktionierte es. Seine anfänglichen Versuche glichen einem Traum innerhalb eines Traums. Seine Gestalt schimmerte wie durch einen Organza-Vorhang, seine Stimme tönte wie durch ein Radio, das auf der falschen Frequenz eingestellt war. Als er das erste Mal in einem meiner Träume auftauchte, war ich so erschrocken, dass ich aufwachte und - so wie in den letzten Tagen - nicht mehr wagte die Augen zu schließen.

Er übte weiter, nahm mir den Schrecken seines Erscheinens und ich begann, ihm zu vertrauen. Es gab zwei verschiedene Möglichkeiten, wie sich die Visionen oder wie auch immer man sie nennen wollte, äußerten. Einmal in meinen Träumen, dann waren sie nicht so heftig und in ihrer Aussage eher verschwommen. Oder aber sie kamen als Erleuchtung, die mich wirklich wie eine Migräneattacke quälte. Ein greller, aggressiver Lichtpunkt tauchte dann vor meinem inneren Auge auf, einen Augenblick später sah ich, was geschehen würde, und stand stocksteif wie eine Salzsäule da. Diese Visionen waren expliziter in ihren Aussagen und ich konnte danach handeln. Tyler wäre mehrfach beerdigt worden, wenn ich nicht gewesen wäre.

Wir wuchsen heran, gingen zur Schule und hatten unser Geheimnis. Als es daran ging an die Universität zu gehen, planten Tyler und ich auch das gemeinsam. Meine Mutter entließ mich nur in die große, wilde und unfreundliche Stadt, weil ich ihr versprach, dass ich mich bei Sue, ihrer Freundin regelmäßig melden würde. Dass diese Freundin mir auch gleich einen Job in ihrem Diner gab, war zwar nicht vorgesehen, passte mir aber hervorragend in den Kram. Sues Diner war für uns Auswanderer aus der Langeweile die erste Anlaufstelle. Wenn Tyler und ich Jahre brauchten, damit wir zueinanderfanden; bei Sue und mir war es wie ein

Donnerschlag. Sie sah mir in die Augen und ich wusste, ich hatte jemanden gefunden, der das gleiche Schicksal hatte wie ich. Nun hatte ich also zwei Aufpasser: Tyler und Sue. Was Tyler in den letzten Jahren nicht herausgefunden hatte, weil er einfach nicht auf die Idee kam, danach zu suchen, brachte uns Sue bei. Sie war unser Quell an Informationen. Sie war mein Halt, wenn ich Tyler verschonen wollte. Denn seien wir doch mal ehrlich: Er sah zu gut aus, um sich an mich zu verschwenden. Tyler kümmerte sich so liebevoll um mich, dass ich ein schlechtes Gewissen bekam, weil ich ihn von seinem Leben abhielt. Er war so auf mich konzentriert, dass er gar nicht mitbekam, wenn die Mädchen reihenweise hinter ihm in Ohnmacht fielen, nur weil er ihnen ein lockeres *Hallo* hingeworfen hatte. Ich war ein Störfaktor in seinem Leben.

„Du brauchst einen Ruhepol, Charlotte", pflegte er zu sagen und rieb dann sein Gesicht an meinem Haar. Wir sahen beide hinaus auf die sturmgepeitschte See und genossen den Wind, der uns die Sinne frei blies. „Komm zu mir. Es ist doch Unsinn, dass du dich so quälst." Ich schüttelte den Kopf. Es ging nicht. Das konnte ich nicht von ihm verlangen. Ich konnte sein Leben nicht bestimmen. Das sollte er selbst tun. In die Ruhe, die er ausstrahlte, mischte sich ein dunkles Gefühl. Unbestimmt, nicht greifbar, aber es wollte die friedliche Stimmung, in

der ich war, unterwandern. „Spürst du es", fragte ich flüsternd. Tyler hielt den Atem an, wartete einen Augenblick und antwortete dann. „Ja", sagte er und zeigte mit dem Finger in eine bestimmte Richtung. „Da drüben." Jetzt hob ich den Blick, um mich der dunklen Bedrohung stellen zu können. Eine dunkle Wand aus dicken grauen Wolken hatte sich während unseres Gesprächs aufgebaut. Bedrohlich schob sie sich über die aufgepeitschten Wellen hinweg in unsere Richtung. Ab und zu zuckten Blitze durch diese Wolken. An ihrem Fuß wurden diese Wolken von einem leichten Rotschimmer erleuchtet. „Das ist der Vulkan", sagte ich ehrfürchtig und meine Finger krallten sich um Tylers Arme. Ich bohrte sie so tief in sein Fleisch, dass er hörbar die Luft einsog. „Ich bin da", versuchte er mich zu beruhigen. Ich nickte. Die Wolkenwand kam näher, jetzt immer schneller und ich begriff, dass sie durch meine Furcht vor dem Albtraum genährt wurde. Je ängstlicher ich wurde, desto mehr Substanz erhielt sie. „Es ist gut", flüsterte Ty hinter mir, „ich bin da und werde dir helfen." Mein Atem beschleunigte sich und in gleichen Maßen kam die Wolke näher. Als uns dieses Gebilde traf, spürte ich, dass nicht nur ich wie von einer Dampfwalze überrannt wurde. Auch Tyler bekam die Auswirkungen mit geballter Kraft am ganzen Körper zu spüren. Beinahe riss es mich aus seinen Armen, doch er hielt mich so fest, als wären seine Arme Schraubstöcke. Meine Finger gruben sich immer weiter in *sein Fleisch und ich war mir sicher, dass ich das auch als reale Person tat. Die Wolke barst auf und wir standen gemeinsam vor dem Vulkan, der – wie in allen Träumen der letzten Nächte auch – kurz davor stand, auszubrechen. Es rumorte, die Luft tobte und die Erde unter unseren Füßen zitterte und bebte. Es roch nach Schwefel und berstendem Feuer. Tyler saß jetzt nicht mehr hinter mir, sondern stand neben mir, hielt mich an der Hand, um zu verhindern, dass der starke Wind – der die Ausmaße eines Ausläufers eines Tornados annahm - mich wegwehen konnte. Er zog mich näher an sich, sah sich hilflos um und suchet nach etwas, dass uns Schutz bot. „Wir müssen hier raus", schrie ich ihn durch den tosenden Wind an. Er nickte, aber ich konnte ihm ansehen, dass er keine Ahnung hatte, wie er diesen Albtraum beenden konnte. Er war genauso gefangen, wie ich es war. Wir waren verloren. Wir mussten durch dieses Schreckgespenst hindurch in die Realität zurück. Windstöße stießen uns hin und her und wir hatten Mühe uns auf den Füßen zu halten. Endlich fand Tyler eine Stelle, an der wir wenigstens für den Moment unterschlüpfen konnten. Gebeugt wie die Alten in dem Dorf, in dem ich niemals war, liefen wir auf etwas zu, das aussah wie eine Vertiefung im Boden, die gerade so hoch war, dass der schlimmste Sturm aller Zeiten über uns hinweg fegen konnte. Eng umschlungen saßen wir in dieser Kuhle und versuchten gegen den Gestank und den*

Sturm anzuatmen. Der Schwefel aus dem Vulkan, der mit aller Kraft des Windes zu uns hinüber getragen wurde, raubte uns den Atem. Der böige Wind gab sein Übriges dazu. Mir wurde schwindlig und übel, während ich mich verzweifelt an Tyler klammerte. Einen Augenblick später wagte ich es, über den Rand dieses Gebildes hinweg zu sehen. Keine Menschen. Keine fliehenden, vor Panik flüchtenden Menschen waren auf den Straßen zu sehen. Wo waren die alle? War das hier gar nicht derselbe Traum? Bäume flogen umher, Häuserdächer deckten sich wie von Geisterhand selbst ab und wir hatten alle Hände voll damit zu tun, unsere Köpfe einzuziehen. Von irgendwoher kam ein Geräusch, das so gar nicht in diese grausame Symphonie der Natur passen wollte. Ein helles, beinahe klirrendes Surren legte sich unter den Lärm, den Vulkan und Sturm verursachten. Verwirrt sahen wir uns an. Tyler suchte aufgeregt nach der Stelle, von der dieses seltsame Klirren kam und plötzlich war er verschwunden. Einfach so. Fassungslos starrte ich auf die Stelle, an der er vor einer Sekunde noch saß. Tyler war nicht mehr da. Die Panik ergriff mich vollends. Ich schrie, ich kreischte vor Angst, krabbelte an die Stelle, an der mein Freund gerade noch saß, aber er war verschwunden. Einfach nicht mehr da. Als ich diese Tatsache als unumstößliche Feststellung in mein Hirn gebrannt hatte, krümmte ich mich wie ein geschundenes Tier in der Kuhle zusammen, legte die Arme um meine Beine, zog den Kopf ein und weinte still vor mich hin. Ich war verloren. Tyler hatte mich zurückgelassen und ich saß hier in dieser Katastrophe fest.

Ein Rütteln holte mich aus meiner Angst zurück. Ebenso wie das Klirren vor ein paar Minuten passte es nicht in diese Kakofonie dieser Tragödie ohne weitere Akteure. Es schüttelte nur mich und es konnte nicht vom Beben kommen. Es war auch nicht der Sturm, der immer noch über mich hinweg wehte. Irgendetwas passte nicht in dieses Schütteln. Die Vibrationen fühlten sich anders an. Vollkommen anders. Ich spürte Druck von Händen auf meinen Schultern, die mich hielten und gleichzeitig hin und her schleuderten. Ich verlor den Boden unter meinem Hintern, ich fiel, tat mir entsetzlich weh und sah in ein mir sehr gut bekanntes Gesicht.
Sue. Benommen vom Sturz sehe ich in ihr freundliches Gesicht, das mich sorgenvoll betrachtet „Kleines", flüstert sie, „Du musst aufwachen!" Verständnislos sehe ich sie an. Aufwachen? Ich hab nicht geschlafen. Das war doch real gewesen. Oder nicht? Sie rüttelt mich und langsam kriecht die Erkenntnis, dass sie recht hat, in mein Bewusstsein. *Sue.* Endlich. Ich versuche mich aufzurichten, aber der Schmerz in meinem Kopf lässt mich zurücksinken. „Trink erst mal einen Schluck", fordert sie mich auf, hält mir ein Glas hin und ich trinke in kleinen Schlucken. „So ist gut." Sie lächelt mich sanft

an, doch dieses Lächeln kann nicht darüber hinweg täuschen, dass ihr sorgenvoller Blick prüfend auf mir liegt. Ich brauche in paar Minuten, bevor mein Blick wieder klar ist und ich sie nicht nur als Umriss eines Menschen wahrnehmen kann. Ja, tatsächlich es ist Sue. Dass auch sie das *Dritte Auge* hat, erwähnte ich bereits. Im Gegensatz zu mir jedoch leidet sie nicht darunter. Sie hat es zu einem Teil ihres Lebens gemacht. Wer Sue will, bekommt das ganze Paket und das fängt schon bei ihrem Äußeren an. Ihre feuerroten Haare trägt sie als wilde Lockenpracht, ihre blauen Augen stechen aus einem mit Sommersprossen übersäten Gesicht hervor und ihr Mund scheint immer zu lachen. Sie sieht aus wie die gute Hexe aus Kinderbüchern und dieses Aussehen unterstreicht sie mit ihrem extravaganten Kleidungsstil. Ihn bunt zu nennen, wäre pures Understatement, ihn schreiend zu nennen, eine Beleidigung. Es ist irgendwas dazwischen. Zumindest ist Sue niemals zu übersehen. Sie trägt große Muster und diese lassen sie – auch aufgrund ihrer Körperfülle aus der Masse des Einheitsgraus in den Straßen hervor stechen. Sue ist der Überzeugung, dass jeder Mensch einmal ein drittes Auge besaß. Die einen nutzen es, die anderen ließen es verkommen. Sie sammelt Menschen, die ihre Fähigkeit akzeptieren und zum Wohl anderer verwenden. Und findet sie einen, der nicht an das Übersinnliche glaubt, dann geht sie auf diesen Menschen zu, legt ihm den

Finger genau auf die Stelle an der die Fähigkeit zu sehen, für gewöhnlich hinter der Stirn verborgen liegt, und innerhalb von Minuten schafft sie es, diesen Ungläubigen zu bekehren. Sie erzählt diesem Menschen von seinen Sehnsüchten, seinen Ängsten und seinen Hoffnungen. Sue lacht dann meist über das erschrockene Gesicht desjenigen und stemmt die Hände in ihre voluminösen Hüften. „Dein Wurmfortsatz hat es mir erzählt", pflegt sie dann zu sagen. „Du lässt ihn verkümmern", schimpft sie, „aber das ist kein Blinddarm, sondern deine Seele. Lass sie raus." Es ist immer wieder amüsant, ihr dabei zuzusehen und wenn sie mit der Schelte der Leute fertig ist, dann dreht sie sich zu mir um und beginnt mir den Kopf zu waschen. Ich hab zwar akzeptiert, dass ich diese Fähigkeit besitze, doch sie ist mir eher eine Last, als das ich sie positiv nutzen kann. Trotzdem drängt sie mich nicht. Sie will nur ein Auge auf mich haben. Ein reales Auge, damit sie sicher sein kann, dass mir nichts geschieht. Sie liebte Tyler zwar wie ihren eigenen Sohn, aber dass er mir zu Hilfe kommen könnte, wenn nötig: Das bezweifelt sie. Sue kniet vor mir und ich lege meinen Kopf in ihren Schoß. Sie streichelt mich, streicht mir die verschwitzten Haare aus dem verweinten Gesicht und tröstet den schlimmen Traum weg. „Hier sind ihre Tabletten", höre ich Ty sagen und ich bin glücklich. Er ist nicht verschwunden. Er ist da. Sue schenkt mir das Glas erneut ein, drückt aus zwei Packungen je eine Tablette heraus und reicht sie mir. „Nimm sie. Du musst Dich ausruhen", sagt sie leise und ich richte mich auf. Mir wird schwindlig und ich muss mich an die Bettkante lehnen. Widerspruchslos nehme ich daraufhin die Tabletten. „So ist es gut." Sues Stimme lullt mich ein. „Willst du nicht ins Bett gehen?" Ich schüttele schwach den Kopf. Aufstehen? Unmöglich. Tyler legt eine Decke über mich, während ich mit meinem Körper am Bettkasten lehne, den Kopf auf die Matratze gestützt. Wie durch einen Schleier folge ich ihren Gesprächen. Irgendwas mit dem Diner und den Resten einer Pizza. *Na herzlichen Glückwunsch.* Mein Schädel dröhnt, mein gesamter Körper schmerzt und die Tabletten verursachen mir Übelkeit und die beiden haben nichts Besseres zu tun, als über Pizza zu reden. Die Medikamente wirken in ihren üblichen Parametern, wie man so schön sagt. Ich schlafe tief und fest und das, ohne zu träumen. Den Samstag verbringe ich in einem Dämmerzustand, der immer wieder von einem Glas Wasser – von Sue oder Ty gereicht – unterbrochen wird. Am Sonntagnachmittag fühle ich mich ausgeschlafen und ausgeruht. Mein Körper scheint so weit zu funktionieren, dass ich aufstehen und etwas essen kann. Sue sitzt am Küchentisch der kleinen Wohnung, die Ty sein eigen nennt. Dass in seinem Schlafzimmer Unmengen an Regalen vollgestopft mit Büchern stehen, war irgendwie logisch. Dass sich dieser Bücherreigen aber auch in Küche und Bad fortsetzt, erstaunt mich immer wieder. Sue sieht auf, als ich in der Tür lehne. „Kaffee?", fragt sie und lacht leise über meinen desolaten Zustand. Ich nicke und sie schenkt mir eine Tasse ein. „Dann komm her. Toast?" Wieder nicke ich und lasse mich wie ein nasser Sack auf einen Stuhl fallen. „Tyler hat mir von deinem neuen Job erzählt. Glückwunsch", sagt sie, ohne eine Spur der Enttäuschung oder Wut darüber, dass ich sie nicht zuerst informiert habe. „Ich freue mich sogar darüber", fährt sie fort, während sie den Toast röstet, „allerdings erwarte ich von dir, dass du samstags für zwei Stunden ins Diner kommst." Jetzt sieht sie mich an, zieht die Augenbraue hoch und in ihrem Blick liegt die Aussage, dass Widerspruch zwecklos ist. „Mach ich", antworte ich, lehne mit dem Rücken an der Wand. „Versprichst du mir noch etwas?" „Wenn du die Tabletten meinst … ungern." Sue lacht tonlos, nimmt den Toast aus dem Toaster und reicht ihn mir auf einem Teller. „Du siehst doch was passiert", versucht sie, an meine Vernunft zu appellieren. „Du hörst dich an wie Ty", stöhne ich und schmiere ordentlich Butter auf das Toastbrot, bevor ich herzhaft hinein beiße. „Er hat recht und ich auch. So einfach ist das." Sue schmunzelt und ich verdrehe resignierend die Augen. „Ja, ich weiß." Wir verbringen den Sonntag gemeinsam und immer wieder versucht Sue, mir

Einzelheiten aus den Träumen zu entlocken. Doch am Ende des Tages ist sie genauso ratlos wie ich. Auch Sue, die sonst diejenige ist, die alles deuten konnte, weiß nicht, was diese Szenen bedeuten konnten. Beruhigend ist das nicht. Aber was soll ich tun? Zum einen beängstigen mich diese Träume, aber sie geben mir keinen Anhaltspunkt. Zum anderen will ich mich mit meiner Fähigkeit nur dann beschäftigen, wenn es wirklich nötig ist. Vielleicht ist Letzteres auch der Grund, warum ich mir keinen Reim auf die ganze Sache machen kann. Ich habe einfach nicht die Übung Bilder zu deuten. Allerdings ist mir auch nicht danach, diesen Umstand zu ändern.

Der Montag an der Uni verläuft relativ normal. Ein paar Reibereien unter anderen Kommilitonen, die sich über eine bestimmte Prüfungsanordnung in die Haare bekommen. Aber das ist an einem Montag vor den Prüfungen vollkommen normal. Irgendwie verkraftet kaum jemand, dass das Wochenende vorbei ist. Gegen drei Uhr mache ich mich auf den Weg zu Professor Keyne. Der Vortragsraum liegt am anderen Ende des Unigeländes und es ist ein ziemlicher Spaziergang. Wie ich feststelle, ein langer und ich komme natürlich beinahe zu spät. Der Raum sieht aus, wie jeder andere hier an der Uni und soll, wie ich später feststellte, nur dazu dienen, dass wir uns hier sammeln, um dann gemeinsam in einen speziellen Bereich der Bibliothek zu gehen. Beinahe schüchtern betrete ich den Raum und sehe mich um. Knapp zehn Leute sind da und unterhalten sich angeregt. Sie scheinen sich alle zu kennen, was mir die Angelegenheit nicht einfacher macht. Aber egal: Ich brauche das Geld, da brauchte ich die Leute nicht. „Ah ... Mrs. Hynes", ruft Professor Keyne erfreut, der irgendwo in der Nähe des Fensters steht und sich mit einem gut aussehenden Studenten unterhielt, und kommt auf mich zu. „Meine Herrschaften", ruft er in den Raum, „unsere Verstärkung." Er schiebt mich vor sich. „Mrs. Charlotte Hynes, drittes Jahr, englische Literatur." Die anderen Personen nicken mir höflich lächelnd zu und ich kann das erste – und auch das letzte Mal – auf alle einen Blick werfen. Himmel: Wenn Professor Keyne schon heiß aussieht, was waren die hier dann? Die männlichen Studenten entsprechen dem Unterwäsche-Model-Hype in den Zeitungen. Keiner, der nicht mindestens ein Sixpack unter seinem T-Shirt vorblitzen lassen kann. Keiner, der nicht einfach nur wild aussieht oder dessen Körpersprache laut das Wort „sexy" heraus schreit. Und die Mädchen? Ich fühle mich wie eine hässliche Ente zwischen ihnen. Super gepflegte Haare, Teints, die einem Make-Up-Modell den Neid ins Gesicht treibt, Figürchen, die den Maßen 80-60-80 alle Ehre reichen. Und die Klamotten? Ich komme mir vor, als hätte ich mich bei der Heilsarmee eingekleidet.

Irgendwie passe ich hier nicht rein. Professor Keyne scheint das nicht zu stören. Er winkt uns und wir folgen ihm den Weg zurück in die Bibliothek. Ich mag diesen Saal. Die Universität wurde im 16. Jahrhundert gegründet und die Holzregale sind nicht viel jünger. Geschwungene Leitern führen über mehrere Etagen bis hinauf unter ein gewölbtes Glasdach. Der Boden ist so ehrwürdig, dass wir eigentlich alle zuerst auf die Knie hätten fallen müssen, damit wir diesem Raum die Hochachtung entgegen bringen können, die dieser Saal verdient. An den holzvertäfelten Wänden hängen die Portraits der Honoratioren der Universität und ab und an mal einer, der unserer Fakultät durch seine Arbeit einen gewissen Reputationsschub gab. Wir haben hier mehrere Bibliothekare, die wirklich in aller Ruhe ihrer Arbeit nachgehen konnten. In den letzten Jahren habe ich niemals den Ausruf „Ruhe bitte" zu hören bekommen. Denn in diesem Saal ist man einfach still. Die Geschichte erdrückt einen und nimmt den Atem. Wie soll man da noch schwatzen? Professor Keyne, der das Wochenende in der Sonne verbracht haben musste, denn sein Teint war noch dunkler als am Freitag, führt uns in einen kleinen Nebenraum. Dass auch Keyne verdammt umwerfend aussieht, ist für mein Selbstbewusstsein, dass unter dieser Ansammlung an Schönheit eh schon leidet, nicht sehr förderlich. Der Raum ist kleiner, nicht ganz so Ehrfurcht einflößend, aber immerhin gehört er zu Bibliothek. Der größte Teil der Studenten ging ohne zu zögern, an ihre Arbeit. *Welche auch immer das sein mochte.* Diejenigen, die es nicht taten, werden von Keyne eingewiesen, nehmen sich daraufhin Bücher und verziehen sich an die einzelnen Tische, ziehen sich Baumwollhandschuhe an, legen sich einen Mundschutz an und beginnen, die Bücher zu kategorisieren. Keyne kommt zu mir, ein Lächeln auf seinem verdammt hübschen Gesicht, und reicht mir ein Buch. Und was für eines: Es hat einen Ledereinband, auf dem ein Bild eingeprägt ist. Etwas, dass ich noch nie gesehen habe. Ein doppelter Kreis umrahmt eine dreigeteilte Spirale. Ich glaube, es ist ein mystisches Zeichen. Innerhalb des Kreises stehen einige Wörter. Die Arme dieser Spirale sehen aus wie die Wurzeln eines Baumes, die aus der Erde ragen. Ein paar Sprösslinge blühen daran. Ein sehr kraftvolles Bild. Die Seiten sind leicht vergilbt, was nicht am Papier liegt, sondern am Material. Sie sind aus Leder. Mir stockt der Atem. Das Buch muss tausende von Pfund wert sein und ich halte diese Kostbarkeit in den Händen. „Ziehen Sie sich bitte Handschuhe an und legen ebenfalls einen Mundschutz an. Mehr steht uns leider an Schutzmaßnahmen für diese Kostbarkeiten nicht zur Verfügung", sagt er und ich höre da ein wenig Bedauern heraus. „Vielleicht bekommen wir einen sterilen Raum, wenn diese Studie beendet ist." Er führt mich an einen freien Tisch, ich präpariere mich und er legt das Buch vor mich auf eine Buchstützte. „Es geht darum, dass der Text darin kopiert wird. Schreibmaterialien finden Sie dort." Er zeigt auf ein Regal neben mir und ich nicke. „Lassen Sie sich Zeit." Er geht und hinterlässt eine leichte Wolke seines aufregenden After-Shaves. In Gedanken versunken, die nichts mit dem zu tun haben, was vor mir auf dem Tisch liegt, beginne ich meine Arbeit. Das hier, das ist leicht verdientes Geld. Zwei Stunden später lässt uns Keyne die Aufgabe beenden, mit der wir beschäftigt waren, und schickt uns nach Hause. Sorgfältig lege ich das Buch zurück in sein Behältnis; ziehe mir die Handschuhe aus und werfe sie samt Mundschutz in den Mülleimer. Während ich das tue, versuche ich mich an das zu erinnern, was ich in dem Buch gelesen habe. *Vergeblich.* Ich habe die Buchstaben gesehen, die Wörter gelesen, aber irgendwie sind sie in meinem Gehirn nicht mehr vorhanden. Seltsam: So etwas ist mir noch nie passiert, weil ich ein beinahe fotografisches Gedächtnis besitze ... Eine Nebenwirkung des *Dritten Auges*. Ich kann mich immer und überall daran erinnern, was ich gelesen habe. Hier nicht. Und das, obwohl ich die Texte auch noch kopierte. Als ich den Raum verlasse, ist es, als fällt ein Schleier von mir ab. Als würde ich in frische klare Winterluft treten, die mir das Hirn frei bläst. Vollkommen orientierungslos stehe ich im Eingang. *Wo will ich jetzt noch mal hin?* Um nicht aufzufallen, trödel ich ein wenig im Garten der Uni herum, der vor der Bibliothek liegt, und gebe mir Mühe äußerst unbeteiligt auszusehen. Ich bleibe an Rabatten stehen und tue so, als würde ich die Blumenpracht bewundern. Innerlich lache ich ungläubig. Kommt das etwa von den Medikamenten? Nein, sage ich mir in Gedanken. Die Letzten nahm ich am Samstag, das *kann* also nicht hinkommen. Langsam durchbricht die klare Luft an diesem Tag den Nebel in meinem Kopf und ich weiß wieder, wohin ich will. *Heim.* In meine Wohnung. Kopfschüttelnd mache ich mich auf den Weg. Dieses Ereignis wäre nicht erwähnenswert, wenn es das einzige dieser Art gewesen wäre. War es aber nicht. Es ging die ganze Woche so. Und jedes Mal, wenn ich aus der Bibliothek kam, hatte ich das Gefühl etwas vergessen zu haben. Etwas sehr Wichtiges vergessen zu haben. Langsam beschlich mich ein ungutes Gefühl, dass ich aber immer wieder mit den 10 Pfund pro Stunde beiseite wische. Wenn ich dann in meiner Wohnung bei Fastfood und Coke die letzten Arbeiten für mein Studium beende, ist dieses Gefühl meist schon wieder nicht mehr als nur der Hauch eines schlechten Gewissens. In dieser ersten Woche bei Professor Keyne, bin ich verdammt fleißig, denn zusätzlich zu meinen normalen Hausarbeiten, nehme ich mir noch eine weitere vor, um mir eine weitere gute Zensur zu sichern. Und dass ich diese bekommen würde, ist mir so klar wie sonst was. Ich freue mich nach dieser anstrengenden Woche auf das Wochenende, aber ich kann nicht sagen, worauf ich mich freue. Natürlich auf das Ausschlafen, die zwei Tage Pause klar. Darauf freut man sich, wenn man die ganze Woche gearbeitet hat. Die obere Themse lockt und ich gönne mir ein Wochenende dort oben im frischen sommerlichen Grün, esse viel frischen Fisch, lasse mir die Sonne auf die Nase scheinen und spüre, dass es mir richtig gut geht. Ich kann es mir leisten, bei dem Stundenlohn und das ist ein verdammt gutes Gefühl. Trotzdem ist da ständig etwas in meinem Nacken. Gefühlt, natürlich. Etwas, dass mir sagt, ich hätte etwas vergessen. Ich mag meine Arbeit in der Bibliothek. Besser noch: Ich liebe sie. Wie am ersten Tag bearbeite ich das in Leder gebundene Buch. Es fühlt sich – selbst durch die Handschuhe – wunderbar an. Zumal ich noch niemals Buchseiten gesehen habe, die aus feinem, gegerbtem Leder gefertigt wurden. Sie knistern leise, wenn man sie umblättert und sie sind so dünn, dass ich glaube hindurch sehen zu können. Die Farben der Zeichnungen in diesem Buch sind so kräftig, als hätte sie jemand erst gestern gemalt. Die Buchstaben so gestochen scharf, dass ich mich frage, warum man aufgehörte, solche Bücher zu drucken. Die Tätigkeit in dem kleinen Nebenraum fordert allerdings auch ihren Tribut. Da wir an den Tischen stehen, die unserer Körpergröße nicht angepasst sind, meldet sich in der dritten Woche der Studie mein

Nacken. Die rechte Seite ist so verspannt, dass ich mich vor Schmerzen kaum konzentrieren kann. Meine üblichen Maßnahmen helfen nicht. Nach einer heißen Dusche bin ich bereits nach einer halben Stunde wieder so verspannt, dass ich kaum den Kopf oben halten kann. Ach, schlimmer noch: Es brennt wie die Hölle in meinem Nacken und treibt mir die Tränen in die Augen. Bis auf dieses kleine Manko bin ich begeistert von dem, was ich dort in diesem Raum tuen darf. Zumal mich schon der Anblick der männlichen Studenten für jede Unbill, die ich erleiden muss, entschädigt. Sie sind durchweg hübsch, gut gebaut und überaus intelligent. Dass ihre Augen in allen möglichen Schattierungen der Farbe Blau leuchten, empfinde ich als witzigen Umstand. Leider ergibt sich nicht die Möglichkeit, mich mit ihnen zu unterhalten, mal von den Momenten abgesehen, in denen wir gemeinsam über den Campus gehen, um zur Bibliothek zu gelangen. Aber sie sind so seltsam schweigsam. Dass ich mit dem weiblichen Teil der Gruppe nicht in Kontakt komme, schiebe ich darauf, dass sie eine eingeschworene Gruppe sind und ständig wie die Hühner auf der Stange beieinander hocken. Mit einem Aschenputtel – ein äußerst höflicher Vergleich meines Auftretens mit dem der Schönheiten – wollen sie nichts zu tun haben. Sobald wir alle unsere zwei Stunden absolvierten, gingen wir unserer Wege. Und die sind nun mal unterschiedlich. Dass ich niemanden dieser Studenten am Morgen in der Uni sehe, lässt mich nicht stutzig werden. Das Gelände ist so groß, da kann es schon mal passieren, dass man sich nicht über den Weg läuft. Während ich so darüber nachdenke, fällt mir auf, dass ich jemanden schon länger nicht gesehen hatte. Aber ums Verrecken: Ich kann mich nicht erinnern, wer das wohl gewesen sein mag. Aber da ist dieses Gefühl von tiefer Zufriedenheit, die der Gedanke an diesen Jemand bei mir hinterlässt. Diese Empfindung, dass diese Person einmal sehr wichtig für mich war. *Wieder ein Grund für ein schlechtes Gewissen.* Hatte mich dieses Gefühl vor ein paar Wochen noch schwer belastet, war es mir jetzt zwar kurzfristig unangenehm, aber hey: so war das Leben. Menschen sahen sich, Menschen trafen sich und gingen dann wieder ihrer Wege. Oder nicht? Meine Nackenschmerzen verstärken sich und nach reiflicher Überlegung mache ich mich auf den Weg zu meinem Hausarzt, Dr. Gerard. In diesen Tagen und Wochen, als die Schmerzen auftauchen, lief ich rum wie ein Zombie. Was meiner fehlenden Attraktivität meinen Kollegen gegenüber keinen Abbruch tut, denn sie ignorieren mich auch weiterhin.

Seine Praxis ist wie jede Arztpraxis eingerichtet. Weiß, ein paar günstige Kunstdrucke an den Wänden, das beinahe schon obligatorische Skelet, ein paar

Warnungen für die Studenten sich beim Sex mit Kondomen zu schützen, ein großer Schreibtisch, auf dem das Chaos herrscht. Ein Lederstuhl dahinter, ein Plastikstuhl davor und eine Liege mit Lederbezug. Das Weiß der Wände wirkt kalt und steril, aber so ist das halt in Arztpraxen. Während ich mich umsehe, betritt der Doc den Raum. Seine Adresse hatte ich in meinem Portemonnaie; ich musste ihn also kennen und deshalb bin ich zu ihm gefahren. Doch als er den Raum betritt, steht mir eine vollkommen fremde Person gegenüber. Ich kenne den Mann nicht. Nur sein Name ruft in meinem Erinnerungsvermögen so etwas wie »erkennen« hervor. Das Gesicht? Die Person Dr. Gerard ruft in mir kein Erkennen hervor. Nein … ich kenne ihn nicht. Er hingegen scheint mich gut zu kennen. „Charlotte", sagt er freudestrahlend, als er den Praxisraum betritt, „schön Sie zu sehen." Meinem verständnislosen Blick begegnet er mit einem Lächeln. „Brauchen Sie ein Rezept?", fragt er und setzt sich an seinen Schreibtisch. Ich stutze. „Ähm … ja, aber wollen Sie mich nicht erst untersuchen?" Ich hab ja schon von Ärzten gehört, die den Studenten die Psychopharmaka hinterher werfen, weil diese meinen, sie würden dem Druck nicht standhalten. Aber hey: das war ich doch nicht. Dr. Gerard sieht in eine Akte. Und ich staune nicht schlecht. Es war meine. Zumindest stand mein Name drauf. Und sie war dick. Verdammt dick. „Ich sehe", sagt er nachdenklich, „Sie haben schon länger keine Medikamente mehr angefordert. Geht es Ihnen gut?" Er sieht auf und mich fragend an. Ich nicke, weiß zwar nicht warum, aber ich nicke. Ich? Medikamente? Ich bin doch überhaupt nicht der Typ dafür. „Ich würde Ihnen trotzdem gerne ein Rezept mitgeben. Falls Sie einen Rückfall haben." Rückfall? Verdammt, was will der Kerl von mir? Mein Glück, das ich es einen Augenblick später herausfinden kann. Dr. Gerard wird von der Praxishilfe herausgerufen und ich greife mir die Akte. Und da steht es schwarz auf weiß: Ich habe einen gehörigen Knall und brauche Medikamente um diesen Knall in Zaum zu halten. Ich erschrecke, verständlicherweise. Mein Herz schlägt mir bis zum Hals. Ich? Medikamente? Psychodrogen? Niemals. Dr. Gerard kommt zurück, entschuldigt sich und wundert sich, dass die Akte nicht an ihrem Platz liegt. „Ich werde alt", sagt er mit einem Schmunzeln. „Also, Charlotte: Was kann ich für Sie tun." Ich erkläre ihm mein Problem mit dem Nacken und er bittet mich, den Oberkörper frei zu machen. Während ich mit dem Rücken zu ihm gewandt vor ihm stehe, tastet er meinen Nacken auf der rechten Seite ab. Es tut höllisch weh und ich zucke unter jeder seiner Berührungen zusammen. „Wie lange haben Sie das schon?" „Ein paar Tage?" Seine Stimme hat sich verändert. War sie bis vor ein paar Minuten noch freundlich, höre ich jetzt Ärger darin. „Wollen Sie mich eigentlich verkohlen?", fragt er und wendet sich ab. „Ziehen Sie sich wieder an." Verunsichert sehe ich ihn an, dann ziehe ich meinen Pullover über. „Sie sind sich sicher, dass Sie keine Medikamente für ihren psychischen Zustand brauchen?" Fragend sehe ich ihn an. „Ich brauche keine", bestätige ich. Dr. Gerard liest noch einmal in seiner Akte. „Sagen wir es mal so: Wie lange haben Sie das Brandmal schon?" Ich schaue ihn erstaunt an. „Brandmal?" Sein Gesichtsausdruck verändert sich jetzt auch. Von dem mitfühlenden Verständnis, das er bis vor ein paar Minuten an den Tag legt, ist nichts mehr zu sehen. „Charlotte, wie viele Tabletten haben Sie genommen, um das da in ihrem Nacken auszuhalten?" Ich verstehe nicht ein Wort von dem was er sagt und bringe das auch zum Ausdruck. „Ich weiß nicht, was Sie meinen, Doktor. Ich habe mir bei der Arbeit in der Bibliothek den Nacken verrenkt, weil wir da so blöd stehen müssen. Mehr nicht." Er lehnt sich zurück und ich kann ihm ansehen, dass er mir kein Wort glaubt. „Waren Sie betrunken?", fragt er schließlich. Ich lache ungläubig. „Wie bitte? Was wollen Sie von mir? Ich brauch ne Massage, mehr nicht." Er schüttelt den Kopf, steht auf und geht zu einem Waschbecken, über dem der übliche Verbandsschrank hängt. Er öffnet ihn und holt einen kleinen Handspiegel heraus, dann bedeutet er mir, dass ich zu ihm kommen soll. Also stehe ich auf, auf unsicheren Beinen, das hier ist mehr als unheimlich, gehe zu ihm und er dreht mich vor dem Spiegel auf dem Verbandsschrank so, dass ich – wenn ich den Handspiegel richtig halte – meine Rückseite sehen kann. Er hilft mir sogar und schiebt den Kragen meines Pullis zur Seite. Und da sehe ich es. Das erste Mal, dass ich es tatsächlich sehe. Von wegen Verkrampfung. Mir stockt der Atem. Ich habe keine Ahnung wie das Dingen da hinkommt, habe es noch nie gesehen und wenn ich ehrlich bin, auch nicht danach gesucht. „Ich ... was zum Teufel ist das?", frage ich und sehe den Arzt an; in meinem Blick: Panik. Ich weiß nicht, ob er mir glaubt – ich schätze eher nicht – dass ich keine Ahnung habe, was das da in meinem Nacken ist. Ich zücke mein Handy, reiche es ihm. „Fotografieren Sie das bitte." Für einen Moment hält er inne, dann nickt er nachdenklich, macht das Foto und reicht mir das Telefon zurück. „Es hat sich entzündet", sagt er. „Ich gebe Ihnen etwas Salbe und mache einen Verband drauf, damit die Stelle sich beruhigen kann. Und Sie wissen wirklich nicht, woher Sie das haben?" Verzweifelt schüttel ich den Kopf. Ich spüre Tränen in meinen Augen, kann sie gerade noch so eben zurückhalten. „Nein", antworte ich so leise, dass ich mich selbst kaum höre. „Alkohol? Drogen?" Ich zucke mit den Schultern. „Nein, nichts davon", sage ich wütend. Dr. Gerard schickt mich mit einer Extra-Packung Salbe, jeder Menge Verbandsmaterial nach Hause. „Wenn es nicht besser wird, kommen Sie wieder." Ich sehe zu ihm auf, verspreche es und gehe. Diese Aussage, dass jemand neben sich steht, dass dieser Jemand dann verstört ist, trifft so sehr auf mich zu, dass ich noch verwirrter bin. Ich stehe an diesem Nachmittag neben mir. Weit neben mir. Wie paralysiert starre ich auf das Foto auf meinem Handy. Verdammt. Ich habe keine Ahnung was das sein könnte und wie es dahin gekommen ist. Instinktiv greife ich in meinen Nacken und zucke zusammen. Ich fühle etwas. Nicht nur den Verband. Etwas, dass ich bisher nie gefühlt habe. Durch diesen Verband drückt sich die Struktur des Brandings. Verdammt. Ich hab doch geduscht, habe die Stelle im Nacken befühlt und massiert und niemals habe ich dieses Branding gefühlt. Was ist mit mir passiert? Beklemmung will mir den Atem nehmen. Ich habe Angst. Unsägliche Angst, denn da ist mehr, als ich vermute.

Es schmerzt noch mehr, als zu dem Zeitpunkt, an dem ich die Praxis betrat. Ich sehe mich um. Dr. Gerards Praxis liegt im dritten Stock. Und er beobachtet mich vom Fenster aus und telefoniert gleichzeitig, während ich auf der Straße stehe und keine Ahnung habe, was aus meinem Leben geworden ist. Langsam setze ich einen Fuß vor den anderen. Ich muss mich bewegen. Irgendwo hingehen. Jetzt nur nicht allein sein. Einfach laufen. Egal wohin. Ich gehe durch die Straßen, nehme sie nicht wahr. Sehe die Menschen, die mir entgegen kommen nicht, laufe gegen sie. Wie eine Betrunkene stoße ich immer wieder gegen sie, murmel Entschuldigungen, die ich selbst nicht verstehe. Ich wanke, mein Kopf ist benebelt, die Schmerzen in meinem Nacken werden übermächtig. Immer wieder muss ich mich an irgendetwas anlehnen, damit ich mich ausruhen kann. Ich laufe und ich weiß nicht wohin. Plötzlich, also für mich plötzlich, stehe ich vor dem großen Schaufenster eines kleinen Diners. Noch sind kaum Gäste an den Tischen und weil ich trotz der Schmerzen in meinem Nacken hungrig bin, gehe ich hinein, suche mir einen Platz am Fenster und stütze mein Gesicht in die Hände. Das Telefon habe ich vor mir abgelegt und starre immer noch auf das Foto. Es zeigt eine wunde, rote Stelle. Kreisrund mit einem seltsamen Muster, das mich sehr an blühende Wurzeln erinnert. Angestrengt denke ich darüber nach, ob ich dieses Muster schon einmal gesehen haben könnte. Aber so sehr ich mich auch bemühe, es ist sinnlos. Mir fällt weder ein, ob ich es schon Mal gesehen habe oder wann und wie es auf meinem Nacken gelandet sein könnte. Gedankenverloren und erschrocken darüber, dass mein perfektes Leben wohl doch nicht so perfekt ist, sehe ich hinaus auf die Straße. Die Menschen eilen vorbei oder bleiben stehen, um einen Schwatz zu halten. Ich sehe in ihre Gesichter und diese Gesichter kommen mir bekannt vor. Aber auch hier ist der Gedanke eine Einbahnstraße. Ich weiß einfach nicht woher ich diese Leute kenne.

Ein Schatten legt sich über meinen Tisch und ich blicke auf. Eine Frau – grässlich bunt gekleidet und mit feuerroten Haaren – steht an meinem Tisch. Sie trägt eine weiße Schürze um ihren Bauch und diese Schürze schmeichelt ihrem Körperumfang bestimmt nicht. Sie sieht aus wie zwei aufeinander gestellte Tonnen. „Was darf ich Ihnen bringen", fragt sie und ihr Lächeln geht mir tierisch auf die Nerven. Es ist so mütterlich verständnisvoll. Wie kann man einer fremden Person, also in diesem Falle mir, so ein Lächeln entgegen bringen? Professionalität bis ins Mark. Mir ist nicht nach lächeln. Nicht nach lachen, nicht nach … was auch immer. „Können Sie etwas empfehlen?", frage ich, so höflich wie möglich. „Alles?", antwortet sie und ihr Lächeln verkommt zu einem breiten Grinsen. Wenig hilfreich, denke ich, richte mich auf und sehe kurz in die Karte. „Ich hätte gerne das Steak, nicht durch, ein Bier und zum Nachtisch bitte eine Crème Brûleé." Sie schreibt meine Bestellung auf und ich beobachte ihre Hände dabei. Da sehe ich es: Sie trägt einen Ring an ihrem Finger, der das gleiche Muster trägt, wie das Dingen in meinem Nacken. „Entschuldigen Sie bitte", sage ich vollkommen außer Atem, nehme mein Handy und zeige ihr die Fotografie. „Aber bitte … was ist das für ein Zeichen?" Die Frau schüttelt ihre rote Haarpracht in den Nacken, nimmt mein Handy und lächelt. „Eine Triskele. Warum?" Zweifelnd wechselnd mein Blick von ihr zu dem Bild, dann beuge ich meinen Kopf nach vorn, ziehe den Pullover zur Seite, knibble am Verband und hebe ihn an. Dass die Rothaarige daraufhin laut die Luft einsaugt, bestätigt mir, dass das Zeichen in meinem Nacken nichts Gutes sein kann. „Kommen Sie doch mit nach hinten, dann erzähl ich Ihnen ein wenig mehr darüber." Sie hält mir die Hand hin, ich ergreife sie und – diese Geste kommt mir so seltsam vertraut vor – sie führt mich in die Küche, in der – trotz der Tatsache, dass nur wenige Gäste vorn sitzen – viel Betrieb ist. Zwei Köche huschen zwischen Töpfen und zwei verschieden großen Herden hin und her, klappern und schnibbeln wie die Weltmeister vor sich hin. Ich kann nicht anders: Dieses Bild von Leben entlockt mir ein zufriedenes Lächeln. Und wieder einmal dieses unbestimmte Gefühl, so etwas Ähnliches zu kennen und es nur vergessen zu haben. In der hintersten Ecke, in der Nähe eines geöffneten Kühlschranks, steht ein langer Kerl. Oh ja, er ist riesig. Und so hübsch obendrein. Ein weiteres Déjà vu befällt mich. Ich kenne ihn, das weiß ich. Aber sein Name? Sein Anblick hinterlässt ein großes schwarzes Loch in meinem Kopf. Als die Bedienung und ich eintreten, dreht er sich um, richtet sich auf und strahlt mich an. Ganz so, als würde auch er mich kennen und als hätten wir uns lange nicht gesehen, will er auf mich zukommen. Das Kopfschütteln meiner Begleitung, das ich im Augenwinkel erkenne, hindert ihn in letzter Minute daran. Wenn mein Leben in den letzten Wochen nicht schon seltsam genug gewesen wäre, hätte mir das Verhalten der Bedienung Sorgen gemacht. So muss ich davon ausgehen, dass ich die einzig Normale unter Millionen von Wahnsinnigen bin und wundere mich eben nicht. „Kommen Sie", nimmt die Bedienung das Gespräch wieder auf, „wir gehen nach hinten in meine Privaträume. Ty? Machst du für die Dame die Bestellung fertig und kommst dann nach?" Der Lange nickt, nimmt den Zettel mit der Bestellung, sieht mich mit einem Blick an, den ich nicht deuten kann, an und macht sich an die Arbeit. Mal von seinem eigenartigen Verhalten abgesehen: Der Kerl ist einfach schnuckelig. Er hat dunkle Locken, ein blasses Gesicht, und sein Körper scheint äußerst durchtrainiert zu sein. Ein Leckerchen. Doch dann fällt mir wieder mein Aussehen ein und mit einem letzten schmachtenden Blick, wende ich mich meiner Umgebung zu. Die Küche ist klein, beinahe privat. Blechtöpfe in allen Größen und Formen stehen herum, oder hängen von der Decke herab. Zwei Herde, deren Kochstellen unter vollen Flammen stehen, zwei Köche, die wie Berserker schwitzen. Eine ganz normale Küche also. Keine Anzeichen dafür, dass mir hier jemand etwas über Triskelen in meinem Nacken erzählen könnte. Die Bedienung bleibt vor einer Tür stehen, dreht sich kurz zu mir um und hält für einen Moment inne. Ihr Blick ruht auf mir, so als prüft sie, ob sie den nächsten Schritt überhaupt wagen soll. „Übrigens: Ich heiße Sue", sagt sie, lächelt ein wenig gequält und mit dem Ellenbogen drückt sie die Klinke der Tür hinunter, die weit aufspringt. „Charlotte", nenne ich meinen Namen, und schiele in den Raum hinein. Sie nickt sachte. „Ich weiß." Erstaunt ziehe ich eine Augenbraue hoch.

Diese Sue ist eine seltsame Person. Bunt seltsam und erinnert sie mich an eine Hexe, die sich in meinen Kinderbüchern tummelten. Soweit funktioniert mein Gedächtnis also noch, denn ich weiß, dass ich mal meine Nase in Kinderbücher gesteckt haben muss. Kann also nicht so schlimm sein. Wenn ich auch dieses Déjà vu Gefühl, das mich seit einigen Wochen immer wieder beschleicht, als ständigen Begleiter akzeptiert habe; hier in diesem Restaurant ist dieses Empfinden beinahe übermächtig. Aus dem Raum, der mehr eine Abstellkammer mit Fenster zu sein scheint, schwebt mir eine Wolke aus Rosenholz entgegen. *Ah, ab jetzt wird's mystisch.* Über Eck zur rechten Hand steht ein großer Schreibtisch, der beinahe den gesamten Platz hier drinnen einnimmt. An den Wänden hängen Artefakte einer Kultur, die ich nicht kenne, die mich aber beim betrachten tief in meinem Inneren berühren. Langsam wird dieses Déjà Vu lästig. Ich kenne das alles, kann es aber nicht einordnen. Ich war hier schon einmal. Ich kenne all die Gegenstände, die – wie ich hoffe – nur zu Dekorationszwecken ausgestellt sind. Die Blicke meiner Gastgeberin bohren sich in meinen Rücken. *Hunger? Vergessen. Sollen sie sich ihr Steak sonst wo hinstecken.* Mir ist so übel, von den plötzlich auftauchenden, migräneartigen Kopfschmerzen. Schmerzen, die hinter meiner Stirn sitzen. Punktuell. Nur an einer Stelle. Dort zu stehen, die Gegenstände zu betrachten, von denen ich weiß, dass ich sie kenne, aber nicht weiß woher, macht mir Angst. Und es wirft eine Frage auf, die ich mir niemals glaubte stellen zu müssen. „Wer bin ich?" Sue seufzt. Sie tritt an mich heran, legt mir die Hände auf die Schultern – warm und fest, beinahe wie ein Schutzschild vor dem, was sie jetzt sagen würde, liegen sie da – und diese Berührung verwirrt mich nur noch mehr. „Du bist Charlotte Heynes, geboren und aufgewachsen in Peterborough, Studentin der Literatur und du hast das *Dritte Auge.*" Die ersten Fakten kenne ich. *Nix Neues.* Bei ihrer Aussage, dass ich das *Dritte Auge* habe, drehe ich mich zu ihr um und sehe sie verständnislos an. *Ein klein wenig verrückt hört sich das ja schon an. Oder?* „Setz´ dich, Charlotte", fordert sie mich auf und ich leiste dieser Aufforderung Folge. Wie ein Sünder falte ich die Hände in meinem Schoß und warte. „Du bist eine der *arwydd*", beginnt sie. *Schön, sagt mir aber gar nichts.* Sue tritt auf mich zu, legt mir einen Finger auf das Kinn. „Glaube, Liebe, Hoffnung." Sie berührt meine Muttermale. „Das ist das erste Zeichen." Sie fährt mit ihrem Finger über mein Gesicht, spreizt sie und bleibt einen Zentimeter vor meinen Augen stehen. „Dunkle, blaue Augen, das ist das zweite Zeichen." Sie lächelt mich aufmunternd an, als sie spürt, dass ihre Handlungen mir das Herz bis zum Hals schlagen lassen. „Das *Dritte Auge*", sagt sie, als sie mit ihren Fingern zwischen Augenbrauen und Nasenwurzel stehen bleibt und diese Stelle vorsichtig drückt. „Unsichtbar für die Außenwelt, spürbar für alle, die es in sich tragen." Sie zieht sich einen Stuhl heran, setzt sich mir gegenüber und nimmt meine Hände. „Du bist mit Tyler vor vier Jahren aus den Midlands hier herunter kommen. In deiner Kindheit hat er dir geholfen, mit den Auswirkungen einigermaßen fertigzuwerden. Du hattest immer schon Angst vor deiner Gabe, aber ab und an konntest du sie auch nutzen." Mein Blick versinkt in ihren blauen Augen. „Du?", frage ich und sie nickt. „Ich habe es auch. Aber ich quäle mich nicht so wie du." Sie streichelt mir die Wange. „Wir haben dich gesucht, Charlotte. Nach deinem letzten – nun sagen wir mal – Anfall, warst du verschwunden. Tyler ist bald wahnsinnig geworden vor Sorge und ich auch." In mir sinkt alles zusammen. Mein innerliches Ich liegt auf dem Boden und krümmt sich. Alles bricht zusammen. Habe ich so falsch mit der Einschätzung meiner Situation in den letzten Wochen gelegen? Es war doch alles in Ordnung. Bis auf die Schmerzen im Nacken. Und jetzt? Alles liegt in Trümmern. Sue erzählt mir von Problemen, die ich eigentlich gehabt haben müsste und von denen ich nichts weiß. In dem Moment, als sie von diesem Anfall spricht, über dessen Auswirkungen sie sich ausschweigt, fühlt es sich an, als würde mein ganzer Körper wie ein nasser Sack auf den Boden fallen. Ein Geräusch lässt mich aufsehen. *Tyler*. Denke ich, denn ich sehe nicht hin. Es duftet nach frischem Steak und ich glaube, er hat es so gemacht, wie ich es gerne esse. Weil er weiß, wie ich es mag. Unsicher, wie ich wohl auf ihn reagieren werde, bleibt er im Türrahmen stehen. „Es ist gut", sagt Sue und er tritt ein, stellt den Teller ab, nimmt sich einen Stuhl und setzt sich zu uns. „Was ist los?", fragt er Sue. Er fragt tatsächlich Sue und nicht mich. Gut, von mir hätte er wahrscheinlich keine besonders eloquente Antwort bekommen, denn ich weiß weder was ich bin, woher ich komme, warum ich hier bin, was das Dingen in meinem Nacken zu bedeuten hat oder was mit mir passiert ist, noch was es mit diesen beiden seltsamen Figuren vor mir auf sich hat. Ich bin ein leeres Fass und Sue scheint sich diesem leeren Fass annehmen zu wollen, um es mit dem zu füllen, was sie Wissen nennen würde. „Sie ist wie hypnotisiert", antwortet Sue mit einem Unterton, der mir gar nicht gefällt. Sorgenvoll würde es wohl am besten treffen. Aber so genau scheint sie auch noch nicht zu wissen, was mit mir los ist. Und doch ... sie ist bereit es zu ändern. Sie krempelt die Ärmel ihrer knallbunten Bluse hoch, richtet sich auf. „O. k.", beginnt sie, „dann lass uns mal sortieren." Verschreckt sehe ich sie an, als sie mir erneut die Finger zwischen die Augen legt. „Ganz ruhig", sagt sie leise. *Ob mich das beruhigen soll, bei dem ganzen Hokuspokus, den sie veranstaltet?* Ich sitze hier mit zwei Fremden, die mich anscheinend gut kennen – eine Erfahrung, die ich heute nicht zu ersten Mal mache – die sich aus irgendeinem Grund mit Okkultismus und Parapsychologie und dem ganzen Kram beschäftigen und die obendrein noch der Meinung sind, dass ich das bis vor kurzem auch getan habe. *Hey ... Was soll an diesem Tag noch schief gehen?* Sue hat die Stelle auf meiner Stirn kaum berührt, da verstärkt sie den Druck darauf auch schon und mir wird warm. Augenblicklich summt und brummt es in meinem Körper, aber es ist nicht unangenehm. Eher so, als würde ich eine alte Bekannte nach langer Zeit wiedersehen. Mit geschlossenen Augen sitz Sue mir gegenüber. Ihre Miene zeigt die Anstrengung, die es sie scheinbar kostet mich zu „lesen". Hinter meiner Stirn kribbelt es, aber ansonsten: Nichts. „Stark", murmelt Sue vor sich hin, „sehr stark." Das sind die drei Worte, die ich verstehen kann. Alles andere hört sich – gelinde gesagt – wie böhmische Dörfer für mich an. Die Sprache kommt mir fremd vor und ich bin mir

sicher, sie niemals gesprochen zu haben. Ohne den Kopf zu bewegen, sehe ich Tyler an. Auf seinem Gesicht spiegelt sich Sorge wieder. Um wen oder was, ist mir nicht klar. Bis zu dem Moment, als Sues Berührung mich buchstäblich vom Stuhl fegt. Es knallt in meinem Kopf, Stimmen brechen über mir zusammen, schimpfen, schreien und ich finde mich plötzlich auf dem Boden wieder. Keuchend versuche ich, wieder auf die Füße zu kommen. „Was war das?" Sue ist erschöpft zusammen gesunken. Keine fünf Minuten hat der faule Zauber gedauert. Ein Blick auf die Uhr belehrt mich jedoch eines Besseren. Sues Finger bohrte sich über eine Stunde lang in mein Hirn. Tyler reicht ihr ein Glas Wasser, das sie dankbar annimmt. „Da ist mehr im Argen, als ich vermutet habe", sagt sie vollkommen außer Atem, nachdem sie das Glas geleert hat. „Was willst du tun?" Tyler sieht mich an, spricht aber mit Sue. *Nett, wenn man ignoriert wird.* „Wir sollten in deine Wohnung fahren. Du hast dort die Bücher, die wir brauchen, um diese Barriere zu lösen", gibt Sue nachdenklich zur Antwort. Für einen Moment sieht sie mich an, seufzt leise und erhebt sich dann. Sie greift nach ihrer Tasche und wirft – meiner Meinung nach – wahllos Sachen hinein. „Ruf ein Taxi." Sie spricht in den Raum und bemerkt nicht, dass Tyler zusammenzuckt. „Warum?"
„Ich bin mir nicht sicher ... nur so ein Gefühl." Langsam aber sicher habe ich wirklich genug von Gefühlen,

Vorahnungen, Dingern in meinem Nacken und sorgenvollen Blicken. „Könnte mich vielleicht mal jemand auf dem Laufenden halten?", frage ich trotzig. „Später", pappt Sue zurück. „Jetzt müssen wir erst einmal zusehen, dass wir dich wieder einigermaßen hinbiegen. Wer immer das da auch getan haben mag, er hat mehr Macht über dich, als mir lieb ist." Sie zeigt auf meinen Nacken und jagt mir damit einen gehörigen Schreck ein. Spinnen die hier alle? M*acht?* Was soll das? Das Taxi hält am Hintereingang und Sue schiebt mich und Tyler in den Fond des Wagens. Wie zwischen zwei Brotscheiben eingequetscht, beschließe ich für mich, erst mal gar nichts mehr zu beschließen. „Lass die beiden mal machen", denke ich. Sie scheinen mich zu kennen, ich scheine ihnen mal vertraut zu haben. Also ... schlechter kann ich es wirklich nicht treffen. er Taxifahrer jagt in halsbrecherischem Tempo durch das nächtliche London, was auch daran liegt, dass Sue im dreimal eine andere Adresse nennt. Sein Blick in den Rückspiegel sagt mir, dass es ihm egal ist, wohin er uns bringt. Hauptsache wir zahlen. Und Sue zahlt. Ein weiteres seltsames Gefühl beschleicht mich, aber es erschrickt mich nicht mehr. Ich kenne die Gegend, auch wenn ich mich wieder einmal nicht daran erinnern kann, warum. Wir steigen die vier Etagen zu Tylers Wohnung hinauf – muss es ausgerechnet die vierte Etage sein? – und Sue schiebt mich gleich in die Küche. Himmel, hat jemand schon mal so viele Bücher auf einem Haufen gesehen? Ich ja. Ein Erinnerungsfetzen jagt durch mein Hirn, manifestiert sich und ich stürzt aus der Küche in das nächste Zimmer. Dort steht ein Bett, eingerahmt von Bücherregalen, und ich bin mir ziemlich sicher, dass ich vor nicht allzulanger Zeit aus diesem Bett gefallen bin. Tyler steht jetzt hinter mir, legt mir vorsichtig eine Hand auf die Schulter. „Peterborough. Rosenspalier", flüstere ich, beinahe ehrfurchtsvoll. Er nickt sacht. „Du kannst in meine Träume huschen", fahre ich ungläubig fort und wieder nickt er. „Warum kannst du das?" Er nimmt mich bei der Hand, führt mich zum Bett und wir setzen uns. Bevor er erzählt, räuspert er sich umständlich. Irgendwie süß, schießt es mir durch den Kopf. Und das, obwohl ich ziemlich Angst davor habe, was er mir erzählen wird. „Weil ich dein *anextlo* bin", sagt er so, als müsse ich wissen, was das ist, und ich bemühe mich, ihn nicht auszulachen. „Mein was?" Aber er geht nicht auf meine Frage ein. „Du warst beinahe drei Monate verschwunden, Charlotte", sagt er. „Wir haben uns Sorgen gemacht, dich gesucht, aber du warst wie vom Erdboden verschwunden." Jetzt muss ich doch lachen. „Ich war an der Uni … jeden Tag und danach in meinem Zimmer im Studentenheim. Ihr hättet bloß vorbei kommen müssen. Ich kann mich daran ziemlich gut erinnern. An euch nicht …" Tyler schüttelt den Kopf. „Dein Zimmer ist abgemeldet, dein Handy wohl auf

Prepaid umgestellt, an der Uni warst du seit Wochen nicht mehr." Es ist jetzt an der Zeit, stinksauer zu werden. Natürlich war ich an der Uni. Schließlich habe ich jeden Tag dort mit Professor Keyne gearbeitet. „Wir hatten die Hoffnung, dass du irgendwann wieder auftauchst … und das hast du ja getan." „Entschuldige", sage ich und bemühe mich höflich zu sein, „aber du verstehst, dass das alles etwas sehr merkwürdig ist." Ich beuge mich vor und versuche ihm in die Augen zu sehen, doch er wendet sich ab. „Ich bin heute wegen eines verrenkten Nackens beim Arzt gewesen und dann kommt mir der Typ mit einem Dingen auf meinem Hals, von dem ich bis heute nicht wusste, dass es da ist. Und dann euer Hokuspokus. Wer von uns ist hier eigentlich verrückt?"

„Niemand ist verrückt, Charlotte." Mir gefällt sein salbungsvoller Ton nicht. Unterschwellig scheint er mir sagen zu wollen, dass er mich doch für irre hält. „Als Sue und ich dich nicht fanden, begannen wir in den alten Büchern, die ich hier habe, zu recherchieren. Sie hat wie du das *Dritte Auge* und ich konnte – obwohl ich es nicht habe – in deine Träume gehen. Und der letzte Traum, den ich miterleben durfte, hatte es in sich. Also haben wir nachgeforscht. Und sind fündig geworden." Ich halte es für besser, ihn erst mal seine Spinnereien aussprechen zu lassen. Wer kann schon sagen, ob da nicht irgendwas Brauchbares bei rum kommt? „Jeder,

der deine Fähigkeit hat, hat sozusagen einen Begleiter, einen Beschützer bei sich. Einen *anextlo*. So etwas wie eine Betreuerin in deinen Träumen, der dich aber auch vor Bösem schützt ... Das heißt aber nicht, dass ich mit den Fingern schnippe und aus meiner Nase wachsen Blumen."

„Sehr beruhigend", werfe ich ein. Tyler schmunzelt. „Ich war in den letzten Jahren immer dein Begleiter in deinen Träumen. Damit ich dich beschützen kann. Mal ist es mir gelungen, mal weniger. Aber jetzt, jetzt weiß ich, was tun kann. Jetzt kann ich dir jedes Mal helfen." Er macht eine Pause, in der wir Sue in der Küche rumoren hören. Ich versuche mir nicht vorzustellen, wie diese rothaarige Frau ihrem Aussehen alle Ehre macht und Krötenbeine und Spinnenhaare in einem Topf mit Rattenmilch zubereitet. Allein bei dem Gedanken wird mir schlecht. „Du hast recht", sagt Tyler schmunzelnd. „Sie ist eine Hexe." Ich lasse mich rückwärts aufs Bett fallen. Jetzt liest der Kerl wohl auch noch meine Gedanken. Was kommt als Nächstes? „Sie muss schlafen", höre ich Sue aus der Küche rufen. Ich kräusel die Stirn. „Wie bitte?", rufe ich zurück. „Wir müssen dich irgendwie in den Tiefschlaf versetzen. Ich glaube, ich hab´ da was." Sie kommt zu uns herüber, reicht mir ein Glas und sieht mich aufmunternd an. „Nun ... runter damit." Ich schüttele energisch den Kopf. „Nicht, bevor ich nicht weiß, was hier los ist." Sue sieht Tyler fragend an, der

lächelt entschuldigend und zuckt mit den Schultern. „Ich hab´s versucht ..." Sue seufzt theatralisch. „Gut", sagt sie, richtet sich auf und holt tief Luft, „Du sollst vorerst die Kurzversion bekommen, alles Weitere erklärt dir Ty, wenn er dich besuchen kommt."
„Du hast das *Dritte Auge*. Etwas, das alle Menschen haben, aber nicht alle nutzen. Du nutzt es. Du hast Tyler z. B. mehrfach das Leben – zumindest seine Gesundheit gerettet. Deine Fähigkeit äußert sich in Visionen. Für gewöhnlich unterscheiden sie sich: Träume oder na ... nennen wir sie mal Geistesblitze. Der letzte Traum, den du hattest – bevor du verschwunden bist – handelte von einem Vulkanausbruch, bei dem viele Menschen umkamen. Du warst Teil einer Gemeinschaft und hattest Schuldgefühle, weil du die Menschen, die am Fuße des Vulkans lebten, nicht gewarnt hast. Hier haben Tyler und ich mit unserer Suche angesetzt. Es ist nicht der Vulkan, der im Mittelpunkt steht. Er ist nur das Sinnbild für etwas." Sie steht auf, geht im Zimmer auf und ab. Bei ihrer Körperfülle und der Größe des Raumes ein Wunder, dass sie nicht alles umwirft. „Die Triskele, die du jetzt im Nacken hast, ist ein Brandzeichen. Von wem du es bekommen hast, weiß ich noch nicht, aber ich bin dran. Die Triskele an sich hat viele Bedeutungen. Zunächst ist sie ein keltisches Zeichen. Man vermutet, dass die drei gebogenen Arme für den Weg des Lebens stehen. In Verbindung mit deinen drei Muttermalen hat

es aber eine ganz andere Bedeutung: Glaube, Liebe, Hoffnung. Dieses Brandmal, so schmerzhaft es für dich sein muss, ist so etwas wie eine Auszeichnung. Eine Auszeichnung für eine hohe Priesterin." *Ok. Für Märchen bin ich wirklich nicht in der Stimmung und so verdrehe ich genervt die Augen. Etwas mehr Realität bitte.* „Trink einfach. Ich werde dich schon nicht vergiften", sagt sie grienend „Ich glaube, es schmeckt sogar ganz gut." Ich nehme ihr das Glas ab. *Also ehrlich? Was hab´ ich denn schon zu verlieren? Außer meinem Leben? Meinem ganzen Leben.* Und wenn ich weiter darüber nachdenke, dann ist es jetzt sowieso das Allerbeste so schnell wie möglich diesem Albtraum zu entfliehen. Warum dann nicht schlafen? So denn dieses Giftzeugs wirkt. Ich rieche dran und bin erstaunt, dass es mir nicht die Nasenhaare bis zur Gehirnrinde kräuselt. *Wenn es nicht so schlecht riecht, kann es auch nicht schlecht schmecken.* Seltsame Logik, aber was ist hier schon normal? Es schmeckt tatsächlich etwas holzig. Kurz schleicht sich bei mir der Verdacht ein, dass da vielleicht doch Krabbeltier verarbeitet wurde, doch wirklich nur kurz. Ich nehme einen großen Schluck. „Austrinken, sonst wirkt es nicht." *Hervorragend. Ich! Mitten in einer Hexenveranstaltung. Mahlzeit.* Das Getränk hat einen netten Nebeneffekt. Mein Hunger, der jetzt langsam wieder aufkommt, wird gleich mit gestillt. „Leg dich hin", empfiehlt mir Sue, „wenn es wirkt, dann schnell." Ich nicke gehorsam und mache mich auf Tylers Bett lang. Er deckt mich zu, lächelt verschmitzt und verlässt uns dann in Richtung Küche. Sue setzt sich an die Bettkante, hält meine Hand, sagt aber kein Wort. Und wenn sie es getan hätte: Ich hätte es eh nicht verstehen können. Die Brühe, die gerade noch in meiner Kehle war, wirkt wie ein Hammerschlag. Ich werde schläfrig und lege mich etwas bequemer hin. Kaum bin ich damit fertig, schlafe ich tief und fest.

Die ersten Minuten meines Schlafs waren dunkel. Sie strahlten tiefe Zufriedenheit aus und eine unglaublich weite Dunkelheit. Ich fühlte mich das erste Mal seit Langem weder benommen, noch einem Déjà vu ausgesetzt, noch hatte ich den Verdacht, etwas vergessen zu haben. Ich fühlte mich einfach frei und gut. Gerade als ich mich daran gewöhnen wollte, begann sich die Dunkelheit etwas zu lichten. Wenig zuerst, aber der Lichtschein war da. Ein wenig rechteckig geformt, wie ein Ausgang, der einen weiteren Gang frei gab. Ich machte mich auf den Weg. Irgendwie wusste ich, dass ich dorthin musste, wo das Licht war. Es war keine Nahtoderfahrung, aber ich war mir bewusst, dass jemand dort hinten auf mich warten würde. Alles war so wunderbar vertraut, verschwommen zwar, aber es hieß mich willkommen und ich fühlte mich leicht wie eine Feder. Sue sollte sich das Zeugs patentieren lassen, dachte ich schmunzelnd, damit wäre sie der Hit in jeder chirurgischen Ambulanz. So schnell brachte nicht mal ein Narkosearzt die Patienten in Morpheus Reich. Langsam ging ich weiter. Ich wollte nicht, dass diese mich umhüllende Dunkelheit aufhörte. Sie bot mir Schutz, obwohl ich wusste, dass mir im Licht nichts passieren würde. Aber es war so angenehm. Positiv überrascht war ich dann auch, als ich durch diesen hellerleuchteten Ausgang schritt. Ich stand auf einer Wiese in den Midlands. Rau und wild war der Anblick, der sich mir bot. Findlinge lagen herum, das Gras wurde von Felsen durchbrochen und der Wind pfiff sachte über die Anhöhen. Ich war zuhause. Das hier, das war kurz vor Peterborough. Tränen stiegen mir in die Augen. Ich war tatsächlich zuhause. Langsam ging ich den steinigen Pfad, der sich unter meinen Füßen manifestierte entlang, zupfte hier und da einen Grashalm und spielte damit. Die frische Luft roch herrlich und es war so warm wie an einem Frühlingstag. Schritt für Schritt sog ich diese Bilder in mir auf, von denen ich ahnte, dass sie aus meinen Erinnerungen stammten. Ich kam auf der Anhöhe an, sah mich um und drehte mich wie ein Kind im Wind. Breitete die Arme aus und ließ mich von der frischen Brise treiben. Etwas weiter von mir entfernt, am Fuße des Hügels, den ich gerade hinaufgelaufen war, stand ein kleines Haus. Die Schindeln auf dem Dach waren mit Moos bewachsen, die Hauswände mit Efeu und Rosen überwuchert. Eine Umzäunung des Gartens aus Findlingen hob sich deutlich aus dem Grün der Umgebung ab. Die Tür des Hauses öffnete sich und – ach, siehe da – Tyler stand im Türrahmen. Erwähnte ich, dass er ein Leckerchen war? Das war untertrieben. Er ist heiß. Als er dort stand, war nichts von seiner Blässe zu sehen, dafür umso mehr von seinem durch hartes Training geformten Oberkörper. Was hatte er noch mal gemacht? Ach ja. Schwimmen. Himmel. Diese Muskeln sahen einfach hinreißend unanständig gut aus. Sie luden dazu ein, sich anzulehnen. Seine wilden Locken, der wundervolle Oberkörper und die dunklen Jeans machten aus ihm einen Highlander der besonderen Güte. Seinen Anblick verschämt genießend, ging ich die Anhöhe hinunter. Tyler kam hinaus, öffnete das kleine Holzgatter und wartete auf mich. Als ich ihn erreichte, nahm er meine Hand, führte mich zu einer steinernen Bank vor dem Haus und wir setzten uns. „Also: anextlo", begann ich mit sarkastischem Unterton, der ihm ein breites Lächeln entlockte, „was steht an?"

„Sue sucht noch nach dem, der dir das Brandmal verpasst hat, noch hat sie ihn nicht, aber sie macht Fortschritte. Und wir sollten die Zeit nutzen." Er hielt meine Hand und – auch wenn es übermäßig esoterisch klingen mochte – ich fühlte die Energie, die von ihm auf mich überging. „Zeit? Nutzen? Wofür?" Tyler spielte mit meinen Fingern und es kitzelte ein wenig. „Über uns zu reden. Die Sache mit uns klar zu stellen." Ich stutzte. Auch wenn ich immense Erinnerungslücken hatte, wusste ich *doch, dass es kein* uns *gegeben hatte. Hier war mir die Erkenntnis gekommen, dass alles, was sie mir draußen vor meiner Traumtür erzählten, irgendwie wahr war. Und ja: Er war immer für mich da und ich liebte ihn, das hatte uns aber nicht davon abgehalten, andere Beziehungen einzugehen. „Und genau da liegt der Kasus knacktus", sagte er, meinen Gedanken aufnehmend. „Es wird für uns beide keine Lösung mit anderen Partnern geben. Ich bin in meinen Studien so weit, dass ich sagen kann, dass es für uns keine Beziehung außer der Unseren geben wird." Das wunderbare Gefühl der Freiheit war urplötzlich verschwunden. Schnapp und weg. Tyler schien soweit in diese Mythologie-Sache hinein gerutscht zu sein, dass er tatsächlich ernsthaft und unumstößlich davon ausging, ich würde den ganzen Blödsinn glauben. Er schien ebenfalls davon auszugehen, dass ich mit ihm eine Beziehung führen würde und ihm so das Leben vermasseln würde. (Denn dass ich irgendwann einmal so empfunden haben musste, - diese Erkenntnis - durchfuhr mich blitzartig.) Ich lehnte mich zurück und sah ihn prüfend an. Tyler lächelte; ich vermute, dass er in diesem Moment der Meinung war, ich würde darauf eingehen. Aber um es noch einmal zu betonen: Der Kerl war zu gut für mich. In allem. Wie konnte er überhaupt auf die Idee kommen? Weil Sue ihn mit diesem mystischen Kram eingelullt hatte? Er spürte die Veränderung, die seine Aussage bei mir hervorgerufen hatte. Aber da war noch*

etwas. Jemand schien ihn zu rufen. „Ich muss gehen." Er stand auf und – wie bei einem schlecht eingestelltem Empfang an einem altmodischen Fernsehgerät – verwackelte sein Bild und er verschwand. Allein, verwirrt und mittlerweile stinksauer saß ich auf der Bank und ließ meinen Blick über die Landschaft streifen. Vor nicht weniger als fünf Minuten war ich glücklich. Aber irgendwie wollte mir das keiner gönnen. Und nun saß ich hier und meine Wut pochte mir bis zum Hals.
Es war definitiv Zeit aufzuwachen und mein Leben selbst in die Hand zu nehmen.

Befreit, ausgeruht und wunderbar entspannt wache ich auf, um gleich den Schock meines Lebens zu erleben. Etwa einen Meter von mir entfernt sitzt ein Mann auf einem Küchenstuhl, den ich noch nie in meinem Leben gesehen habe.
Ich brauche nicht mal meine Gehirnzellen anzustrengen: Dieses unsympathische Wesen ist mir vollkommen fremd. Er sitzt dort, die Beine überschlagen, in einem grau-melierten Anzug, weißes Hemd, schwarze Krawatte. Durchaus modisch. Sein kurzes blondes Haar ist zu einem Seitenscheitel gekämmt und mit Pomade zum Halten gebracht. Aus seinem Gesicht sehen mich zwei eiskalte blaue Augen prüfend an, seine Nase ist übermäßig groß und die schmalen Lippen verstärkten den arroganten Eindruck, den er macht nur noch mehr.

Warum er mir unsympathisch ist? Ich sehe seine Aura oder zumindest etwas, von dem ich ausgehe, dass es eine Aura ist. Ja, ich fange vollkommen an zu spinnen und dieser ganze Mystik-Scheiß scheint jetzt endgültig auf mich abzufärben. Aber diesen Mann umspielt tatsächlich eine aggressiv-gelbe flirrende Wabe, die ihn in ein Licht setzte, das mir Unwohlsein verursacht. Und so etwas finde ich unsympathisch. Vor allem, wenn ich gerade aufgewacht bin. „Na", sagt er mit einer schneidend kalten Stimme, „endlich wach?"
„Wen interessiert das?", patzte ich zurück. Er lacht abfällig. „Das Yard", gibt er zur Antwort. „Phht." Reicht es heute nicht an sonderlichem Zeugs? Was will das Scotland Yard von mir? Mühsam richte ich mich auf, lege mir die Decke über die Schultern und sehe den Herrn an. Doch bis auf die Tatsache, dass er das Bein beim Überschlagen wechselt, scheint er sich nicht weiter äußern zu wollen. Also muss ich nachhelfen. „Name? Rang? Was wollen sie?" Ich klinge genervt, so genervt, dass es sogar mir auffällt. „Seamus Welbeck, DCI CID, Namen, Fakten", gibt er zur Antwort. „Namen? Fakten?", frage ich, „zu welchem Thema?" Jetzt setzt er sich gerade hin, stellt beide Beine auf den Boden, knöpft sein Jackett auf und stützt sich schlussendlich mit den Unterarmen auf seine Knie. „Sie waren für ein paar Monate verschwunden. Sue und ich arbeiten ab und an zusammen und deshalb hat sie mich gebeten, sie zu

suchen. Mit wenig Erfolg, wie ich zu meinem Leidwesen zugeben muss." Ich ziehe mir die Decke etwas enger um die Schultern. Wenn dieser Mann spricht, verringert sich die Raumtemperatur um gefühlte zwei Grad pro Wort. „Allerdings hat Sue einige Hinweise, die darauf hinweisen könnten, dass sie, Ms. Heynes, in einige Dinge verwickelt sind, die unsere Abteilung brennend interessieren." Flucht nach vorn, ist mein erster Gedanken. Ich weiß nicht, was ich getan habe, wo ich war und wie ich die letzten Wochen überhaupt verbrachte. Nur dass ich mit einer Narbe aus dieser Sache hervorgegangen bin und obendrein noch meine Wohnung los geworden. Das weiß ich ziemlich genau. „Dann werden sie sich an Sue wenden müssen. Zumal sie ihnen wohl gesagt hat, dass ich ziemlich durch den Wind bin und von nichts eine Ahnung, geschweige denn eine Erinnerung habe. Und wenn sie mich jetzt entschuldigen, ich müsste mal …" Damit stehe ich auf, schummel mich an ihm vorbei und gehe ins Bad. Flucht nach vorn, denke ich erneut, aber wohin und wie? Es ist anscheinend nicht genug, dass ich mich mit Sue und Tylers idiotischem Kram rumschlagen muss, jetzt habe ich auch noch die Polizei auf dem Hals. Ich mache mich frisch, vielleicht hilft mir das ja beim Denken und während ich das tue, lausche ich auf die Geräusche vor der Badezimmertür. Sue unterhält sich mit Welbeck, Tyler wirft ein oder zwei Bemerkungen ein, dann öffnet sich die Haustür. Ich trockne mir das Gesicht, drücke die Spülung an der Toilette und öffne dann die Badezimmertür. Niemand zu sehen. Sie sitzen augenscheinlich in der Küche und sind mit sich und ihren Theorien so beschäftigt, dass sie mich nicht bemerken würden, wenn ich jetzt zur Haustür gehen würde, um mich davonzuschleichen. *Das ist doch mal eine gute Idee.* Vorsichtig drücke ich die Klinke herunter, und gerade als ich gehen wollte, fällt mir ein, dass ich ohne Geld kaum weit kommen würde. Meine Jacke hängt unter der von Tyler am Haken. Darum betend, dass ich keinerlei Geräusche mache, die die beiden in der Küche aufschrecken lassen könnte, hebe ich seine vom Haken, nehme meine, klemme sie mir unter den Arm, und durchsuche Tylers nach Kleingeld. Ich werde fündig, schicke in Gedanken eine Entschuldigung an ihn und hänge die Jacke wieder zurück. Jetzt endlich kann ich aus diesem Albtraum verschwinden. Vorsichtig, damit die alte Treppe mich nicht doch noch verrät, gehe ich hinunter. Auf der Straße schiele ich zuerst nach Welbeck. Dem will ich nun sicherlich nicht in die Arme laufen. Aber die Luft ist rein, wie es so schön heißt. Wie ein Dieb stehle ich mich auf den Gehweg, gehe ein paar Schritte bis zu einer Bushaltestelle und verstecke mich so gut es geht im Wartehaus. Keine zwei Minuten später kommt der Bus, ich steige ein, immer darauf bedacht, meine Umgebung zu beobachten und lasse mich dann auf den Sitz vor der Treppe fallen. Jetzt komme ich endlich dazu, den Inhalt meiner Jacke zu begutachten. Zum Glück ist meine Geldbörse darin. Aber was ich jetzt tun soll, ist mir immer noch nicht klar. Fakt ist: Ich musste diesem Irrenhaus so schnell wie möglich entkommen. Ich muss jede Menge Kilometer zwischen mich und diesen Leuten bringen. Aber wohin? London ist – in diesem Fall – nicht groß genug. Peterborough? Ich habe dort noch Verwandtschaft. Aber würde mich das Yard dort nicht zuerst suchen? Auch wenn es ihnen peinlich sein musste, dass sie mich anscheinend schon wieder verloren hatten. Dieser Gedanke entlockt mir ein Schmunzeln. Also: Wo soll ich hin? Vielleicht wären Kilometer auf dem Land plus ein paar auf dem Seeweg nicht schlecht? Der Bus fährt eh zum Bahnhof, wenn ich mein ganzes Geld vom Konto abheben würde, dann könnte ich mir eine Fahrkarte kaufen und rüber nach Irland fahren. Dort wäre ich in Sicherheit und außerdem wollte ich immer schon mal nach Dublin. Zwei Stationen bevor der Bus den Bahnhof erreicht, steige ich aus, sehe mich nach einem Geldautomaten um und nehme meinen ganzen Mut zusammen. Studenten und Bankkonten gegen Ende des Monats passen nicht so gut zusammen. Also stehe ich mit vor Angstschweiß nassen Händen vor dem Automaten und schiebe die Karte hinein. Vielleicht, so denke ich, sollte ich sicherheitshalber erst einmal eine Abfrage machen? Mutig, wie ich bin, tue ich es. Gebe die

Pin ein und warte darauf, dass der Automat meine Karte schluckt. Aber es geschieht nichts. Ein leises Piepen sagt mir, dass das Gerät bereit war, mir die grausame Wahrheit zu sagen. Und die hieß: 85,000.00 £ und ein paar Penny. Ein Schock durchfährt mich, lässt mich kurz schwanken und dann schaue ich erneut auf das Display. Tatsache. Dort stehen Fünfundachtzigtausend £ im Plus auf meinem Konto. Bevor sich die Bank anders entscheiden kann und feststellt, dass alles nur ein Versehen ist, hebe ich so viel ab, wie möglich, um dann schleunigst Fersengeld zu geben. Ich renne beinahe in das Bahnhofsgebäude und kann gerade noch vorm Kartenschalter stehen bleiben. Vollkommen außer Atem gebe ich meine Bestellung auf. „London – Liverpool, Transfer mit der Fähre nach Dublin". Der Schalterangestellte staunt nicht schlecht, als ich die Fahrt bar bezahle. Fügt sich aber in sein Schicksal Geld zählen zu müssen und wünscht mir eine gute Reise. „Gleis 4, in zehn Minuten." Mein Lächeln, das ich zum Dank für die Info geben will, verrutscht zur Grimasse. Beruhigt, dass ich jetzt zumindest ein Ziel habe, schlendere ich durch die Vorhalle des Bahnhofs, gönne mir einen Kaffee und stoppe vor der Auslage eines Elektrogeschäfts. Ich sehe auf die Uhr; wenn ich den Verkäufer in den Hintern treten würde, dann konnte ich den Zug noch bekommen. Also mache ich einen auf „kurzentschlossene Kundin ohne großen

Beratungsbedarf", erstehe ein Pre-Paid-Handy und ein Netbook. Kaum bezahlt und den Laden verlassen, wird der Zug nach Liverpool zum letzten Mal aufgerufen. Wieder muss ich rennen, aber dieses Mal bin ich nicht so außer Atem, als ich mich in die weichen Polster meines Abteils fallen lasse. Der Zug fährt mit leichtem Ruckeln an und ich lehne mich zurück. Jetzt habe ich vier Stunden Zeit über das, was mir passiert ist, nachzudenken. Ich muss die Fakten sammeln und mir so zurechtbiegen, dass ich vielleicht annähernd verstehe, was hier los ist. Den Mist mit dem Okkultismus können sie sich alle von der Backe putzen. Entschlossen mich nicht zum Affen machen zu lassen, beginne ich mich mit meiner Neuerwerbung zu beschäftigen. Das Handy sieht weder chic noch besonders „hip" aus, aber es wird seinen Zweck erfüllen. Zum Glück habe ich in meiner kurzentschlossenen Einkaufswut eines mit Bluetooth erwischt, sodass ich die Internetverbindung des Netbooks darüber laufen lassen kann. Gut eine halbe Stunde bin ich damit beschäftigt, als die Zugbegleitung die Schiebetür des Abteils öffnet und Snacks anbietet. Gute Idee. Ich bin hungrig und so ordere ich ein paar Sandwiches und Tee. Kauend beuge ich mich über die Tastatur des Computers. Das Internet läuft, wenn auch instabil. Aber für den Anfang muss das reichen. Ich mache eine Auflistung von dem, was ich bereits weiß. Angefangen über Sue und Tyler, dann dieser ominöse

CID-Mensch, bis hin zu Dr. Gerard und – last but not least – Professor Keyne und das viele Geld auf meinem Konto. Ich schreibe also auf, was ich in den letzten Monaten erlebt habe. *Was ich vermeintlich in den letzten drei Monaten erlebt habe.* Da ich davon ausgegangen bin, meine Tage an der Uni mit studieren verbracht zu haben, starte ich meine Suche nach meiner Identität dort. Tatsächlich: Ich bin eingeschrieben und in meiner Vita tauchte ein Job bei meinem Professor auf. Zumindest kennt man mich dort. Dann mache ich mich via Google auf die Suche nach Sue und Tyler. Diese ist dann schon nicht mehr ganz so ergiebig, bis auf die Tatsache, dass Tyler ebenfalls an der Uni eingeschrieben ist und auch die gleichen Kurse wie ich besucht. Gut: Das ist der Stand der Dinge. Von Sue tauchen ein paar Fotos auf, deren Bildunterschrift mir sagt, dass sie ab und an dem CID zur Hand geht. Zumindest haben sie mich nicht angelogen. Nicht viel, aber es ist schon beruhigend. Jetzt versuche ich mich ins Online-Banking einzuklinken, aber dazu ist die Verbindung zu langsam. Das muss ich also auf später verschieben. Resigniert lehne ich mich in die Polster und sehe der Landschaft vor dem Fenster dabei zu, wie sie an mir vorbeirauscht. Ich habe doch ein Leben gehabt. Oder nicht? Mir fällt mein Wochenende an der oberen Themse ein. Wie hieß noch mal das Hotel? Es will mir nicht einfallen. Bis in das kleinste Detail kann ich mein Zimmer beschreiben, das ich in diesen zwei

Tagen bewohnte. Die niedlichen Enten auf der Tagesdecke. Die dunkle Tapete mit der Struktur darauf. Die Möbel im Empirestil. Das Frühstück, das mich lockte, wenn ich am Morgen den Raum verließ. Der köstliche Fisch, den ich zum Dinner hatte. Ein Lächeln huscht über mein Gesicht. Das waren schöne Tage, aber ich kann mich ums verrecken nicht an den Namen des Hotels erinnern. Ein Verdacht steigt in mir auf: Wenn ich – wie Tyler behauptete nicht an der Uni war – sollte ich dann vielleicht auch niemals in diesem Hotel gewesen sein? Ängstlich wische ich diesen Gedanken beiseite. Wie sollte so etwas denn funktionieren? Schließlich kann ich mich an Einzelheiten erinnern. Ich lache über mich selbst und denke mir, dass mich Ty und Sue hervorragend mit ihrem Hokuspokus impften, wenn ich jetzt schon selbst an mir zweifelte. Aber ich hatte auch gedacht, dass ich an der Uni war, und konnte mich dort an Einzelheiten erinnern. Und doch war ich nicht dort gewesen. Die Zweifel bohrten sich tiefer in mein Bewusstsein. Etwas in meinem Enthusiasmus gebremst, suche ich nach Professor Keyne. Die Bilder, die ich finde, zeigen mir aber nur, dass er verdammt gut aussieht. Da sind noch ein paar Artikel über die Arbeit des Professors zu finden. Nichts, was ich nicht schon kenne. Bis auf einen Link zu einem Forum. Nichtssagend, aber da. Ich überlege kurz und melde mich an. *Kann nicht schaden.*

Vielleicht ist es ja so etwas wie eine der Hausaufgabengruppen, die an unserer Uni üblich sind? Und vielleicht kann ich dort mehr erfahren. Ich bekomme eine Mail, dass der Administrator meine Anmeldung erst bestätigen müsse. Hier ist also auch erst mal kein Weiterkommen. Mit einem Blick zur Uhr stelle ich fest, dass ich die gesamte Fahrt mit meiner Suche zugebracht habe. Und eigentlich zu keinem Ergebnis gekommen bin. Frustrierend genug. Im Laufe der Fahrt ist es dunkler geworden. Der Abend dämmert und die Landschaft verändert sich von weitläufigen Feldern in ein Industriegebiet. Der Hafen von Liverpool kommt näher. Die ersten Ausläufer der großen Tankanlagen mit ihren Lichtanlagen sind zu erkennen und ich beginne meine wenigen Habseligkeiten zusammen zu räumen. Häfen haben eine gewisse Anziehungskraft auf mich und so schiebe ich das Fenster des Abteils herunter, lege die Arme drauf und sehe hinaus. Der Fahrtwind, des langsamer werdenden Zuges löst einzelne Strähnen aus meinem Zopf und weht sie mir um die Nase. Es tut gut, die frische salzige Luft des Meeres zu atmen. Mein Blick gleitet über die hohen Türme der Raffinerie, an der wir gerade vorbei fahren.

Rote Lichter, gelbe Lichter und gleißendes weißes Licht durchbrechen den dahinter liegenden Sonnenuntergang. Das Spiel erinnert an eine Diskokugel, ständig ändern sich die Farben. An einem Turm mit besonders hellem und aggressivem Licht bleibt mein Blick hängen. Wie angeklebt. Bis zu dem Moment, als dieses Licht aufblitzt und meine Stirn plötzlich höllisch brennt. Ich sehe, wie dieser Turm explodiert, um dann zu einem Trümmerhaufen zusammenzustürzen. Ich zucke zurück, wische mir über die Augen und sehe erneut hin. Der Turm steht immer noch da und die Lichter blinken vor sich hin. Am nächsten Morgen soll ich erfahren, dass zwei Stunden nach meinem Erlebnis, der Turm tatsächlich explodiert ist. Zum Glück sind keine Menschen zu Schaden gekommen. Es schmerzt, wenn ich tief Luft hole. So sehr hat mich dieses Bild erschreckt. Ich schwanke kurz, sehe mich um und vergewissere mich, dass niemand mein seltsames Verhalten mitbekommen hat und setze mich wieder. Eine Stimme im Lautsprecher meldet sich knarzend und erinnert die Fahrgäste daran, dass der Zug nun in den Bahnhof einfährt und sie darauf achten sollen, keine Gepäckstücke liegen zu lassen. Benommen ziehe ich meine Jacke an, stecke das Handy in die Tasche und das Netbook unter die Jacke. So gerüstet verlasse ich mein Abteil und warte mit anderen Reisenden darauf, dass ich aussteigen kann. Auf dem Bahnsteig verteilen sich die Reisenden sehr schnell und einmal nicht aufgepasst, stehe ich schon allein dort. Ich ziehe den Kragen meiner Jacke zusammen, denn der Wind fährt mir in alle Glieder und nach den scheußlichen Bildern, die ich gerade gesehen habe, friere ich wie ein Schneider. Langsam gehe ich die Stufen hinunter, bleibe in der Halle stehen. Noch habe ich Aufenthalt. Die Fähre geht erst in anderthalb Stunden. Ich schlendere durch den Duty-free-Shop, kaufe mir eine Tasche, ein wenig Wäsche und Kleidung zum Wechseln. Gewissenhaft stellt mir die Dame an der Kasse die Rechnung für den Zoll aus und ich hoffe, dass ich – entgegen meiner Paranoia – nicht gesucht und gefasst werde, wenn ich meine Waren ordnungsgemäß verzollen würde. Ich lache still in mich. *Auf der Flucht füllte sie ihre Zollpapiere besonders ausführlich aus, würde dann in meiner Akte stehen.* Mit einem Lächeln verabschiede ich mich und mache mich auf den Weg durch einen Fußgängertunnel hinüber zum Kai, an dem die Fähre ablegen würde. Es funktioniert. Zumindest auf dieser Seite des Zolls und ich komme ohne Schwierigkeiten durch. Zwei Stunden durch die Dublin Bay liegen nun vor mir. Als ich das Außendeck betrete, verbiete ich mir zurück zusehen. *Tu es nicht, Charlotte*, denke ich. *Egal, was dir da drüben passiert ist: Es war nicht gut für dich und deshalb darfst du nicht zurücksehen.*

Dublin

Diese Stadt ist einfach irre, sie pulsiert zu jeder Tages- und Nachtzeit. Die Menschen sind freundlich und aufgeschlossen. Ich fürchte, so etwas Zurückhaltendes wie mich kann hier nicht lange allein bleiben. Meine erste Nacht verbringe ich in einem kleinen Hotel in der Nähe des Hafens, bevor ich mich dann am nächsten Morgen aufmache, eine kleine Wohnung zu suchen. Ich hab verdammtes Glück: Eine ältere Dame annonciert, findet mich nett und ich kann eine kleine Einliegerwohnung in *North Side* mieten, die sogar möbliert ist. Und das Ganze für einen Apfel und ein Ei. In den ersten Tagen mache ich das, was man als Tourist so anstellt: Pubs im *Temple Bar-District* aufsuchen. Schnell habe ich meine Lieblingskneipe gefunden, in der außer Irish Folk auch ab und an ein paar Hard Rocker ihr Debüt geben. Das Bier ist günstig und so besteht das Publikum hauptsächlich aus Studenten. Mein Revier. Nun: Zumindest hier in Dublin. Drüben – wie ich es nur noch nannte – war ich kein Kneipengänger. Tyler und ich ... keine Ahnung, aber wir lebten arg zurückgezogen, wenn wir nicht gerade mit Sue abhingen. Wobei ich mir immer noch nicht sicher war, dass Tyler und ich ... Aber das ist eine andere Geschichte, eine, die ich nicht mehr

nachfragen will. Schnell finde ich Anschluss und das, obwohl ich eigentlich ein schüchternes Mädchen bin. Aber es gibt zwei Dinge, die passen nicht zueinander: Dublin und Schüchternheit. In den nächsten Wochen werde ich in eine Clique aufgenommen, deren Mitglieder alle an der Uni mehr oder weniger erfolgreich ihrem Studium nachgehen. Wir sind acht und ich denke eine Zeit lang ernsthaft darüber nach, wieder an die Uni zu gehen. Und einer aus der Clique bestätigt mich in diesem Vorhaben. Nein, er drängt mich gerade zu. Callum Breen. Dieser Typ ist total abgedreht, aber als einziger von uns ging er neben seinem Studium noch einer ehrbaren Beschäftigung nach: Er nimmt in seinem kleinen Laden Touristen aus. Callum ist so alt wie ich, wir haben die gleiche Größe – das ist es dann aber auch schon. Seine Ahnenreihe trägt Züge aus sehr aufregenden ethnischen Mischungen. Da ist auf der einen Seite das unübersehbare des *Louisiana-Kreoles* und Callum hat die griffigen schwarzen Haare und eine leichte Tönung seiner Haut daraus geerbt. Seine Mutter steuert das typisch irische bei: kräftige Statur, volle Lippen und blaue Augen. Nicht mal meine sind so blau, wie die von Callum. Seine Gesichtszüge sind weich, aber männlich. Eine untypische Kombination. Aber es gibt ihm etwas Verwegenes, Abenteuerlustiges.
Er ist mir sehr sympathisch, um es vorsichtig auszudrücken. Denn wenn ich sage, dass wir einen

Draht zueinander gefunden haben, dann würde sich das wieder nach mystischem Kram anhören. Das will ich nicht, das hat er nicht verdient. Callum und ich hocken ständig beieinander und verstehen uns prächtig. Mal mit, mal ohne Worte. Manchmal sitzen wir in dieser Kneipe nebeneinander, reden kein Wort, und jemand betritt den Pub und – ganz plötzlich – sehen Callum und ich uns an und beginnen laut schallend zu lachen. In diesem Moment wissen wir, was der andere gedacht hat. Ich mag seinen kleinen Laden in der Nähe des Hafens, in dem er allerlei Nippes und Kram an die Touristen verkauft. Und wenn die voodoo-gläubigen Käufer, Material für ihre Zeremonien benötigen, dann ist Callums Laden die erste Adresse. Ist er morgens an der Uni und versucht seine Kurse zu bestehen, übernimmt seine Zwillingsschwester Celine den Laden. Sie sehen sich beinahe zum Verwechseln ähnlich, zumindest von hinten, doch fehlt ihr dieses gewisse Zwinkern im Auge. Während Cal in diesen Tagen fleißig studiert, suche ich in dieser Zeit nach meiner Vergangenheit. Es ist mir immer noch unangenehm, aber mittlerweile habe ich genug Abstand zu Sue und Tyler, dass ich es zumindest rein theoretisch angehen kann. Meine Aufzeichnungen, die ich nach Datum ordne, beginnen immer mit diesem Satz: Nehmen wir an, dass ... Es ist ein wirklich schwammiges Thema. Keiner kann zum *„Dritten Auge"* fundiert etwas sagen, selbst die Meinungen der

Parapsychologen gehen so weit auseinander, dass man von Fakten nicht sprechen kann. Die einen sagen, dass es nur für Visionen empfänglich ist, die anderen wiederum laufen Sturm gegen diese Aussage und behaupten steif und fest, dass dieses „Auge" die einzig wirkliche Energiequelle im Körper ist und das geübte Geister sogar zur Telekinese fähig sein würden. Kann ich nicht. Das vorweg. Es wäre mir auch unheimlich, wenn sich die Teetasse vor mir plötzlich in die Luft erhoben hätte. Die Ergebnisse, wenn auch wissenschaftlich nicht prüfbar, häufen sich zu einem kleinen Glossar. Ich kann sagen, wer ich bis zum Eintritt in die Uni gewesen bin, woher ich komme und dass ich tatsächlich längere Zeit aufgrund einer ominösen Migräne in Behandlung gewesen bin. Ein Name taucht immer wieder auf und das war Tyler. Er scheint mich seit meiner Kindheit begleitet zu haben, was seine Aussage, er wäre mein *anextlo* - auch wenn er zu dieser Zeit noch nicht wusste, dass er einer war – stützt. Sues Leben spielte sich vorwiegend in der Yellow Press ab. Ihre Voraussagen werden von der Journaille genüsslich zerlegt und irgendwann wird sie von einer Spezial-Einheit des CID requiriert, was Sue wiederum veranlasst, sich intensiver mit Menschen und deren *Auge* zu beschäftigen und besonders talentierte Personen unter ihre Fittiche zu nehmen. Somit wohl auch mich. In schwachen Momenten setzt sich mein Blick an dem Umstand fest, dass ich aufgrund der

Migräne Medikamente genommen habe. Sind diese Pillen die Lösung für mein Problem? Bin ich einfach nur irre und man muss mich ruhig stellen? In diesem Augenblick ist das ein verlockender Gedanke. Aber er ist nicht zufrieden stellend. Deshalb suche ich weiter. Ich muss weiter suchen. Ich kann weiterhin herausfinden, dass ich wohl bei meinem Literaturprofessor Keyne einen äußerst lukrativen Job ausüben durfte. Ein Arbeitsvertrag liegt in meiner Akte, zu der jeder Student online Zugriff hat. Was ich dort allerdings getan habe, weiß ich nicht mit Bestimmtheit zu sagen. Doch Erinnerungsfetzen sagen mir, dass es mit einem Buch zu tun haben musste. Ich mache eine Zeichnung, freihändig, stundenlang, bis das Ergebnis mit dem Bild übereinstimmt, das sich immer wieder vor meinem inneren Auge zeigt. Es ist ein Buch mit altem Ledereinband, auf dem eine Triskele eingeprägt war. Dieses verfluchte Dingen verfolgt mich. Und ich fühle mich deshalb sicherlich nicht besser. Zur dieser Zeit, in der ich meine Arbeit bei Keyne aufnehme, muss ich für zwei Monate von der Bildfläche verschwunden sein. Und es ist tatsächlich wie verhext: Aus diesen zwei Monaten sind keinerlei Informationen über mich zu finden. Bis zu dem Tag, an welchem ich bei Doc Gerard auftauche. Da habe ich plötzlich Sue und Tyler am Hals. Da interessiert sich plötzlich das CID für mich. Ein wenig schmeichelhaftes Bild von mir ist auf der HP für vermisste Personen zu sehen. Na ja ... zumindest haben sie mich nicht in die Sparte der Schwerkriminellen verfrachtet. Pluspunkt für mich. Weiterhin stelle ich fest, dass das Geld immer noch auf mein Konto fließt. Vollkommen ungehindert vermehrt sich der Betrag wöchentlich. Es wird von einer Firma im Süden Londons überwiesen, die ich vorher niemals zuvor gesehen oder betreten habe. Allerdings sind Kontakte zu diesem Professor erkennbar. Die Firma konserviert keltische Schriften und Artefakte. Zufall?

An einem Samstagmorgen lehne ich mich zurück, überfliege meine Aufzeichnungen noch einmal, die ich auf dem Küchentisch meines Apartments ausbreite, und sehe aus dem Fenster. Die Sonne scheint und es ist ein lauer Frühlingstag, obwohl wir bereits Mitte Juli haben, als es klopft. Mit einem Lächeln auf den Lippen erhebe ich mich. Es ist ihre Zeit. Meine Vermieterin Mrs. O Sullivan – was so viel hieß wie „Frau mit dunklen Augen" – würde mich vor ihrem Mittagsschläfchen besuchen. Sie kümmert sich rührend um mich und ich fühle mich richtig wohl in ihrer Gesellschaft. Ich öffne die Tür und sie steht mit Wolldecken bepackt davor und ächzt leise. „Mrs. O Sullivan", sage ich entsetzt und nehme ihr die Decken ab, „das wäre doch nicht nötig gewesen."
„Doch, doch", keucht sie angestrengt, als sie sich auf den Stuhl neben meinem fallen lässt. „Es geht doch

nicht, dass sie frieren." Woher weiß sie das? Die Nächte sind wirklich noch kalt, und weil ich sparen muss, habe ich die Heizung in der Nacht auf die kleinste Stufe gestellt. Für einen Moment stehe ich sprachlos vor ihr, bepackt mit den Decken, und Dankbarkeit erfüllt mich. Ich habe ihr zwar erzählt, dass ich seit einigen Nächten, sobald ich mich ins Bett legte und das dicke Oberbett – gefüllt mit Daunenfedern – über mich ziehe, friere, aber dass sie gleich die Kavallerie losschickt in Form von Oberbetten, das hätte ich nicht erwartet. Sie macht sich Sorgen und legt mir die Hand auf die Stirn. „Fieber haben sie aber nicht, oder?" Ich verneine lächelnd. Ich bin nicht krank. Es hängt mit den Träumen zusammen, die kurz nach dem Einschlafen folgen. Es ist wohl wie damals, als ich mich mit Tyler das letzte Mal in einem meiner Träume getroffen habe. Damals war ich durch eine tiefe befriedigende Dunkelheit gegangen, die mich schützend umhüllte. Diese Dunkelheit – in meinen jetzigen Träumen – ist ähnlich tief, doch empfinde ich sie als bedrohlich. Denn kaum umfängt sie mich, ruft mich jemand bei meinen Namen. Bisher habe ich noch nicht ausmachen können, wer dieser Jemand wohl ist. Die Stimme kommt mir bekannt vor, aber sie wird metallisch verzerrt und sie klingt so weit entfernt, dass es mir unmöglich ist, zu erkennen, wer das sein mag. Mit dieser Stimme und ihrem Rufen geht eine Kälte einher, die mich frieren lässt. Unendlich frieren. Meine Zähne klappern aufeinander und ich bekomme kaum genug Schlaf. Nachdem ich ein paar Nächte durchwacht habe, kann ich mein krankes Aussehen nicht mehr vor meiner Vermieterin verbergen. Und so kommt es, dass sie nun mit den Decken vor mir steht. Einfach lieb von ihr. Ich weiß zwar, dass es nicht helfen wird, aber soll ich ihr das sagen? Sie würde es doch nicht verstehen. Denn das ich friere und diese Stimme höre, ist nicht das Einzige, was mich leiden lässt. Die Visionen. Sie sind da. Immer wieder durchzucken diese elendigen Blitze meinen Kopf, kurz darauf erscheint das Bild, von dem was geschehen wird und spätestens eine Stunde nach meiner Vision passiert das dann auch real. Meist sind es kleinere Verbrechen, die ich sehe. Der Diebstahl der Tasche einer Touristin, z. B. Zum Glück wird nie jemand ernsthaft verletzt: Ich könnte mit der Verantwortung geschwiegen zu haben, um nicht als verrückt zu gelten, nicht leben.

Etwas, dass ich in meiner Anfangszeit in Dublin vergessen habe, will mich in diesen Tagen ebenfalls wieder einholen.
Die Anmeldemail für dieses seltsame Hausaufgabenforum, oder was auch immer das sein mochte. Der Administrator meldete sich per Mail und die Sache wird immer geheimnisvoller. Er könne mich erst freischalten, wenn er sich per Telefonat vergewissert hätte, dass ich nichts mehr mit Professor Keyne zu tun habe.

Fassungslos über so viel Geheimniskrämerei will ich zunächst ablehnen, doch meine Neugier siegt. Was ist so schlimm an diesem Professor? Er sieht blendend aus, ist fachlich eine Koryphäe und hat mir diesen Job besorgt, der mir jetzt anscheinend ein sorgenfreies Leben garantiert? Irgendetwas sagt mir, dass ich zustimmen sollte. Also tue ich es. Ich gebe ihm die Nummer meines Pre-Paid-Handy, zur Not kann ich es wegwerfen, und warte darauf, dass er mich anruft. Aber bis zu diesem Samstag war der Herr des Forums anscheinend nicht in der Stimmung mich zu kontaktieren. Konnte also alles nicht so schlimm sein. Oder? Mrs. O Sullivan und ich trinken unseren samstäglichen Tee, halten einen Schwatz und irgendwann verabschiedet sie sich von mir, mit der Bemerkung, dass sie jetzt ein paar Tage zu ihrer Schwester aufs Land fährt. Sie beugt sich zu mir, legt mir eine Hand auf die Wange und sieht mich beinahe zärtlich an. „So ein Glück hab ich mit ihnen", sagt sie und ich sehe sie ungläubig an. „So hübsch, so nett. Wirklich ein Glück hab ich mit ihnen." Sie haucht mir sogar einen Kuss auf die Stirn und lässt mich verwundert zurück. Natürlich mag ich die alte Dame, aber ich war weder hübsch, noch hatte sie Glück mit mir. Der Moment, an dem ihre Lippen beinahe meine Stirn berühren, jagt mir ein ungutes Gefühl durch die Magengegend. Nein, eine Vision ist das nicht und ich bin verdammt froh darüber. Trotzdem mache ich mir Sorgen.

Sorgen, die ich jedoch schnell wieder vergesse, denn Callum hat für diesen Abend eine Party in seinem Laden organisiert. Und wenn Callum eines konnte, dann war es Feste zu feiern. Die Iren lieben Partys. Je grüner desto besser. Bei Cal kommt noch das kreolische Blut hinzu. Er ist leidenschaftlich und wild, wenn es darum geht, die verrücktesten Dinge auszubrüten. So soll es auch in dieser Nacht sein. Mit amüsiertem Schrecken betrete ich den kleinen Laden. Die Verkaufstische sind zur Seite gestellt, die Waren ins Lager gebracht und Celine empfängt mich mit einer dicken, fleischigen Narbe im Gesicht. „Hey", ruft sie mir zu, „wo ist dein Blut?" Ich reiße lachend die Augen auf. „Blut?" Sie nickt, kommt mir entgegen und stoppt an einem Tisch neben der Tür. Darauf liegen einige übrig gebliebene Gimmicks von Halloween. Narben, eitrige Pickel und ähnliches Zeugs, das einem schon beim Ansehen den Magen verdreht. Celine greift nach einer besonders widerlich langen Kunststoffnarbe, öffnet eine Tube Kleber und klebt mir den Schmiss auf die Wange. Um das Ganze noch unansehnlicher zu machen, bespritzt sie mich mit Kunststoffblut. „Wir haben kein Halloween", sage ich und bei meinem Anblick in den Spiegel, überkommt mich Ekel. Es sieht echt aus. Verdammt echt. „Nein, aber Voodoo-Night", gibt sie zur Antwort, dreht sich zu den anderen Gästen um und lacht lauthals über einen blöden Witz. „Wir sind heute die Untoten, gekommen, um die Lebenden zu holen." Celine tanzt leichtfüßig durch die Masse der Gäste hindurch und lässt sich von jedem küssen, der nicht bei drei aus ihrem Weg ist. Verwirrt lasse ich meinen Blick über die anwesenden Gäste gleiten. Schon übel, was sich hier so rumtreibt. Außerdem hat Callum mir nicht gesagt, dass das hier eine Motto Party werden würde. Und als ich ihn im hinteren Teil erkenne, ist ihm das schlechte Gewissen ins Gesicht geschrieben. „Nicht meine Idee", sagt er, versucht die Musik zu übertönen. „Celine." Ich nicke zum Zeichen, dass ich verstanden habe. Sein Zwilling ist schon ein echtes Übel. Er reicht mir ein Getränk und kommt mir dabei sehr nahe. Und irgendwas ist heute anders. Klar, wir waren einander näher gekommen, aber das ist es nicht. Ich mag ihn wirklich. Und ja, auch den ein oder anderen erotischen Traum verdanke ich ihm. *Ja, das tue ich.* Allerdings wäre ich niemals auf die Idee gekommen ... Absurd. *Vollkommen absurd.* Aber genau dieses Absurde schwappt gerade von ihm zu mir herüber. Ich verstecke meine Verlegenheit hinter dem Glas. Auch Callum scheint zu spüren, dass da etwas ist, was bisher überhaupt keine Frage zwischen uns ist. Im Gegensatz zu mir, nutzt er dieses Etwas. Er kommt näher, legt mir den Arm um die Schulter und führt mich auf die Tanzfläche, nicht ohne mir vorher das Glas abzunehmen und dabei – wie zufällig – über meine Hand zu streicheln. Eng umschlungen stehen wir uns Gesicht an Gesicht gegenüber. Sind mir jemals diese Augen aufgefallen und vor allem: Habe ich jemals bemerkt, welche Wirkung diese Augen auf mich haben? Es kribbelt in mir und beinahe lässt mich mein ansteigender Blutdruck schwindlig werden. Der Schwung seiner Oberlippe ist so verdammt verführerisch und ich könnte schwören, dass ich in der Zeit, in der ich ihn kenne, an nichts anderes gedacht habe, als diese Lippen zu küssen. Mein Atem beschleunigt sich, wie ich amüsiert feststelle, meine Lippen öffnen sich und werden trocken. Verlegen lecke ich darüber und ohne es zu wollen, gebe ich ihnen damit einen verführerischen Glanz im schummerigen Licht des Ladens. Callum zieht mich an sich, presst seinen Körper gegen meinen und beginnt sich langsam im Takt der Musik zu bewegen. Er führt mich, hält mich, damit ich nicht stolpere. *Oder?* Sein Gesicht ist meinem so nah. *Unglaublich!* Ist das tatsächlich ein Tango, den er da tanzt? Ja … es ist einer. Unsere Körper reiben sich gegeneinander, stoßen sich ab und ziehen sich doch wieder an. Ich sehe in seine Augen, das Blau darin funkelt wie ein Diamant. Was ist das? Begierde? Nein. Niemals. Oder doch? Ich bin mir ziemlich sicher, dass meine Augen ähnlich strahlen. Meine Wangen sind von der Anstrengung dem Rhythmus zu folgen, leicht gerötet. Oder ist es gar die Anstrengung mich zurück halten zu müssen? Nicht über Callum herzufallen? Hier vor allen Leuten. Ich neige meinen Kopf

– unbewusst – und unsere Lippen treffen sich. Kurz, heiß und neugierig auf den Anderen. Wie nach einem elektrischen Schlag trennen wir uns und in Callums Lächeln liegt eine unausgesprochene Aufforderung. *Wozu?* Himmel, ich weiß es. Nur zwei Schritte, zwei kleine Schritte durch die undefinierbare Masse der anderen Gäste, die jetzt einen Kreis um uns gebildet haben, die die Tanzfläche für uns Tänzer frei gemacht hat, damit sie dieser zarten Blüte der aufkeimenden Leidenschaft gebührend Respekt zollen können. „Was läuft hier?", frage ich ihn. Meine Stimme ist nur ein Hauch, der sich über die Musik zu ihm tragen lässt. „Voodoo, meine Süße, Voodoo."

Es hätte mich wie ein kalter Schlag erwischen müssen, aber das geschieht nicht. In seiner Stimme liegt ein seltsamer Unterton, den ich bisher noch nie wahrgenommen habe und dieses Seltsame jagt mir einen wohligen Schauer über den Rücken. *Voodoo: Gefährliches Spiel mit den Sinnen. Tango: ebenso gefährlich.* Callum presst seinen Körper nicht nur einfach so gegen meinen; gezielt wechselt er von Oberkörper zur Hüfte und seinem Po. Seine Drehungen sind perfekt und absolut harmonisch zur Musik. Perfekt, um mich in den Wahnsinn zu treiben. Vollkommen außer Atem verharren wir in einer Position, die hervorragend dazu geeignet ist, uns hier und jetzt die

Kleider vom Leib zu reißen. Unsere Blicke versinken ineinander, fordernd, lodernd und neckend. Wie Statuen eines alten Meisters, der das Verlangen im Augenblick einer Sekunde einfangen will, stehen wir inmitten des Raums und lassen uns von den letzten Klängen der Musik berauschen. Erste Pfiffe und der Applaus der anderen Gäste befreit uns aus unserer Starre. Callum tritt einen Schritt zur Seite, hält meine Hand hoch und lässt seinen Oberkörper wie ein Theaterschauspieler, der die Ovationen des Publikums mit Genugtuung über seine darstellerische Leistung entgegen nimmt, tief nach vorne fallen. Er zieht mich mit sich und als unsere Gesichter auf gleicher Höhe sind, grinste er mich unverschämt an. Lachend verlassen wir Arm in Arm die Tanzfläche. Die gerade noch verspürte, alles ergreifende Erregung ist beinahe verschwunden. Nur ein Hauch der Erinnerung, aber sie lässt meine Wangen immer noch leicht erröten. Oder war es die Anstrengung vom Tanzen? Wir sind wieder Callum und Charlotte, die beiden Freunde, die sich in den letzten Wochen gesucht und gefunden haben. „Ich zeig´ dir was", verspricht Callum mir über die wieder einsetzende Musik hinweg und führt mich in den Lagerraum. Dort begrüßen mich Schrumpfköpfe, getrocknete Tierkadaver – und ich hoffte inständig, dass diese nur Dekoration sind und niemals wirklich lebendig waren – diverse Gewürze und Kram, den man zur Beschwörung von Geistern braucht.

Entsetzt reiße ich die Augen auf. „Tja", gibt er freimütig zu, „womit glaubst Du wohl, verdien ich mein Geld? Mit Nippes? Vergiss es." Er lässt mich mitten in diesen Abartigkeiten stehen und geht zu einem Regal, aus dem er eine kleine rote Schachtel herausnimmt. „Das hab´ ich vor ein paar Tagen auf einem Trödel gefunden und ich dachte, es könnte dir gefallen." Verlegen schiebt er die Hände in die Hosentaschen und plötzlich sieht er aus wie ein verliebter Pennäler. Ich schiebe den Deckel der Schachtel hoch. Darin liegt etwas Silbernes, das aussieht, als wäre es ein in Seidenpapier eingepacktes Schmuckstück. Mir klopft das Herz bis zum Hals. „Warum?" Callum zuckt verlegen mit den Schultern. „Nur so halt." Ich schiebe das Seidenpapier zur Seite und lasse vor Schreck das Geschenk fallen. In meinem Kopf dreht es sich augenblicklich, das Branding in meinem Nacken brennt höllisch und das, obwohl es gut verheilt ist. Ich stürze, greife mir in den Nacken, keuche vor Schmerzen und schubse die Schachtel weit von mir. „Was?" Callum ist über meine Reaktion entsetzt und mit besorgtem Gesichtsausdruck kniet er neben mir. Ich kann nicht sprechen, schon das Luftholen schmerzt fürchterlich. So schiebe ich nur den Kragen meiner Bluse zur Seite. Callum versteht, kann aber nicht gleich sehen, was ich ihm zeigen will. So legt er selbst Hand an und ruckelt den Kragen so, dass mein Hals frei liegt. „FUCK", schreit er verstört auf, lässt sich auf den

Hintern fallen und rückt ein Stück von mir ab. „Das Dingen glüht ja richtig", schreit er und krabbelt auf allen vieren zum Waschbecken in der Ecke, nimmt Papier und feuchtet es an. Einen Augenblick später ist er wieder bei mir und drückt mir die kalte behelfsmäßige Kompresse in den Nacken. „Seit wann …?" Er spricht nicht weiter. Ich spüre sein Zittern. Ungläubig starrt er in meine Richtung. Langsam lässt der Schmerz nach und ich kann wieder klar denken. „Was war das?", fragt Callum und nimmt mir damit die erste Frage ab. „Ich hab´ keine Ahnung." Immer noch drücke ich das Papier in meinen Nacken, obwohl die Kühlung schon längst nachgelassen hat. „Willst Du mir nicht erzählen …?" Ich sehe ihn an. Zweifelnd, prüfend. Waren seine Augen noch vor knapp zehn Minuten hell und funkelnd, so sind sie jetzt dunkel. Seine Stimmungen scheinen die Augenfarbe zu beeinflussen. Und mir kommt ein schrecklicher Verdacht. „Was sagt Dir das *„Dritte Auge*"?" Er zuckt erneut zusammen und schließt lächelnd die Augen. „Ich hab´ mir so was schon gedacht", sagt er nachdenklich, „aber dass es so schlimm ist, hätte ich nicht erwartet. Also: Fang an zu erzählen." Ich tue es. Das erste Mal erzähle ich jemandem, der meine Geschichte nicht kennt, was ich weiß. Erzähle ihm davon, dass ich nicht weiß, was ich bin, wo ich bis vor kurzem war, dass ich wahrscheinlich gesucht werde, dass ich Geld für etwas bekomme, von dem ich keinen blassen Schimmer habe, wofür. Dass ich Visionen habe, das mich meine Träume nicht schlafen lassen. Die Musik aus dem Hintergrund macht meine Erzählung zu einer Gespenstergeschichte, die ich – hätte ich sie von jemand anderem gehört – niemals glauben konnte und die spätestens dann ihre Wirkung verlöre, wenn es wieder hell wird. Callum hört mir schweigend zu, er nickt nicht, er gibt mir keine Bestätigung, dass er mir auch nur ein Wort von dem glaubt, was ich ihm da erzähle. Einen Moment lang habe ich den Verdacht, dass er bei Sue und Tyler kurz zusammenzuckte. So, als er hätte er schon einmal von ihnen gehört. Aber es ist nur eine optische Täuschung meines geschundenen Hirns. Während ich meine Geschichte erzähle, habe ich jedes Zeitgefühl verloren. Aber irgendwann gibt es keine Musik mehr im Hintergrund. Auch Callum bemerkt es, steht auf, um nachzusehen. Und tatsächlich: Es ist beinahe früher Morgen und die letzten Gäste haben buchstäblich das Licht hinter sich ausgemacht. Der Laden ist in einem desaströsen Zustand. Überall liegen leere Becher und Teller rum, Zigarettenkippen vermischen sich mit Alkoholpfützen auf dem Boden. Ich bin Callum in den Laden gefolgt, bleibe aber in der Tür stehen. Warum sagt er nichts? Ist das wirklich so unglaublich? Ich gebe mir die Antwort selbst: *Ja. Ist es.* Selbst für jemanden, der augenscheinlich mit Voodoo sein Geld verdienen konnte. Ich stoße mich vom Türrahmen ab, gehe zurück in den

Lagerraum und suche mir Putzzeug zusammen. Dabei stößt mein Fuß an die Geschenkschachtel. Das Seidenpapier fliegt zur Seite und nun sehe ich auch, was Callum mir schenken wollte. Eine silberfarbene Medaille mit einer Triskele. Die im Übrigen der, die ich im Nacken sitzen habe, auf den Strich gleicht. Seltsam berührt, bücke ich mich und vorsichtig hebe ich das Präsent auf. Dieses Mal bleibe ich von Schmerzen verschont. Also, nächste Frage: Was war das vorhin? Nachdenklich stecke ich die Münze ein. Vielleicht fällt mir die Antwort ein, wenn ich mich mit putzen ablenkte, so nehme ich meine Ausbeute an Gerätschaften und gehe nach vorn in den Laden. Callum ist damit beschäftigt, die Pappbecher aufzusammeln und sie in einem großen Plastiksack verschwinden zu lassen. Ich stelle meine Utensilien neben der Tür ab, gehe zu ihm und nehme ihm den Sack aus der Hand. Gemeinsam entsorgen wir den gröbsten Dreck. Schweigend, jeder seinen Gedanken nachgehend. Ich weiß, er hält mich für total verrückt. Ab und an holt er tief Luft, um dann doch den Kopf zu schütteln. Wir kommen gut voran und draußen wird es jetzt langsam hell. Allerdings wird es wohl ein trüber Sonntag werden. Die Sonne versteckt sich hinter dicken Wolken, färbt den Horizont nur schwach ein, und – obwohl die Fischer mit ihren Kuttern jetzt langsam in den Hafen einlaufen und die Touristen, die um diese Zeit in Massen hier herunter strömen, um sich mit den frischen Meeres-Delikatessen einzudecken, aus ihren Hotels schwärmen – ist die Straße vor dem Laden wie leer gefegt. Für einen Moment halte ich inne: War das ein Blitz? Ja. Es war einer. Direkt in meinem Kopf. Wieder stürze ich, wieder gehe ich zu Boden. Es ist ein höllischer Schmerz hinter meiner Stirn. Ich bin mir nicht sicher, aber ich glaube, dieses Mal verliere ich sogar für einen Moment das Bewusstsein. Callum kniet neben mir, legt meinen Oberkörper auf seine Knie und stützt meinen Kopf mit seiner Brust. Langsam komme ich zur Besinnung. Um gleich darauf hektisch aufzustehen und ihn mit mir zu ziehen. „WAS?", fragt er, aber ich bin nicht gewillt stehen zu bleiben und ihm erst mal eine lange Erklärung zu geben. Dann könnte es zu spät sein. Wofür? Keine Ahnung, ich weiß nur, wir müssen hier weg. Als ich die Lagerraumtür hinter uns verschließe, sehe ich ihn an. „Kann man die Tür verriegeln", frage ich flüsternd und ohne nachzufragen, dreht er den Schlüssel um. Suchend sehe ich mich um und entdecke hinter einem der Regale - mit besonders fiesen Nachbildungen irgendwelcher bösen Gestalten – eine Nische. „Da rein", sage ich, schiebe ihn mehr und wir verkriechen uns so tief wie möglich hinter dem Regal. „Was ist los?" Jetzt flüstert er auch. „Überfall", ich sehe auf meine Uhr, „... jetzt." Im gleichen Augenblick hören wir Glas splittern, Holz krachen und lautes Gebrüll mehrerer Personen. Profis sind das wohl kaum. Aber egal. Ich habe gesehen, wie sie uns an den Kragen wollen und es vorgezogen, meine Vision dieses Mal für mich und Callum zu nutzen. Wie Recht ich damit habe, merke ich, als sie versuchen die Tür zum Lagerraum aufzubrechen. Aber wie bereits vermutet: Es sind keine Profis und sie geben recht schnell auf. Callum und ich hocken hinter dem Regal und wagen kaum zu atmen, halten uns an den Händen. Das Getöse von der anderen Seite der Tür verstummt nach einiger Zeit und wir lehnen erleichtert aneinander und wagen endlich auszuatmen. „Es funktioniert also", sagt Callum nachdenklich. „Hast Du echt gezweifelt?" Ich schmunzle, als er den Kopf schüttelt. „Glauben und sehen, um den Glauben bestätigt zu sehen, sind immer noch zwei verschiedene Dinge." Da gebe ich ihm ausnahmsweise einmal uneingeschränkt Recht.

„Und jetzt?" Vorsichtig kommen wir aus unserem Versteck. Wir werden hinausschleichen, das Chaos begutachten und überlegen, was gestohlen worden war, um danach die Polizei zu rufen. Callum verriegelte mit Holzbrettern die zerborstenen Fenster, nachdem er tatsächlich Anzeige erstattet hatte. Und ich saß während dieser Zeit still in einer Ecke und hoffte, dass mich niemand nach dem *Wie* fragen würde. Kaum ist Callum mit seiner Aussage fertig, packt er mich, dann seine wenigen Habseligkeiten und wir fahren zu mir. Keiner von uns will jetzt allein sein. Unterwegs kaufen wir für ein spätes Frühstück ein. In dieser Zeit scheint er nur zu funktionieren. Callum spricht kein Wort mit mir, mit der Polizei nur das Nötigste und seine Bewegungen sind allenfalls auf ein Minimum reduziert. Wir sitzen schweigend am Frühstückstisch. Callum bereitet Eier mit Speck, Tomaten und Würstchen zu, French Toast und hat für uns beide liebevoll gedeckt. Das passt so gar nicht zu seinem sonstigen Verhalten. Er zeigt mir die kalte Schulter. „Ist was?", versuche ich die Situation aufzulockern. Meine Vision hat ihn irritiert und sein Verhalten sagt mir, dass er nicht weiß, wie er mich zum Teufel jagen soll. Wer will schon eine Irre küssen? Dieses Frühstück soll mir zeigen, dass er mich loswerden will. Aber hat diese beschissene Fähigkeit nicht unsere Haut gerettet? Nun: Zumindest konnte ich verhindern, dass wir Blessuren davon tragen. Das wäre doch schon mal ein freundliches Wort wert. *Oder nicht?*

Callum lehnt sich zurück, spielt mit seiner Kaffeetasse und sieht mich kurz und traurig an. „Ich habe meinen Protegé vor vier Jahren durch einen Unfall verloren", sagt er und verfällt erneut in Schweigen. *Protegé?* Was soll das heißen? Gibt es da etwas, dass ich wissen sollte? Ich beuge mich vor, lege ihm die Hand auf den Arm und mein bettelnder Blick drängt ihn, weiter zu sprechen. Es scheint ihm schwerzufallen, die richtigen Worte zu finden und das macht mir Sorgen. „Ich bin ein *anextlo*."

Das trifft mich dann doch wie einen Schlag. Ich lehne mich auf meinem Stuhl zurück, fahre mir langsam mit den Händen über mein Gesicht, um sie dann in meinen Haaren wie eine Kralle zu versenken. Das kann doch nicht wahr sein, oder? Reicht es verdammt noch mal nicht, dass ich ... Anscheinend nicht. „Mein Protegé war die vierjährige Tochter eines Freundes. Sie riss sich von seiner Hand los, um mich zu begrüßen. Das Auto konnte nicht mehr bremsen ..." Ich schließe die Augen, will das nicht hören. Ein Kind? Ein Kind zu verlieren ist das Grausamste, was man erleben kann. Wenn man dann noch geistig mit ihm verbunden ist – denn das weiß ich ja von Tyler und mir – muss es doppelt schlimm sein. „Und jetzt tauchst Du hier auf ... auf heiligem Boden." Er sieht auf und mich unverblümt an. „Ich hab´ vorhin beim Tanzen bereits gemerkt, dass da, was nicht mit Dir nicht stimmt ... Aber das hab´ ich nicht erwartet." Ja, es stimmt was gewaltig mit mir nicht und wenn er das sagt, hörte es sich noch mal so dramatisch an. Ich sehe aus dem Fenster. Unfähig etwas zu sagen, oder zu denken. Irgendwie fühle ich mich, als hätte mir jemand den Boden unter den Füßen weggezogen. Himmel ... ich will doch nur ein stinknormales Leben führen. Ist das so unverständlich? Mit einem Ruck stehe ich auf und will mich an ihm vorbeischummeln, doch er hält mich fest. „Wo hast Du die Münze?"

„Hosentasche", gebe ich zurück. Was hat er vor? Noch bevor ich mich weiter von ihm entfernen kann, zeigt er mir, was er vorhat. Dieses „Boden unter den Füßen verlieren" wird immer drastischer. In meiner Wohnung steht ein Spiegel. Gut zwei Meter vom Boden bis zur Decke hoch an einer Wand gelehnt. Miss O´Sullivan hat ihn hier stehen lassen. Immer mit der Aussage, dass ein hübsches Mädchen auch einen guten Spiegel braucht. Und ich habe ihn stehen lassen, weil sein Rahmen so hübsch ist. Dunkels Holz umrahmt die Spiegelfläche. Ganz schlicht, ganz klassisch und somit wundervoll elegant. Jetzt stellt mich Callum davor, positioniert sich hinter mich und kramt gleichzeitig die Münze aus meiner Hosentasche. „Mach mal den Kragen auf", sagt er, während er die Münze in der Hand dreht. Zögernd, immer mit meinem Blick seinen suchend, öffne ich den Kragen, und er zieht den Stoff im Nacken weiter herunter. Was er nun macht, ist für mich absolut unverständlich. Er legt mir die Münze mit der Prägung auf mein Branding. Glück durchflutet mich, lässt mich schwanken und Callum fängt mich auf. Licht umhüllt uns in den Augenblick, in welchem die Münze sich mit ihrem Gegenstück vereint; wir sind Lichtgestalten. Angenehme Wärme geht nun von dieser einen bestimmten Stelle in meinem Nacken aus und der Rest meines Körpers nimmt diese Wärme dankbar auf. Callum lässt die Münze los und sie fällt – entgegen meiner Erwartung – nicht herunter. Sie scheint mit meinem Zeichen verschmolzen zu sein. Für einen Moment durchzuckt mich die Angst, dass das Dingen nie wieder von meinem Körper abgehen wird. Doch als ich in den Spiegel sehe und Callums Lächeln, das so beruhigend wirkt, werde ich wieder ruhiger. Trotzdem bin ich verwirrt. Denn das, was mich da aus dem Spiegel ansieht, hat nur noch entfernt Ähnlichkeit mit dem, was sich davor abspielt. Dort im Spiegel steht eine junge Frau mit wunderschönem dunklem Haar. Ihr zartes Gesicht wird von zwei dunkelblauen Augen dominiert. Und wenn ich sage blau, dann waren diese Augen blau. Nicht eine einzige weiße Stelle ist da zu sehen. Iris und Auge kennen keine Trennung. Diese Augen sind blau. Und sie leuchten. Die Frau trägt die gleichen Muttermale wie ich auf ihrem Kinn und sie lächelt mich an. Obendrein trägt sie noch ein weißes Kleid, das ihrer Erscheinung schmeichelt und bei den Lichtverhältnissen auf der anderen Seite des Spiegels ihr so etwas wie ein Leuchten schenkt. Hinter ihr steht ein Mann, der Callum sehr ähnlich ist. Auch seine Augen sind von Blau erfüllt. Er hat seine Arme um ihre Hüften gelegt und beide machen einen sehr verliebten Eindruck. „Willkommen", sagt der Mann, während die Frau – also ich - nur schwach nicke. „Was ...?", stößt mein reales *Ich* atemlos hervor und der Mann im Spiegel, der ganz offensichtlich Callum ist, denn ich spüre seine Lippen an meiner

Wange, gibt mir die Antwort. „Keine Sorge, meine Schöne", flüstert er, „alles in Ordnung. Du siehst nur gerade, was du wirklich bist." Ich schwanke: Der Kerl ist doch genauso wahnsinnig und verrückt wie Sue und Tyler. Er verneint. „Nein, nicht wahnsinnig." Kann er jetzt etwa meine Gedanken lesen? „Ja", sagt er, „kann ich." Es wundert mich ehrlich gesagt nicht. *Nichts wundert mich mehr.* „Also: Was ist das hier?", frage ich atemlos und langsam geht mir sein Lächeln auf die Nerven. „Sue hat dir nicht alles erzählt", beginnt er und ich fühle, wie sich sein Kiefer beim Sprechen an meiner Wange reibt. Ein aufregendes Gefühl.

„Vielleicht weiß sie es auch nicht besser, aber wir sind etwas Besonderes, weil wir keine Menschen sind. Wir sind die Letzten einer Rasse, die vor Jahrtausenden in Afrika gelebt hat. Von dort aus sind wir in die Weite der Welt gegangen, haben Pyramiden gebaut, Stonehenge errichtet und irgendwann sind wir beinahe ausgestorben. Es gibt nicht mehr viele von uns. Aber wir sammeln uns alle auf heiligem Boden. Überall auf der Welt gibt es Enklaven. Dublin ist eine, eine gibt es in London, eine in Nordfrankreich. Eine in Island. Hier in Dublin kennen wir uns untereinander, weil … nun … wir sind Iren. Wir glauben an kleine grüne Männchen, die uns Glück bringen. Wir wachsen in dem Bewusstsein auf, etwas Besonderes zu sein. Es gibt keinen Namen für

unser Volk, deshalb nennen wir uns nach unseren Fähigkeiten. Du bist ein Protegé. Ich ein *anextlo*. Wir beide haben uns gefunden und wir sind eins. Du wirst noch einen *Parjânos* bekommen. Einen, der dich von außen schützt. Denn wir müssen auf dich aufpassen. Denn DU bist unsere Führerin."
„Fuck", entfährt es mir und Callum lacht herzlich. Irgendwie habe ich das Gefühl, dass die Frau im Spiegel und ich nicht ganz zusammenpassten. Sie weiß mehr als ich? Ist das richtig? Also: Wenn sie mehr weiß, als ich, die ja augenscheinlich die Hauptperson in diesem Drama ist, wie kann sie dann ich sein? „Die Gemeinschaft hat versucht, dich zu beschützten. Die Frau, die dort siehst, ist die, die du sein wirst, wenn wir dich erst mit dem Wissen gefüllt haben, dass du brauchst, damit du das bewirken kannst, wozu du da bist."
„Na ... mach mal halblang." Da steht also eine leere Hülle im Spiegel. Genauso leer, wie ich mich gerade fühle. Callum scheint das alles fürchterlich zu amüsieren, denn er kommt aus dem Lachen gar nicht mehr heraus. Er spürt meinen Trotz vermischt mit einer gehörigen Portion Verzweiflung und amüsiert sich königlich. Woher kommt sein plötzliches Wissen? Vorhin im Laden war er doch noch ahnungslos? Wo kommt dieser Schatz an Kenntnissen so plötzlich her? *Vielen Dank auch dafür, Callum Breen.* „Es wird gut, alles wird gut." Seine Versuche, mich zu beruhigen, gehen ins Leere. Denn

mein Hirn ist leer. Richtig leer. Das hier, das wirft mehr Fragen auf, als dass es Antworten liefert. Er hält mich immer noch fest umschlungen und allein sein Körper hilft mir, dass ich ruhiger werde. Aber war das nicht schon bei Tyler der Fall? „Versuch wenigstens es mir in Grundzügen zu erklären, Callum, warum jetzt, warum du und warum ich?" Mein Blick ist auf die Gestalten im Spiegel geheftet. Keine einzelne Regung will ich von diesen seltsamen Figuren verpassen. Es ist faszinierend zu sehen wie der Spiegel-Callum sein Gesicht zu meinem beugt, mich zärtlich auf die Wange küsst und mich mit seiner Nase an stupst. Ich spüre seinen Atem auch auf der anderen Seite des Spiegels auf meiner Haut. Es erregt mich. Ja, es ist genauso, wie während unseres Tangos. Seine Nähe, seine Wärme, sein Duft, all das erregt mich. „Ich kann mir das auch alles nur zusammenreimen, denn es soll nur eine Person geben, die das ganze Wissen unserer Kultur irgendwann mit sich trägt, um es dann weiterzugeben. Wir – die *anextlo*, die *Parjânos* und auch andere Protegés kennen alle nur einen Teil unserer Geschichte." Seine Finger bewegen sich über meinen Körper und mir wird heiß. „Jemand hat – nein – muss herausgefunden haben, was du bist. Das würde die Monate erklären, an die du dich nicht erinnern kannst und die dir das Branding beschert haben. Dieses Zeichen und die Verbindung mit der Münze, machen dich zu dem, was du bist." Für einen

Moment wirkt er abwesend. „Es sollte eigentlich nur ein Geschenk sein. Im Grunde genommen wollte ich dir nur eine Freude machen. Jetzt sieh, was daraus geworden ist." Gut, stelle ich fest, nicht nur ich zweifle an meinem Verstand. Callum ist offensichtlich genauso überrascht vom Hergang der Ereignisse wie ich. *DAS* ist mal was, was mich wirklich beruhigt. Er presst sich fester an mich und da sind eindeutige Zeichen, dass ihn die Angelegenheit genauso wenig kalt lässt, wie es das bei mir tut. Ich atme heftig aus und Callum lässt seine Lippen über meinen Hals gleiten. Es ist bizarr uns dabei zuzusehen, wie wir uns augenscheinlich für ein Liebespiel vorbereiteten. Denn was die Ausgabe des Callums mit mir anstellt, der mich aus dem Spiegel hinweg ansah, macht der reale genauso. „Warum dieser Jemand dir das angetan hat, werden wir herausfinden müssen." Seine Hände und Lippen sind so mit mir beschäftigt, dass er kaum ein Wort verständlich ausspricht. Ich jedoch stehe immer noch wie paralysiert vor dem Spiegel und verfolge das Geschehen ungläubig. Seine Berührungen gehen tiefer als das, was ich jemals spürte. Sie klingen in mir wieder, wie die Saiten einer Harfe, lang und klagend, fordernd nach mehr.

Der Arm, der um meine Hüfte liegt, hält mich und das ist gut so, denn ich bin kaum mehr in der Lage mich auf meinen Füßen zu halten. Schwer liegt gerade diese Hand auf meinem Körper und macht mir bewusst, dass ich ihm jetzt ausgeliefert bin. Wenn ich tatsächlich die Frau dort im Spiegel bin, die leere Hülle meiner selbst, dann kann nur Callum mich mit dem Wissen um meine Bestimmung oder Berufung, füllen.

Er würde mich mit seinen Emotionen, seinen Gefühlen und seiner unbeschreiblichen Lust auf mich füllen. Und seine Lust ist ansteckend. Sie wecken die Erinnerungen an das, was ich während unseres Tanzes fühlte, verstärken es, und ehe wir uns versehen, stehen wir nicht mehr vor dem Spiegel. Er löst die Münze in meinem Nacken und wir sind wieder Charlotte und Callum, die sich der Gier auf den anderen Körper hingeben. Unsere Spiegelbilder sind wieder wir selbst. Wir halten uns und wir stoßen uns gleichzeitig voneinander ab, damit wir uns auch mit unseren Blicken am anderen laben können. In Callums Blick liegt eine Mischung aus Begehren und der Frage, ob er überhaupt so weit gehen darf. Ich gebe ihm zumindest auf den letzten Teil eine Antwort. Langsam knöpfe ich sein Hemd auf, lege ihm mit einem Lächeln auf meinen Lippen eine Hand auf die Brust und rühre mich nicht. Sein Herzschlag dringt durch die Muskeln seiner Brust zu mir durch, vereint sich mit meinem und lässt mich fühlen, wie er fühlt. Seine Wärme berauscht mich und ich trete näher an ihn heran, will ihn locken, sich mich mit mir zu vereinigen. Ich gebe ihm eindeutige Zeichen. Trotzdem ist alles, was wir in den nächsten Stunden miteinander teilen, von Vorsicht geprägt. Wir lieben uns über Stunden. Wir ertrinken in der Gier auf unsere Körper, wir stehen ohnmächtig vor unserem Verlangen und wir haben unendliche Kraft dieses Verlangen auszuleben. Als wir endlich in der Ruhe nach diesem leidenschaftlichen Sturm nebeneinanderliegen – eng umschlungen – fühle ich mich tatsächlich wie eine Führerin oder wie einer Herrscherin. Unser Liebesspiel verdeutlicht mir, dass Callum mich liebt. *Wow*. Wie sehr und wie groß seine Liebe ist, hüllte er in seine Berührungen ein, denn in Worten scheint er die Übermacht seiner Emotionen nicht ausdrücken zu können. Warum auch? Wir liegen so nah beieinander, dass ich das erste Mal seit Wochen nicht friere. Keine metallische Stimme sucht mich in meinem Träumen heim. Niemand ruft mich. Es ist wie mit Tyler damals. Nur besser. Callum ist in meinen Träumen anwesend, still und ruhig. Nur da. Für mich. Niemand würde ihn und mich in unserer Zweisamkeit stören. „Was wird jetzt werden?", frage ich ihn, als ich fühle, dass er sich hinter mir bewegt und langsam aus der Traumwelt in die reale zurückgleitet. „Wir werden suchen müssen und ich fürchte", sagte er, während er sich genüsslich reckt, „wir werden dorthin zurück gehen müssen, wo alles angefangen hat."

„Nach Peterborough?" Callum schmunzelte. „Nein. Nach London. Wir müssen den finden, der dir das Branding verpasst hat und wir müssen herausfinden warum." Ich seufze leise. „Und wenn ich das gar nicht will?"

„Zu spät, meine Schöne. Auch wenn es nur ein dummer Zufall war, dass ich die Münze gefunden habe, dass genau dieses Ding das Gegenstück zu deiner Markierung ist, so hat doch alles einen Sinn. Und den müssen wir herausfinden." Er küsst mich auf die Schulter, klettert über mich hinweg und geht in die Küche. *Himmel ... wie schön er ist.* Sein Körper ist der eines Gottes. Und der Hintern den ein oder anderen sündigen Gedanken mehr wert. Dass auch seine Vorderseite in diese Kategorie fällt, davon kann ich mich überzeugen, als er mit einem gefüllten Teller zurückkommt. Die Erregung, die mir sein Anblick beschert, wärmt nicht nur meinen Unterleib mit den Erinnerungen an die letzten Stunden. Das späte Frühstück wird zu einem Brunch und selten haben kalte Rühreier und Speck so gut geschmeckt.

Während wir uns gegenseitig füttern, kommt mir der Gedanke, der schon etwas länger in meinem Kopf schwirrt, der sich aber bis zu diesem Moment nicht in Worte fassen ließ. „Woher weißt du das alles?" Er sieht auf, verzieht die Mundwinkel und beschäftigt sich zunächst weiter mit dem Essen. Dann legt er kurz die Stirn in Falten und ich vermute, er will sein Geheimnis nicht mit mir teilen. Dabei sucht er nur nach den richtigen Worten. „Zum einen bin ich damit aufgewachsen ... zum anderen wurde es mir von der Mutter meines Protegés erzählt, kurz bevor die Kleine auf die Welt kam. Verrücktes Zeugs." Ich lache leise. Wo er nun mal Recht hat, hat er Recht. „Aber", fährt er nachdenklich fort, „mir wurde in dem Moment klar, dass es wahr ist, als mich der Säugling – auf den ich nun aufpassen sollte – mich in meinen Gedanken besuchte, mit mir sprach, als wäre er ein erwachsener Mensch." Hier zieht er die Augenbrauen hoch und eine Grimasse. „Irre? Verdammt ja. Aber ich schwöre, so war es." Er reicht mir ein Stück Speck zwischen einem Brötchen. „Willst du sie kennenlernen?" Ich beiße herzhaft zu und verschaffe mir Zeit zum Nachdenken. Dann nicke ich. „Ich muss sie kennenlernen. Ob ich will oder nicht", antworte ich. „Ich habe schließlich nicht die geringste Ahnung, worum es geht und diese Lücke in meiner Allgemeinbildung, was das *Dritte Auge* angeht, möchte ich gerne schließen." Callum räumt das Geschirr zusammen. *Verdammt, kann der sich nicht mal was anziehen?* Er bewegt sich so lässig, dass es beinahe schon unverschämt aussah. „Heute ist ein Fest in der Straße, in der sie wohnt ... wenn du schon wieder fit bist?" Und dieses Grinsen, das er jetzt zur Schau trägt. Ich bin Wachs in seiner Nähe.

Wir schlendern Hand in Hand durch die Menschenmenge auf diesem Straßenfest. Livemusik, Stände mit T-Shirts, Spielbuden und viele – verdammt viele – Futterbuden laden die Anwohner ein, sich dort zu amüsieren. Callum führt mich in die Nähe eines kreolischen Imbiss´. Ich habe ja viel erwartet, aber das? Es duftet nach *Jambalaya*.

Schon von Weitem werden wir von seiner Schwester begrüßt, die wohl nicht nur die Nacht durchgemacht hat. Aber Celine zeigt Durchhaltevermögen. Das muss man ihr lassen. Callum erzählt ihr vom Überfall, der ihre Laune nicht mindert, eher seine Aufforderung, dass sie sich in den nächsten Tagen um den Laden zu kümmern hat. Sie zieht einen Flunsch und kurz darauf beleidigt ab. Ich stehe etwas abseits, damit ich die köstlichen *Pain Perdu* genießen kann, ohne dass einer der Passanten mir das Gebäck im Vorübergehen versehentlich aus der Hand schlägt. Auf der obersten Stufe einer Haustreppe sitzend, lasse ich das Treiben auf mich wirken. Bis ich mich beobachtet fühle. *Hab ich irgendwo Zucker im Gesicht?* Eine dunkelhaarige Frau, die ein paar Meter von mir entfernt mit ihren Kindern spielt, starrt mich jetzt unverblümt an. Sie kommt auf mich zu und legt mir ihren Finger auf die Stirn. Wie bei Sue auch erfüllen mich augenblicklich Lichtblitze.

„Verdammt", schreie ich und die Frau zuckt zurück. Einen Augenblick später taucht Callum hinter ihr auf, versucht die Lage zu sondieren, um dann erklärend einzugreifen. „Hey, alles in Ordnung, Charlotte, das ist Rose ..."

„Mag sein", bluffe ich zurück, „aber ich hab´ die Schnauze davon voll, dass mir ständig irgendwelche Leute ihre Griffel ins Gesicht stecken." Ich werfe wütend die Reste meines Essens in den Müll und sehe Rose verärgert an. „Entschuldigung", flüstert sie, was sie aber nicht daran hinderte mich weiterhin anzustarren. „Rose", erinnert sie Callum daran, dass er auch noch da war, „Erde an Rose?" Jetzt endlich geht ein Ruck durch sie. Meine Wut verraucht langsam und ich nutze die Zeit, die Rose benötigt um sich zu sammeln, mir ein Bild von ihr zu machen. Ihre dunklen Haare sind zu einem Zopf gebunden, dessen Ende auf ihren Schultern liegt. Sie ist so groß wie ich, blaue Augen, eine kleine Nase und schmale Lippen. Ihr fehlt das Zeichen auf ihrem Kinn, was sie aber nicht weniger ausdrucksstark erscheinen lässt. In ihrem Blick liegt der Ausdruck einer Frau, die ein Kind verlor, die aber Kraft besitzt, ihr Leben weiter zu leben. Eine schöne Frau. „Du hast sie tatsächlich gefunden?", fragt Rose atemlos und ich sehe aus den Augenwinkeln heraus, dass Callum sich abwendet, als hätte er etwas zu verbergen. Auffordernd zieh ich eine Augenbraue hoch, stemme die Hände in die Hüften und tippe mit dem Fuß. „Oh", murmelt er, „das ganze Programm." Rose legt mir eine Hand auf den Arm. „Er hat dich nicht absichtlich gesucht. Wir hatten nur vor ein paar Wochen über eine meine Visionen gesprochen. Und in der kamst du nun mal vor." Was soll ich hier eigentlich noch glauben? Langsam fühle ich mich in die Zeit mit Sue und Tyler versetzt. Jeder um mich herum hat Ahnung und weiß anscheinend, worum es ging. Nur ich Vollidiot eben nicht. Und keiner sieht sich genötigt, mich einzuweihen. „Wir sollten in Ruhe reden, hier draußen geht das nicht." Ohne meine Reaktion abzuwarten, schiebt sie mich durch die Masse der feiernden Passanten. Immer wieder stoßen wir mit Menschen zusammen, die uns gar nicht wahrnehmen. Genauso wenig wie ich sie. Ich höre ihre Stimmen, höre die Lieder, die sie singen, und ich höre ihr Gelächter. Aber ihre Gesichter sind für mich nur eine unförmige, gleichmäßige Masse. Rose dirigiert mich mehr oder weniger geschickt zu ihrem Haus. Zwei Stufen liegen unter einer knallgrün lackierten Tür, die sie jetzt aufschließt und mich hineinzieht. Bevor sie selbst eintritt, dreht sie sich noch einmal um. Beinahe so, als würde sie vermuten, dass wir verfolgt werden. Im Hausflur ist es dunkel, ich spüre Teppich unter meinen Schuhen und es riecht nach Mittagessen und Babypuder. „Hier entlang", sagt sie, geht vor und wie eine Marionette folge ich ihr in die Küche. „Kaffee?" Ich danke und sehe mich um. Das hier, das sieht nach einem Leben aus, das ich nie führen werde, weil ich

verrückt zu sein scheine. Weil ich mein Leben nicht im Griff habe. Und jedes Mal, wenn ich denke, ich hätte es, kommt jemand, tritt mir ordentlich vor die Schienbeine, ich lande auf dem Boden der Tatsachen, dieser jemand lacht und zeigt mir die lange Nase. *Sehr witzig.*
Und während ich mich dann daran mache, die Scherben und Überreste zusammenzufegen, um mir zusammenzureimen, warum dieser Jemand das wohl getan haben mochte, kommt noch mehr wirres, unglaubwürdiges Zeug auf mich zu. „Setz dich doch", sagt sie leise. Ich erschrecke. Verstört lasse ich mich auf einen Stuhl fallen. Von hier aus kann ich auf die Straße sehen. Immer noch zieht das Fest die Besucherströme an. Wenigstens das scheint normal zu sein. Rose hantiert hinter mir in der Küche, ich höre das Wasser laufen, wie die Kanne auf dem Herd landet und einen Augenblick später durchzieht der Duft des Kaffees den Raum. Sie kommt zum Tisch, stellt zwei gefüllte Becher auf den Tisch, Milch und Zucker. „Löffel habe ich im Moment keine sauberen", entschuldigt sie sich. Das Zucken um meine Mundwinkel soll wohl ein Lächeln ergeben, aber zu mehr bin ich nicht fähig. Rose macht sich ihren Kaffee zurecht und vermeidet es auffällig, mir in die Augen zu sehen. „Was weißt du schon?", fragt sie und lässt ihre Tasse vorsichtig kreisen, um Zucker und Milch zu verteilen. „Nichts."

„Oh." Sie schmunzelt. Na wenigstens schaffe ich es noch, die Leute zum Lachen zu bringen. Ich verdrehe die Augen und sehe wieder hinaus zum Fenster. „Es gibt drei verschiedene Gruppen von uns." Aha. Der Informationsfluss kommt in Bewegung. „Da sind wir, die *Träger* oder wie Callum und einige andere uns nennen, die *Protegés* oder auch die *arwydd*. Wir sind die, die ihr *Drittes Auge* aktiv nutzen. Wir sind die, die Visionen zwecks Hilfestellungen für die Menschheit projizieren." Sie nippt hörbar an ihrem Kaffee. *Ah ja ... Nicht nur das Dritte Auge, auch eine Schlürferin. Was das wohl für eine paranormale Fähigkeit ist, denke ich sarkastisch.* „Dann gibt es die *anextlo*, wie Callum einer ist. Sie sind dazu da, uns in die Visionen zu begleiten und uns vor negativen Einflüssen während der Visionen von innen her zu beschützen, die uns ... na ja ... zum Wahnsinn treiben könnten." *Na ... das ist doch mal eine Information, die ich lieber nicht bekommen hätte. Tolle Wurst! Der direkte Weg in die Klappsmühle. Warum eigentlich nicht.* Verzweifelt schließe ich die Augen und innerlich schreie ich diese Verzweiflung laut hinaus. Aber nicht wirklich. Mein ganz persönlicher Wahnwitz halt. „Als Drittes wären da dann die *parjânos*. Sie achten darauf, dass wir während unserer Visionen nicht von außen gestört werden, denn auch das könnte negative Auswirkungen auf uns haben."

Die Tasse, die ich in der Hand halte, knallt etwas härter auf den Tisch, als ich eigentlich will. Jetzt sehe ich Rose an, die wiederum mich schockiert anstarrte. „Irgendwas, was mich hoffen lässt, dass ich nicht jetzt schon verrückt bin?", frage ich mit patzigem Unterton. Sie senkt den Blick und schüttelt den Kopf. „Nein ... kann ich nicht bieten." Rose hält ihre Tasse in beiden Händen, sieht hinein, als würde sie im Kaffeesatz lesen wollen. „Du musst nur darauf achten, dass du nicht allein bist, wenn du Visionen produzierst." Jetzt lache ich abfällig. Ich kann nichts dagegen tun. Es kitzelt mich förmlich im Hals und bricht dann aus mir heraus. „Ich war zu 99 % meiner Visionen und Ahnungen allein." Rose sieht auf, erschrocken, wie ich bemerkte. „Ich kann nicht kontrollieren, wann die kommen", setze ich hinzu. „Das ist nicht gut", sagt sie nachdenklich und ich kröne mein Lachen mit einem heftigen Schnauben. „Du willst mir doch nicht erzählen, dass DU das kannst?" Sie zuckt entschuldigend mit den Achseln und nickt. „Moment" entfährt es mir, „du willst mir erzählen, dass du dich setzt, dir die zwei Leute dazu holst und die Dinger dann aus dem Ärmel schüttelst?" Sie schmunzelt, wiegt ihren Kopf abwägend hin und her und nickt. *Verdammt, wie unfair.* Mich erschlagen diese Bilder immer ohne Vorwarnung und nun will mir diese Frau erzählen, dass man das kontrollieren kann? Das ist für mich die Chance vielleicht doch noch ein Leben in geordneten

Bahnen zu führen. Wenn ich es kontrollieren kann, dann kann ich es auch unterdrücken und den lieben Gott einen guten Mann sein lassen. Ich hab die Chance auf ein Leben! „Nein", sagt Rose plötzlich, „das funktioniert leider nicht." Hervorragend, auch sie kann Gedanken lesen. *Vielen Dank auch.* „Du kannst es kontrollieren", erklärt sie mir, „das kannst du lernen. Aber wenn du es unterdrückst, dann ..."

„... werde ich wahnsinnig!", vervollständige ich den Satz und sie bestätigt es. „Wie kann ich es lernen?" Es hilft nichts. Es scheint, dass ich mich mit dem Monster in mir intensiver beschäftigen muss, um wenigstens etwas Ruhe zu finden. Rose stellt ihre Tasse ab, die sie die ganze Zeit über wie einen Rettungsring festhielt, schiebt den Stuhl zurück, steht auf – das ganze in Zeitlupentempo – und verlässt den Raum, um einen Augenblick später mit einem großen Buch zurück zu kommen. „Das hier, das ist so etwas wie unsere Bibel. Hier steht alles drin, was du wissen musst." Sie legt das Buch auf dem Tisch ab, und als ich meinen Blick darauf werfe, wird mir übel. Ich kenne das Buch. Zumindest eines, dass so ähnlich aussieht, wenn auch kostbarer gestaltet war. „Was ist?"

„Erzähl mir bitte was über dieses Buch." Etwas in meiner Stimme muss sie verunsichert haben, denn sie setzt sich sehr, sehr vorsichtig ohne mich aus den Augen zu lassen, während ich immer noch auf das Buch starre.

„Es gab mal drei davon", beginnt sie. „Ein Original und zwei Abschriften. Eine habe ich hier, die andere ist verschwunden ... wir wissen nicht, wo sie ist. Das Original ist ebenfalls seit Jahrhunderten verschwunden. Was sehr schade ist, denn diese Abschrift hat nicht halb so viel Magie in sich, wie das Original." Ich nicke sacht, denn ich weiß, wo sich das Original befindet. „Nein", antworte ich ihr, „das Original ist nicht mehr verschwunden. Es liegt in der Bibliothek der London University und wurde vor nicht allzu langer Zeit archiviert. Und zwar von mir." Rose springt so heftig auf, dass ihr Stuhl kippt. Gleichzeitig läutet es an der Tür, und während sie hinausgeht, wirft sie immer wieder einen Blick auf mich zurück. Quasi, um sich zu vergewissern, das ich nicht lauthals anfange zu lachen oder um ihr den berühmten Tritt vor die Schienbeine zu verpassen. Sie kommt zurück und in ihrer Begleitung ein Mann. „Das ist Owen", stellt sie ihn mir vor und ihr verliebtes Lächeln sagt mir, dass er wohl ihr Ehemann war. „Und außerdem bin ich ihr *Parjânos*." Owens Lächeln ist so breit, dass es tatsächlich von einem Ohr zum anderen geht, was wiederum mir ein Lächeln entlockt. Er sieht aus, wie ein typischer Ire. Feuerrote Haare, breites Gesicht gespickt mit Sommersprossen, von der jede Einzelne so groß wie ein Ein-Cent-Stück ist, kleine stämmige Gestalt mit breiten Schultern und schmalen Hüften. „Sie tragen also auch dieses kleine

Miststück mit sich rum?", frage ich. Owen schüttelt den Kopf. „Du ... wenn schon. Nein: Meine Frau hat mich zu ihrem *Parjânos* gemacht. Ganz eigensinnig und eigenmächtig. Ich bin froh, dass ich mich nicht damit rumschlagen muss."
„Was allerdings in der Gemeinde", nimmt Rose den Faden auf, „nicht unbedingt gut ankam." Sie kommt zurück an den Tisch und tippt auf das Buch. „Aber jetzt dazu ... Woher weißt du, dass es das Original ist?"
„Weil es in dunkles Leder gebunden ist, die Seiten aus gegerbtem Leder sind und weil davon eine Macht ausging, die mich dazu veranlasste über mehrere Monate nicht zu wissen, was ich tue und um mir nebenbei auch noch das hier einzufangen ..." Ich beuge mich vor, schiebe meinen Zopf und den Kragen meines Shirts beiseite und dann kann ich das einhellig überraschte Einatmen zweier Leute hören. „Reicht das?" Rose nickt erschüttert. Sie lässt sich zurückfallen und verfällt in eisernes Schweigen. Ganz nebenbei beginnt sie noch an ihrer Unterlippe zu knabbern, was mich tierisch nervös macht. „Wer hat Kontakt zu dem Buch", mischt sich Owen ein. „Professor Keyne, mein Dozent für englische Literatur und ... ich glaube eine Firma im Süden Londons, die sich mit der Konservierung alter Artefakte beschäftigt. Warum?" Owen pfeift und sieht Rose skeptisch an. „Weil das Buch in falschen Händen ...", beantwortet sie meine Frage und doch auch wieder

nicht. Wir sehen uns schweigend an und man kann die Furcht, die diese Aussage auslöst, mit Händen greifen, so nah ist sie. Plötzlich wirkt diese Wohnung vollkommen fehl am Platz. Das, was ich vor nicht einer Stunde als Leben bezeichnet habe, die Anwesenheit von Menschen, die Spuren von Kindern, die spürbare Liebe, die diese Wohnung ausmacht, wirken nun fahl und ohne Perspektive. Ich sehe auf die Tapete. Bisher sind mir die kleinen Hasen und Füchse, die darauf gezeichnet sind, nicht aufgefallen. Ein fröhliches Bild, jetzt wirkt es lächerlich. Ich versinke nun meinerseits in brütendes Schweigen.

So langsam fügen sich die Puzzleteile, die ich mir in den letzten Wochen und Monaten zusammensuchte, zusammen. Es fehlen zwar noch ein paar wichtige Teile, aber ich fürchte, die kommen von ganz allein. Irgendwie erscheint es mir, dass Professor Keyne der Dreh- und Angelpunkt in dieser Sache ist. Gedankenverloren starre ich aus dem Fenster, nehme die vielen fröhlichen Passanten gar nicht wahr. Irgendetwas muss damals in diesem Hinterzimmer der Bibliothek passiert sein. *Aber was?* Einer Sache bin ich mir jedoch sicher: Es hat etwas mit dem Buch zu tun und dieses Buch hat dafür gesorgt, dass ich sah und tat, was im Endeffekt nicht ganz freiwillig war. „Charlotte?" Ich bin so tief in meine Gedanken versunken, dass ich vergessen habe, dass ich nicht allein bin. Rose muss mich berühren, damit ich aus meinen Gedanken herauskriechen kann. „Ich glaube", sage ich leise und nachdenklich, „es ist schon in den falschen Händen." Sie sieht mich bestürzt an. Owen zieht sich einen Stuhl heran und setzt sich zu uns. „Na dann: Erzähl mal." Kann man dieser Aufforderung widerstehen? Nein. Ich beginne bei Sue und Tyler, obwohl es nicht die richtige Reihenfolge ist. Rose nickt ständig, was mich ziemlich nervt, aber gut; jeder hatte seine Eigenart mit schlechten Nachrichten umzugehen. „Tja ... und dann bot mir Professor Keyne den Job an. 10 Pfund die Stunde sind für eine Studentin nicht wenig. Als ich das erste Mal in dieses Hinterzimmer kam, wurde mir ein Mundschutz und Einweg-Handschuhe gereicht. Angeblich, um die Exponate nicht zu beschädigen. Ich habe mir – genau wie die anderen – nicht viel dabei gedacht. Glaube ich zumindest." Wie ich das Folgende erklären solle, ist mir allerdings schleierhaft. Aber ich muss es versuchen. „Ich bin in den nächsten Wochen davon ausgegangen, dass ich jeden Tag zur Uni bin, um am Nachmittag meine zwei Stunden in der Bibliothek abzuarbeiten. Irgendwann fingen die Nackenschmerzen an und als ich dann damit zum Arzt bin, nahm das Drama seinen Lauf. Ich wusste nicht, dass ich dieses Branding im Nacken hatte, ich weiß auch nicht, wie es dahin kam. Aber jetzt ... nach all dem, muss ich wohl davon ausgehen, dass es etwas mit dem Buch zu tun hat. Das ist jetzt zwar die Kurzversion, aber ..." Rose knabbert an ihrer Unterlippe, die mittlerweile so gut durchblutet ist, dass sie nie wieder einen Lippenstift benötigen wird, nickt ein letztes Mal und schiebt mir dann das Buch, dass sie als Abschrift bezeichnet, hin. „Berühr es!", fordert sie mich auf und mein fragender Blick entlockt ihr ein Lächeln. „Tu es." Ich setze mich auf, sehe kurz noch Owen an, der aber auch keine Anstalten macht, mich zurückzuhalten, und lege eine Hand auf das Buch. Sofort durchströmt mich Wärme, die alsbald in unerträglich Hitze ansteigt. Ich keuche, ich schnappe nach Luft, aber ich bin nicht in der Lage meine Hand selbstständig von diesem Teufelsdingen zu nehmen. Owen rettet mich, bevor mein Blut beginnt zu kochen. Er greift nach meinem Handgelenk und mit der anderen Hand schiebt er das Buch ruckartig zur Seite. „Es war das Buch", sagt Rose lapidar, während ich noch immer vor mich hin keuche. „Das da", sie zeigt auf den Tisch, „ist ja nur die Abschrift und hat nicht halb so viel Magie wie das Original." Sie kreuzt die Arme vor der Brust und denkt laut nach. „Sie werden euch der Magie ausgesetzt haben ... so, wie du es erzählst, gleicht es einer Hypnose. Irgendwann haben sie dir das Branding verpasst, weil sie deine immensen Fähigkeiten erkannten und somit auch, wer du bist oder mal sein wirst ... je nachdem, wie man das sehen will. Als sich das Branding entzündete, haben sie es so lange versorgt, wie sie dich noch brauchten, dann haben sie die Hypnose – oder was auch immer es gewesen mag – von dir genommen und dich zum Arzt geschickt."

„Und ab da ... kannst du dich auch wieder erinnern", ergänzt Owen. „Stellt sich nur die Frage: Wozu haben sie sie gebraucht?" Ich bin zu sehr mit der brennenden Stelle auf meiner Haut beschäftigt, als dass ich mich hätte darüber beschweren können, dass sie gar nicht registrieren, dass ich auch noch da bin.

„Sollte sich aber rausfinden lassen", wirft Owen ein. „Wie hießen die? Sue und Tyler? Sind die noch in London?" Ach, jetzt bin ich gut genug, um mich an der Unterhaltung zu beteiligen? Ich nicke. „Aber da ist noch etwas", sage ich und wedele mit der Hand, damit die verdammte Hitze endlich daraus verschwindet. Die beiden sind sofort konzentriert bei der Sache. „Bei meiner Suche im Internet habe ich ein Forum gefunden, dass sich mit Professor Keyne beschäftigt. Die tun sehr geheimnisvoll und der Admin dieses Forums hat mich bereits kontaktiert, damit er mich für die Nutzung freischalten kann. Noch hat er mich nicht angerufen ... ich warte drauf. Und dann ...", hier breche ich ab, denn die verdammte Hitze in meiner Hand steigert sich noch mehr, anstatt zu verschwinden. „Das Geld, das ich bekommen habe, steht in keinem Verhältnis zu der Arbeit und dem Stundenlohn, der vereinbart war. Ich

hab mittlerweile 95,000 £ auf meinem Konto. Die höchsten Einzahlungen waren während der Monate meiner geistigen Abstinenz. In den letzten Wochen und Monaten variierten die Beträge gewaltig ... aber das Geld floss ... Immer von dieser Firma im Süden Londons." Jetzt kann ich mir sicher sein, dass ich die volle Aufmerksamkeit der Eheleute habe. Rose klappt die Kinnlade herunter und Owen stieß erneut einen Pfiff aus. Das kann er ganz prima, denke ich. Owen fasst sich als Erster. „Was ist das für eine Firma?"
„Richard Branson Ltd, Saving Marterial Artefacts for Generations." Owen springt auf und geht ins Nebenzimmer, einen Augenblick später kommt er mit einem Laptop zurück, auf dem bereits die Suchmaschine aktiviert ist. Er klickt den erstbesten Link an und ja, das ist die Firma. „Kenn ich nicht", murmelt er. „Auch nicht zu erkennen, was die machen." Er blättert weiter und auf einer Seite stoppe ich seine Suche. „Das ist Keyne."
„Lukrative Nebeneinnahme für ihn." Keynes Bild ziert einen Bericht darüber, dass er der Firma den Auftrag erteilte, einige sehr alte Bücher zu konservieren, die er in den letzten Monaten, während einer Studienreise entdeckt haben wollte. Die Bücher sind Millionen wert. Owen scrollte zum Ende des Berichts und pfeift aus. Insgeheim nenne ich ihn ab jetzt Pfeifenkopf. „Wann sagtest du, warst du nicht ganz da?" Ich bin mir nicht ganz sicher, was diese Frage soll, dann sehe ich auf den

Text. Der Bericht ist eine Woche nach meiner seltsamen Erweckung ins Netz gestellt worden.

„Vielleicht nutzt er das *„Dritte Auge"*, damit er die Lokalitäten auskundschaften kann?" Rose´ Gedankengang finde ich vollkommen abwegig. Owen hingegen scheint ihre Vermutung zu unterstützen. „Das ist doch irre", werfe ich empört ein. Ich? An Diebstählen beteiligt? Was glaubten die wohl, wer ich bin? Neben meine Empörung gesellt sich allerdings ein weiteres, äußerst unangenehmes Gefühl: Panik. Was, wenn ich tatsächlich an den Diebstählen beteiligt war? Ist es dann nicht auch möglich, dass ich während meiner geistigen Unzurechnungsfähigkeit etwas ganz anderes, viel Schlimmeres angestellt habe? Meine Hände zittern, als ich den Laptop zu mir drehe. „Darf ich mal?", frage ich, ohne eine Antwort abzuwarten. Ich schreibe eine Mail an Tyler und bitte ihn, nach Diebstählen in diesem gewissen Zeitraum zu suchen. Im Stillen bete ich zu allen Göttern, die mir gerade einfallen, dass er nicht fündig wird. Aber Hoffnung hab' ich nicht.

Ich schiebe den Laptop zur Seite und stehe auf. In mir tobt eine innere Unruhe, die ich nicht zügeln kann. Still sitzen kann ich schon gar nicht mehr. Vielleicht sollte ich es einmal mit laufen versuchen? Meine Arme liegen um meinen Körper wie ein Schutzschild, als ich durch die Küche, das kleine Wohnzimmer und wieder zurückgehe. Rose beobachtet mich aufmerksam. „Du solltest nach Hause gehen und versuchen etwas zu schlafen." Ich lache spitz auf. „Schlafen? Jetzt? Da kannst du mich gleich in die Klapsmühle bringen." Sie sieht mich mitleidig an. „Trotzdem. Geh nachhause. Owen wird jetzt Callum suchen gehen und ihn zu dir schicken. Er wird dann auf dich aufpassen." Zur Abwechslung knabbere nun einmal ich an meiner Unterlippe. Rose hat ja Recht. Machen kann ich eh nicht viel, müde bin ich obendrein, aber meine Unruhe würde mich nicht schlafen lassen und wenn, dann würde ich von Visionen gequält werden. „Und Owen bringt dir dann das Buch mit", setzte Rose obenauf. „Was soll ich damit, wenn ich es nicht berühren kann, ohne mir die Finger zu verbrennen?" Rose schmunzelt, nimmt das Buch an sich und legt es in ein Handtuch. „Versuch es jetzt mal." Skeptisch sehe ich sie an, trete aber auf sie zu und lege vorsichtig einen Finger darauf. Es wird immer noch warm, aber ich kann meinen Finger selbstständig wieder zurücknehmen. „Du darfst es nur nicht mit beiden Händen gleichzeitig berühren." Ok. Das verstehe selbst ich. Wie war das mit dem seltsam? Ich verabschiede mich von beiden und gehe den dunklen Flur entlang. Als ich das Haus betrat, war mir das Oberlicht über der Tür gar nicht aufgefallen. Es hat kleine bunte Scheiben, die zusammengesetzt eine Rose ergaben. *Sehr hübsch.* Ich gehe etwas weiter und plötzlich durchfährt mich ein stechender Schmerz. Das Oberlicht hat mir einen Lichtblitz direkt auf die Augen geschickt. Schreiend breche ich zusammen, um einen Augenblick später Owen über mir stehen zu sehen. „Callum", stoße ich atemlos aus, „Callum ist in Gefahr." Owen nickt, zückt sein Handy. „Wo?", fragt er und während ich versuche, mich aufzurichten und in meinen Gedanken Ordnung zu schaffen, kann ich die automatische Wahlwiederholung hören. „Zwei Querstraßen von hier. Eine Truppe schwarz gekleideter Typen, die auf ihn einschlagen wollen … es sind die gleichen wie die, die den Laden zerlegt haben." Owen nickt, ruft Rose, die mir dann schlussendlich aufhilft, während ihr Mann die Haustür aufreißt, und rennt und gleichzeitig telefoniert. Keuchend lehne ich an der Wand. „Bisschen viel für einen Tag", sagt sie mit einem Lächeln auf den Lippen und streichelt mir beruhigend die Wange. „Brauchst du irgendwas?" Ich verneine. Und stehe nun endgültig auf. „Ich rufe mir ein Taxi und dann werde ich zu Hause auf Nachrichten warten." Rose bringt mich zum Hinterausgang. „Da sind nicht so viele Leute", sagt sie und drückt mich zum Abschied noch einmal. Auf dem Weg durch den kleinen Garten, der mit Sommerblumen in voller Pracht steht, für die ich aber keinen Blick habe, und der die obligatorischen grauen Steinwände als Umrandung hat, gehe ich auf das Tor zu. Die Dame von der Taxivermittlung verspricht mir, dass ich nicht allzu lang würde warten müssen. Und in Gedanken schicke ich ein dickes *Dank*e an irgendjemand über mir. Das Tor, das sich als Törchen entpuppt, lässt sich nur schwer öffnen und ich muss viel Kraft aufwenden, damit es sich dann unter lautem Knirschen überhaupt bewegt. Da stehe ich nun auf einer dieser typischen Hinterhofstraße. Hohe Zäune und die Geräusche des Straßenfests klingen gedämpft herüber. Gerüche aus fremden Küchen, Wäsche, die im lauen Wind über die Zäune hinweg wehen. In Gedanken versunken lehne ich an einem der Zäune. Die Sonne scheint noch recht warm und ich denke daran, dass die Gäste auf dem Fest in der Menge schwitzen würden, als mich zwei kräftige Hände packen und in eine Ausfahrt ziehen.

Der Mann sieht sich hektisch um. „Wirst du verfolgt?", fragt er und ich bin so baff, dass ich gar nicht antworte. „Wirst du verfolgt", brüllt er mich an und rüttelt mich an den Schultern. „Ich ... weiß ... nicht", antworte ich wahrheitsgemäß. Woher soll ich das auch wissen und warum soll mich jemand verfolgen? Außer diesem Irren hier, der mich so am Arm packt, dass es wehtut. Der Mann steckt den Kopf aus der Einfahrt heraus und sieht nach links und gleich darauf nach rechts. „Gut", sagt er ohne Atem, „die Luft schein rein zu sein." Jetzt endlich werde ich wach. „Was soll das?" Ich versuche, einen Schritt zurückzugehen. *Vergeblich*. Hinter mir ist eine

mit Blumen bewachsene Wand, die durch meinen Rückstoß jetzt Blütenblätter auf mich herabregnen lassen. „Gleich", sagt der Mann und ob das irgendwas erklären soll? Wer weiß das in diesem Universum der Kuriositäten schon? Ich jedenfalls nicht. Allerdings bin ich nicht unruhig oder hatte Angst. Irgendwie fühle ich, dass er es gut meint. *Verdammt. Wo ist mein Leben hin? Dieses Leben, in welchem ich auf einer Straße stehen kann, ohne von Verrückten zur Seite gedrückt zu werden? Oder gar irgendwelche total wirren Ideen präsentiert zu bekommen? Wo ist dieses Leben?* „Kennen wir uns?" Das ist die dämlichste Frage, die ich in diesem Moment stellen kann, aber mir fällt partout nichts Besseres ein. „Beinahe", sagt er und starrt immer noch auf die Straße. „Ich bin der Admin aus dem Forum." Erstaunt reiße ich die Augen auf. „Wie wäre es mit telefonieren gewesen?" Er lacht kurz rau auf. „Du hast keine Ahnung, was in London los ist. Die suchen nach dir!?"
„WAS?" Mir fährt der Schreck in die Glieder. Wer soll nach mir suchen? Gut ... nach längerem Überlegen fallen mir da Sue und Tyler ein ... und der Kerl vom CID. Die üblichen Verdächtigen also. „Wie heißen sie eigentlich?" „Simon", knurrt er, „das muss reichen." Gut ... wenn er denn meinte. Dann muss Simon halt reichen. „Und?", versuche ich ihn zu locken. Jetzt endlich sieht er mich an. Nein: Er mustert mich von oben bis unten.

„Du? Die *anu*?" Sein Blick wird abfällig und er krönt dieses Abfällige mit einem verständnislosen Kopfschütteln. Nun. Ganz Unrecht hat er nicht. Aber was kann ich dazu? „Geht's vielleicht etwas verständlicher?", fordere ich ihn auf. Jetzt endlich entspannt er sich und lehnt sich ebenfalls gegen die Wand. Er sieht mich lange und eindringlich an. Solche Musterungen musste ich in den letzten Wochen häufiger über mich ergehen lassen, da werde ich das hier auch aushalten. Im Gegenzug bin ich dann auch so frech ihn zu begutachten: ca. 1,80 m groß, blonde Haare, dunkle Augen, ein freundliches wirkendes Gesicht, und nicht unbedingt der Typ Mann, den ich als Computer-Nerd bezeichnen würde. Ganz im Gegenteil: Unter seinem Shirt malen sich starke Muskeln ab, seine schmale Taille steckt in einer dunklen Jeans, die seine ebenso muskulösen Oberschenkel betonen. Wo hatten sie die gut aussehenden Kerle in den letzten Jahren versteckt? Und warum tauchen sie jetzt alle aus der Versenkung auf? Er holt tief Luft und seufzt dann so, als hätte er sich in sein Schicksal ergeben, mir die Welt erklären zu müssen. „Ich war einer von Keynes Schergen." *Verständlich, dachte ich, bitte verständlicher.* Schergen ... hörte sich so ... altmodisch gefährlich an. „Wie du hab' ich das *„Dritte Auge"*, aber nicht so ausgeprägt. Ich bin ein *parjânos*. DEIN *parjânos*, um genau zu sein." *Na hervorragend.* Sonst noch was, denke ich. „Ich habe bereits zwei *anextlo*. Ein *Parjânos* dazu ... könnte zur Überpopulation in meiner Nähe führen." Er grinst breit. „Ja, vor allem, weil du so schrecklich ahnungslos bist." Jetzt werde ich sauer. Ist das etwa meine Schuld? Nein. Also sollte er mir das auch nicht zum Vorwurf machen. Eine leichte Aggressivität geht von Simon aus, die so gar nicht zu seinem freundlichen Äußeren passen will. „Ich lerne", schnauze ich ihn an, was zur Folge hat, dass er mir die Hand auf den Mund legt. „Still, verdammt noch mal. Sie rennen gerade hinter einem deiner *anextlos* her, da müssen sie nicht wissen, wo du bist." Ich bin entsetzt.

„Sie verprügeln Callum meinetwegen?" Wieder grinst er und schüttelt den Kopf. Er ist wirklich wie ein *parjânos*, ein Beschützer, stelle ich fest. Groß, muskulös und er strahlt dieses Wissen aus, das mir fehlt. Er weiß, was er tut. Ich hingegen bin die unbefleckte Empfängnis in Person. „Natürlich. Über ihn kommen sie an dich heran." Na klar, was sonst, denke ich sarkastisch. „Rede, verdammt noch mal", zische ich ihn an. Sein breites Grinsen würde ich ihm schon austreiben. Dem Herrn *parjânos*. „Ich habe dich gesehen, als du bei Keyne anfingst. Du warst eine der Neuen. Anfangs habt ihr ganz normal die Bücher katalogisiert, aber das war nur, damit Keyne herausfinden konnte, wer von euch das *Dritte Auge* hat. Du warst von Anfang an seine Favoritin und seine Erwartung hat sich bestätigt. Er selbst ist ebenfalls einer der *arwydd* oder Träger oder wie auch immer das hier genannt wird. Keyne ließ dich in die Firma bringen, pflanzte dir eine Erinnerung ein und nach ein paar Tagen, verpasste er dir das Branding. Mittlerweile hatte er genug Anhaltspunkte, um zu wissen, wer du bist." Simon sieht sich um. Irgendwie ist ihm unser Versteck in der Ausfahrt nicht geheuer. „Er hat dann den ganzen Hokuspokus mit dir veranstaltet. Ich habe auf dich aufgepasst, das hat er wenigstens zugelassen, auch wenn er mich nicht in deine Visionen hineinsehen ließ. Später habe ich dann herausgefunden, dass er dich und einige andere dazu benutzt hat, um an ein paar sehr wertvolle Bücher zu kommen. Welche? Keinen Schimmer. Dank euch hatte er Pläne der Häuser, Wachpersonal und sowas. Allerdings hat er für die Diebstähle dann andere Leute." Rose hatte also recht. Mir wird augenblicklich schlecht. „Wenn du den Raum betreten hast, dann war ich unter anderem dafür verantwortlich, dich zurückzuholen nachdem du das Buch angefasst hattest." Dieses ungute Gefühl, das ich bereits die ganze Zeit in mir spüre, steigt weiter an. Mittlerweile fühle ich mich, als hätte ich etwas Verdorbenes gegessen. Dieses Unwohlsein kann jedoch einen kleinen, aber leisen Verdacht nicht vollständig übertünchen. Den, bei dem ich daran denke, dass ich unter Umständen noch mehr verbrochen haben könnte. Simon scheint meine Furcht zu spüren. „Nein, hast du nicht", beruhigt er mich. „Aber durch eure Hilfe konnte Keyne an die wertvollen Bücher kommen. Beihilfe … sozusagen." Es wird nicht besser. Ich habe also einem Kriminellen dabei geholfen, kriminell zu sein. Innerlich klopfe ich mir auf die Schulter. *Wenn Du Mist baust, dann richtig, Charlotte Heynes.* Jetzt kann ich mir auch vorstellen, warum Seamus mich unbedingt sprechen will. „Ich bin dann ausgestiegen und habe das Forum für Leute gegründet, die ebenfalls Schluss gemacht hatten. Wir wurden tierisch drangsaliert. Einige von uns sind dann auch in der Klinik aufgewacht."

„Aber … was war mit mir?" Es mochte sich egoistisch anhören, aber ich musste wissen, was in diesen Monaten vor sich gegangen war. „Dein Branding entzündete sich, weil Keyne Geld sparen wollte und irgendeinen Pfuscher engagiert hatte. Er hob die Beeinflussung auf, brachte dich zurück nach London und den Rest kennst du." Ich atme hörbar ein. Ich im Mittelpunkt einer kriminellen Handlung, eines Verbrechens an der Kultur, Menschen, die verfolgt und verprügelt wurden. Wo bin ich da rein geraten? „Warum? … Warum sollte Keyne das tun?"

„Weil nicht alle hundert prozentig unter seinem Einfluss standen. Er hat das *Dritte Auge* und nutzt es, um seine Umgebung zu beeinflussen. Mit dem bekannten Ergebnis. Aber diejenigen, die sich erinnern konnten … die nach diesen zwei Stunden am Nachmittag nachhause gingen und wussten, was sie getan hatten, die wurden von seinen Schlägern verfolgt."

„Warum Callum", frage ich erneut und ich hoffe inständig, dass Owen ihm bereits zur Seite steht. Nach heute Morgen sind diese Typen zu allem fähig. „Weil Keyne dich beobachtet. Der Einbruch heute Morgen war nur der Anfang. Er wird dich solange suchen, bis er dich – seine wirksamste Waffe gegen alles, was sich ihm in den Weg stellt – hat. Du musst dich verstecken und ich bin da, um zu sicher zu stellen, dass er dich nicht bekommt. So einfach."

„Ich versteh das alles nicht", gebe ich freimütig zu. Simon sieht mich mitleidig an. Und wie ich dieses Mitleid hasse. „Glaubst du … Callum schafft es?" Simon schließt die Augen. Er kann anscheinend seine Fähigkeit ebenso, wie Rose es auch konnte, kontrollieren. Langsam werde ich neidisch. Alle um mich herum, die mit diesem Potenzial ausgezeichnet sind, können damit auch umgehen. Nur ich nicht. „Dieser Owen hat einen Schlägertrupp organisiert und sie … sie stehen hinter den Schlägern … interessante Konstellation." Ich boxe ihn in den Bauch. „Hey, es geht hier um meinen *anextlo* … oder was auch immer er sein mag." Simon öffnet die Augen und grinst. „Owen scheint Spaß daran zu haben, diesen *Red Heads* die Schädel einzuschlagen."

„*Red Heads*", frage ich und mir ist meine Überforderung anzusehen. Simon lässt Nachsicht walten und erklärt es

mir. „Nazis, die sich für kleines Geld prügeln. Wie geschaffen für Keyne." Na toll, es reicht also nicht von Spinnern umgeben zu sein, die glauben, die Welt mit ihrer Fähigkeit retten zu können. Jetzt kommen auch noch ganz irdische Idioten dazu. „Was wolltest du eigentlich hier hinten", fragt Simon, beinahe beiläufig. „Auf mein Taxi warten."
„Und du?" Jetzt grinst er schräg und ziert sich etwas, als er schließlich mit der Sprache rausrückt, ist es mal wieder an mir, dämlich aus der Wäsche zu schauen. „Über die Mauer reinklettern, um dich da rauszuholen. Kann schließlich schlecht anklingeln und sagen, schick mir mal die *anu* raus, damit ich sie wegschleppen kann." Das Geräusch eines alten Morris übertönt die Geräuschkulisse des Festes, das immer noch zu hören ist. Simon sieht auf mich hinunter, ich zucke mit den Schultern und so schielt er um die Ecke. Mit einer Hand zeigt er mir – ohne sich umzudrehen – dass ich bleiben soll, wo ich bin. Kein Problem, Herr *Parjânos*, denke ich, mir reicht es für heute. Er geht langsam auf die Straße zurück und als ich um die Ecke sehe, spricht er bereits mit dem Taxifahrer. Das Vehikel da vorn ist wohl das Taxi, das ich bestellt hatte. Simon steigt ein, der Fahrer fährt los und hält direkt vor der kleinen Ausbuchtung. Mein neuer *Parjânos* drückt die Tür von innen auf und winkt mir hektisch. „Mach dich klein, am besten unten auf dem Boden." Genervt klettere ich in den Wagen. „Nur

bis wir aus dem Viertel hier raus sind." Es stinkt zum Gott erbarmen. Verdammt, so was habe ich noch nie gerochen und mir wird augenblicklich schlecht. Hilflos sehe ich auf und Simon an. Doch der bleibt hart. „Unten bleiben", ist das einzig freundliche Wort, das er von sich gibt. Ich stülpe mir meine Bluse über die Nase, damit der Gestank wenigstens etwas gemildert wird. Es stinkt, als hätte hier jemand absichtlich Blut und Erbrochenes vergossen. Grausam. Der Wagen setzt sich in Bewegung und ich versuche, mich zu verstecken ohne mich in diesen Gestank zu tunken. Aber Simon hält Wort und zwei scharfe Kurven später, in denen ich um Leben fürchte, hilft er mir auf. Ausflügler, die vom Fest kommen, säumen die Straßen, immer noch riecht es nach frisch zu bereitetem Essen und es ist mir willkommen, denn es übertüncht den Gestank im Wagen. Fenster auf, Kopf raus, glücklich sein. Diese Mischung aus frischer Seeluft, Straßenfest und vermeintlicher Freiheit macht meinen Kopf frei und beruhigt meinen Magen. Fünf Minuten später biegt der Wagen ab und fährt in meine Straße. Ich zahle und will gerade aussteigen, da hält mich Simon zurück. „Moment", sagt er, springt aus dem Wagen, zieht sich die Hose hoch und sieht sich sehr auffällig unauffällig um. Dann geht er um das Fahrzeug, öffnet mir die Tür. „Geh so geduckt wir möglich rein." Ich denke, jetzt spinnt er vollkommen. Spielt hier den Bodyguard. Aber seine

Körpergröße ist schon sehr beeindruckend und duldet keine Widerworte, also husche ich so schnell wie möglich in den Hauseingang, öffne und will hineingehen. „Bist du wahnsinnig?" Ich zucke zusammen. Übertreibt er jetzt nicht ein ganz klein wenig? „Da hätte einer hinter stehen können ... und dann?" Genervt reiche ich ihm den Schlüssel zu meiner Wohnung, um dann wie ein Esel hinter ihm die Treppe hinauf zu traben. Simon öffnet die Wohnungstür, schaut hinein und versichert sich, dass die Wohnung leer ist. Als er mir zunickt, bin ich froh, dass diese gespenstische Reise vorbei ist, so kurz sie auch war. Er legt den Schlüssel auf den Tisch und macht sich über die Reste des Frühstücks her. „Ich geh duschen", sage ich, halte aber im Türdurchgang inne. „Kannst du nochmal nach Callum sehen?" Grinsend schließt er die Augen, zieht erstaunt die Augenbrauen hoch und lacht brüllend. „Netter rechter Haken. Es geht ihm gut und er ist mit Owen auf dem Weg hierher." Die Anspannung fällt von mir ab und atme laut aus. „Wenn ich aus der Dusche komme, musst du mir zeigen, wie man das macht. Klar." Simon stopft sich ein Brötchen in den Mund und versucht gleichzeitig breit zu grinsen. Ein unmöglicher Anblick, der mich zum Lachen bringt.

Die Dusche vertreibt für einen Moment das schlechte Gefühl, dass ich an diesem Tag ständig mit mir rumtrage. Eigentlich hätte ich mich schon längst daran gewöhnen müssen, dass meine Welt im Abstand von ein paar Wochen zusammenbricht. Habe ich aber nicht und ich werde es wohl nie tun. Mit geschlossenen Augen, das heiße Wasser genießend, lehne ich an der Wand und denke nach. Wie soll es jetzt weitergehen? Sollte und wollte Simon sich jetzt hier einquartieren? Was muss ich tun, damit ich wenigstens im Ansatz etwas von den Fähigkeiten der anderen um mich herum erreichen kann? Will ich das? Nein. Aber ich muss. Es gibt keinen anderen Ausweg aus dieser Situation. Das Mistdingen *ist* hinter meiner Stirn, also muss ich zusehen, wie ich damit fertig werde. Vielleicht kann ich dem *Auge* ja auch was Positives abringen. Diese Gedankenlesegeschichte, die reizt mich schon irgendwie. Schlimm ist, dass ich keinen blassen Schimmer habe, wie ich diese verrückten und zu allen möglichen und unmöglichen Zeitpunkten auftretenden Visionen unter Kontrolle soll. Rose, so fürchte ich, wird mir da keine große Hilfe sein. Callum weiß ebenfalls nicht genug. Sue und Tyler scheiden sowieso aus, Simon ist zu sehr mit den situativen Visionen beschäftigt, als dass er sich auch noch um meine kümmern konnte. Das Buch: Ja. Ist das die Lösung? Ich hege einen gehörigen Respekt vor dem guten Stück. Die Hitze, die es ausstrahlt, ist unerträglich. Und dann noch die Sache mit Keyne. Es ist zum Auswachsen. Wie sollte ich überhaupt auch nur daran denken, irgendwann mal ein – in den vorgegebenen Bahnen –

normales Leben führen zu können? Ich, als die *anu*. *Lachhaft.* Da gab es mit Sicherheit andere, die talentierter, weiser und wissender sind als ich. Ich. Eine Oberste. *Vollkommen bescheuert.* Mit einem Handtuch um den Kopf, sowie einem Bademantel bekleidet, stelle ich mich vor den Spiegel. Mich sieht eine etwas blasse, dunkelhaarige Frau an, die man durchaus hätte hübsch nennen können. Aber bin das da noch ich? Ich lasse den Bademantel über die Schultern gleiten und halte ihn über meinem Busen geschlossen. Jetzt trage ich so etwas, wie das Kleid, dass die Frau im Spiegel trug. Lachend schüttel ich den Kopf. Meine nassen Haare kleben an meinen Wangen. Nun bin ich ihr noch ähnlicher. Aber dieses Gefühl, dass alles, was hier passiert, nicht wirklich ist und vor allem vollkommen falsch, bleibt. Keine Eingebung, keine Befreiung meines Geistes. Vielleicht sollte ich doch wieder mit diesen Tabletten anfangen? Seufzend ziehe ich mich an. Jeans und Shirt müssen reichen. Simon hat es sich am Küchentisch gemütlich gemacht und bereits mehr als die Hälfte unseres vergessenen Frühstücks verputzt, als ich mich zu ihm setze und er mir meine erste Lektion in Sachen Gedanken lesen gibt. Mein Erfolg ist mehr als bescheiden, denn außer einem tierischen Rauschen in meinen Ohren, ist da nichts. „Kann das sein, dass nicht jeder die Fähigkeiten des *Dritten Auges* gleich nutzt?", frage ich deprimiert. Simon denkt nach. „Du bist stark,

aber leider unwissend, du müsstest eigentlich alle Formen beherrschen können. Nur hat dir bisher keiner gesagt, dass du es a) kannst und b) wie es geht. Mach dir keine Gedanken, irgendwann läuft das. Du musst halt üben." Eher erschieße ich mich, denke ich resignierend, und als Simon auflacht, weiß ich, dass er meine Gedanken liest. „Kann ich das irgendwie abwehren?" Er nickt affektiert. „Ich sag es dir aber nicht, so hab' ich dich wenigstens ein bisschen unter Kontrolle."
„Arsch", entfährt es mir, was ihm aber nur ein breites Lächeln entlockte. Er nimmt gerade einen Schluck Kaffee, als es läutet. In der Macht der Gewohnheit, springe ich auf und er zieht mich am T-Shirt zurück. „Vergiss es." Simon marschiert breitbeinig zur Tür, öffnet und baut sich vor den Ankömmlingen breit auf. Als er erkennt, dass es Owen, Callum und Rose sind, lässt er sie eintreten. Die drei sind überhaupt nicht erstaunt, dass Simon ihnen öffnet, trotzdem fühle ich mich genötigt, ihn vorzustellen. „Mein persönlicher Bodyguard, Simon. Der Admin aus dem Forum, der mich anrufen wollte …", versuche ich, Callums Gedächtnis zu aktivieren. Nur ein knappes *Ja* und die Sache ist erledigt. *Himmel.* Jetzt konnte ich ihn mir erst einmal richtig ansehen. Er hat ein paar Blessuren davongetragen und sieht jetzt – ok … ich sag´s nicht gerne – noch heißer aus. Zärtlich lege ich ihm die Hand auf die Wange und sehe ihm in die Augen. „Alles klar?"

Callum nickt, küsst mich kurz, um dann von einem Ohr bis zum anderen grinsend, Owen anzusehen. „Geile Schlägerei, oder?" Auch wenn ich wirklich und wahrhaftig erschüttert bin, dass es ihm anscheinend Spaß gemacht hatte, sich zu schlagen, lache ich mit. Er umarmt mich und ich spüre seine Wärme. Rose schüttelt den Kopf, legt das Buch, das sie in Zeitungspapier eingepackt hat, auf den Tisch. „Die beiden haben es sogar so weit getrieben", sagt sie tadelnd, „dass die gesamte Horde hier gleich aufschlagen wird." „Horde?" Das Fragezeichen in meinem Gesicht ist so groß wie ein Wursthaken. „Klar", wirft Owen ein, „die Jungs wollen schließlich sehen, für was sie sich geprügelt haben." Er grinst frech und schiebt sich eines der letzten Brötchen in den Mund. „Na, dann will ich mal hoffen, dass ihnen gefällt, was sie zu sehen bekommen." Was Owen unter „Horde" versteht, erfahre ich einen Moment später. Jemand läutet Sturm und eigentlich bin ich der Meinung, dass Simon jetzt seine angepriesene Parjânos-Tätigkeit aufnehmen könnte. Schließlich hat er sich in den letzten Stunden wie ein Irrer gebärdet. Aber er bleibt sitzen wo er ist und reagiert nicht. Er führt das Gespräch, das er mit Owen begonnen hat, lässig weiter. Also öffne ich die Tür und werde überrannt. Die Horde besteht aus einer Gruppe von über mehr als fünfzehn Leuten; irgendwann höre ich auf zu zählen. Sie sind beladen mit Getränken und Speisen, die sie auf dem

Tisch abstellen. Alle begrüßen sich untereinander, umarmen sich, lachen laut und freuen sich anscheinend, dass dieser Festtag mit einer zünftigen Prügelei einen gebührenden Abschluss fand. Ich lehne im Türrahmen, unbeachtet von dieser Meute und versuche wenigstens etwas Luft zum Atmen für mich zu ergattern. In meiner Wohnung, die ungefähr so groß wie ein größeres Badezimmer ist, herrscht ein Gedränge, dass es einem Angst und Bange werden konnte. Trotzdem benehmen sich alle, als wären sie auf der besten Party der Welt.

Bis anscheinend einem von denen einfällt, dass ich auch noch anwesend sein könnte. Schlagartig herrscht Stille und unzählige Augenpaare sind auf mich gerichtet. Unzählige gruselige Augenpaare. Denn alle haben blaue Augen und nicht ein Fleckchen Weiß mehr darin. Die Personen, die zu diesen Augen gehören, stehen schweigend herum oder sitzen still auf dem Boden und warten. Ich starre zurück. *Was ihr könnt, kann ich schon lange.* Mir schlägt das Herz bis zum Hals, denn so viele von „uns" hab' ich noch nie auf einem Haufen gesehen. Simon rettet mich und beginnt, die Gäste dem Namen nach vorzustellen. Der jeweils Aufgerufene nickt kurz, sagt was er ist und dann folgt der nächste. Ich bezweifele, dass ich mir die Namen alle merken kann, aber es sind tatsächlich alle Vertreter der drei Aufgaben da. *Parjânos*, *anextlo* und *Protegés*. Einer sagt sogar etwas, dass mir bekannt vorkommt. *Arwydd*. Die Gezeichneten. Und als ich näher hinsehe, erkenne ich die drei Muttermale an seinem Kinn. „Ihr seid also alle ..." Und sie nicken schweigend. Eine nickende, blauäugige Masse aus Menschen steht da vor mir. Sollte ich da nicht Angst bekommen? Callum lacht leise, er scheint zu spüren, wie ich mich fühle. „Hey", ruft er in den Raum, „ihr erschreckt sie ja. Sie soll uns lieber was zu dem Buch erzählen." Er hat sich zum Tisch gedreht, das Buch ausgepackt und ... wirft es mir zu. *Dieser Idiot.* Ich höre Rose Schreckensschrei und kann das Buch gerade noch auffangen. Es landet schwer in meinen Armen, doch bevor ich ihn strafend ansehen kann, passieren zwei Dinge, von denen eines besonders bemerkenswert ist. Kaum hat das Buch mich berührt, spüre ich die Hitze daraus in mir aufsteigen und so sehr ich mich wehre: Ich werde es nicht los. Ich kann es nicht einfach fallen lassen. Dieses Buch scheint mich zu suchen, will bei mir bleiben und in mich hineinkriechen. Denn genau das tut es gerade. Ohne, dass ich irgendetwas dagegen machen kann, nähert es sich meinem Rumpf, strömt noch mehr Hitze aus und klebt förmlich an mir, um einen Augenblick später in einem Feuerwerk zu explodieren. Natürlich in mir zu explodieren. Was sonst. Das Buch hat gerade meinen Körper berührt, als es sich in seine Einzelteile zerlegt.

Funken sprühen, die keinem Funken ähneln, den ich jemals vorhersah. Diese Lichter sind so filigran, dass sie beinahe wie wunderschöne Schmetterlinge aussehen. Diese Schönheit hat nur einen Haken: sie tut höllisch weh. Und je tiefer sich dieses Buch in mich gräbt, je mehr es sich in seine Einzelteile zersetzt, desto mehr schmerzt es. Ich ersticke an meinen Schmerzensschreien und falle zu Boden. Noch im Fallen sehe ich, wie das Buch sich mit einem letzten – finalen – Ausbruch aller Farben in einem Lichtstrahl, endgültig in meinem Körper verschwindet. Das ist aber noch nicht das Bemerkenswerte. Ich sehe, wie Callum und Rose auf mich zustürzen und mich hochheben, mich stützen, mich halten und rütteln. Callum brüllt wie ein Irrer meinen Namen und Rose versucht, unterdessen irgendein Lebenszeichen von mir zu erhaschen. Aber auch das ist noch nicht das wirklich Bemerkenswerte.

Das wirklich Bemerkenswerte ist, dass ich die ganze Szene von oben herab beobachte. Ich schwebe tatsächlich über Callums und Rose' Kopf und sehe ihnen dabei zu, wie sie versuchen, mich wiederzubeleben. Und das Schöne an der Sache ist: Ich fühle mich wunderbar. Natürlich ist es traurig, Callum so verzweifelt zu sehen. Aber ich schwebe dort über meinem Körper, leicht wie eine Feder, allerdings auch durchsichtig wie eine Spiegelung, und fühle mich wunderbar frei. Erlöst von allem, von dem ganzen Irrsinn, der mich in den letzten

Monaten nicht nur zum Wahnsinn treiben wollte. Ich bin erfüllt von Glück. Und noch etwas ist da. Wissen. Altes Wissen. Ein Wissen, nach dem ich während meines Studiums immer gesucht habe, wenn ich in den alten Romanen und Geschichten las. Jetzt habe ich es in mir. Das Buch hat sich in mir aufgelöst und mir sein Wissen vermittelt. Über sechshundert Seiten meiner – nein – unserer Geschichte, derer, die sich tatsächlich die *arwydd* nannten, erfüllen mich und machen mich federleicht. Ich lache, ich weine gleichzeitig. Ich freue mich und vergesse meine Umgebung, deren Teil ich nicht mehr bin. Verdammt, fühle ich mich gut. So gut, dass ich sogar einige Scherze mit den Lebenden unter mir mache. Ich fahre ihnen durchs Haar und sie reagieren, als würden sie eine Fliege wegwischen wollen. Einige drehen sich zum Fenster, um zu sehen, ob der plötzliche Luftzug von dort kommen mochte. Aber sie verstehen nicht. Gut, es sind kindische Scherze, aber mir bereiten sie einen höllischen Spaß. „Sie lebt", höre ich Rose sagen und ich gebe es ungern zu, ich bin etwas enttäuscht. Denn wenn die Hülle da unten, die mein Körper ist, noch lebt, heißt das, dass ich als Geist wieder da rein musste. Meine Enttäuschung wird etwas durch Callums hoffnungsvollen Gesichtsausdruck gemildert und so schwebe ich hinunter zu meinem Körper. Das Problem ist nur: Wie soll ich da wieder reinkommen? Also … um ehrlich zu sein: Mir wäre dieser Schwebezustand wesentlich lieber, aber ich werde den Verdacht nicht los, dass es jetzt erst einmal vorbei ist mit meinem Egoismus. Und ich weiß auch, wer diesen Verdacht streut. Dieses blöde Buch in mir. Diese Erkenntnis lässt meine Hülle sinken und beinahe von selbst krieche ich wieder in meinen Körper. Ich zucke kurz und öffne die Augen, sehe direkt in Callums besorgtes Gesicht. Die Schatten, die die anderen auf mich werfen, spüre ich körperlich auf mir. Sie sind kalt, aber – nun, wie umschreibe ich es so, dass man versteht, wie ich mich fühle? – Sie sind freundlich gesinnt und ich spüre diese Freundlichkeit tief in mir. (Kein Vergleich zu der Kälte, die ich während meiner Visionen im Traum verspürte.) „Sie ist wieder da", sagt ein ganz toller Klugscheißer, während ein anderer bemerkt, man solle mich doch aufs Bett legen. Ich werde hochgehoben, abgelegt, zugedeckt und wieder sehe ich in Callums besorgten Gesichtsausdruck. Ich versuche zu lächeln, schwach, aber es entlockt ihm ebenfalls eines. „Wenn ich dich jetzt frage, ob alles klar ist, ist das wohl recht dämlich? Oder?" Ich schmunzle, nicke sachte und drehe mich auf die Seite. Schlafen. Das Buch in mir sagt, dass ich jetzt schlafen soll, es hätte mir einiges zu erzählen. Es ist das erste Mal, dass mir jemand verspricht, sein Wissen mit mir zu teilen und ich kann diesem Jemand vertrauen. Also schlafe ich.

Ich lief durch die Dunkelheit auf das Licht zu, dass ich schon aus anderen Visionen kannte. Die Aufregung musste mir ins Gesicht geschrieben sein, als ich hinaustrat und mich umsah. Etwa zwei Meter vor mir stand ein Mann, grauhaarig, alt und mit einem Blau in den Augen, die das gesamte Auge ausfüllten. Er lächelte mich an, reichte mir die Hand. „Lass uns spazieren gehen, Charlotte." Die Stimme kam mir bekannt vor, aber ich konnte sie nicht einordnen. „Du hast eine lange Reise gemacht", sagte der alte Mann, sah mich von der Seite an und immer noch lächelte er. „Wenn man das so ausdrücken will … ja. Habe ich." Das leichte Gefühl, das ich während meiner außerkörperlichen Erfahrung hatte, war wieder da und ich fühlte mich verdammt gut. „Jetzt, wo du das Wissen in di trägst, wirst du die arwydd *wieder zusammenführen." Er sagte das, mit einer Bestimmtheit die mich glauben ließ, dass das tatsächlich meine Aufgabe war. „Aber da sind noch so viele Dinge, die ich nicht verstehe", sagte ich. Ich war stehen geblieben und nachdem er noch einen Schritt mehr gegangen war, drehte er sich zu mir um. Er ließ meine Hand los, verschränkte seine dann hinter seinem Rücken und wippte auf den Füßen. Seine Kleidung war eine Kutte aus Leinen, wie man sie von Mönchen kennt. Seine Füße steckten in einfachen ledernen Sandalen. Zeit für mich, mal einen Blick auf mich zu werfen. Nichts Neues, dachte ich, als ich an mir heruntergesehen hatte. Ich trug den* gleichen Chiton, den ich auch im Spiegel getragen hatte, nur jetzt wusste ich, wie man das Kleidungsstück nannte. Damit bekam ich eine Ahnung auf die Antwort meiner dringlichsten Frage. „Das Buch …", begann ich nachdenklich, „ist jetzt in mir. Aber wie komme ich an das Wissen, dass es in sich trug?" Der Alte hörte auf zu wippen und sah mich ernst an. „Du wirst es abrufen können, wenn du es brauchst." Na toll. Wie war das mit den Antworten, die mir gegeben werden sollten? Er lachte. „Du kannst jetzt alles, was du können musst. Du brauchst dich nicht mehr vor Visionen fürchten, die plötzlich auftauchen. Du kannst genauso wie alle anderen mit deinen Fähigkeiten, Gedanken lesen und mehr noch … Du hast jetzt die Option die Menschen zu führen und zu beeinflussen. Du wirst die Geister der Alten rufen können, wenn du sie brauchst und natürlich wirst du in der Lage sein, unsere Nachfolger zu unterrichten und das Wissen weiter zu geben." Das hörte sich ja super an, dachte ich sarkastisch. „Was ist mit dem Original?" Er nickte. „Du wirst es mit den Deinen suchen, finden und beschützen." Hey, na klar … warum war ich da nicht selbst draufgekommen. Warum einfach, wenn kompliziert wesentlich schöner. „Was ist mit Keyne?", fragte ich weiter. Er seufzte. „Er war der, der ursprünglich die Letzten von uns führen sollte. Aber er hat sich anders entschieden. Mag daran gelegen haben, dass ihm niemand gesagt hatte, was wir mit ihm vorhaben … aber das ist nebensächlich. Nun: Ich kann dir nicht sagen, was passieren wird, weil ich es nicht weiß. Niemand weiß es." Er trat an mich heran und legte mir seine warme Hand auf die Wange. Ich war erstaunt, hatte ich bei jemand so altem doch eher etwas Kaltes erwartet. „Niemand weiß was die Zukunft bringt, aber du hast jetzt das Wissen von Jahrhunderten in dir und kannst das Beste für unsere Arte daraus machen. Suche sie, sammle sie um dich und gründe eine neue Kolonie. Es wird schwer werden, aber das ist dir bewusst. Es wird viel Hass gegen euch geben, wenn ihr euch zeigt, aber du bist stark genug, um das Überleben unserer Art zu garantieren. Gehe und erledige deine Aufgaben, Charlotte." Der Alte verschwand direkt vor meinen Augen. Er löste sich einfach so auf. Weg. Und ich? Ich war genauso schlau wie vorher. Nämlich gar nicht. Der Alte hatte recht: Ich spürte das Wissen in mir und ich wusste, wenn ich es brauchte, wäre es da. Aber wäre eine kleine Information, wie das Ganze funktionieren würde, nicht hilfreich und nett gewesen? Nettigkeit schien jedoch nicht auf der Agenda unserer Art zu stehen. Unserer Art, ich stieß das Wort verächtlich aus. Bis vor kurzem war ich davon ausgegangen, dass ich ein Mensch war. Pustekuchen. Aber was war ich? Warum wollte das Buch mir dieses Wissen nicht mitteilen? Warum konnte ich die Information aus meinem Hirn nicht abrufen? „Weil niemand weiß, was wir sind und woher wir kommen", sagte Callum, der plötzlich hinter mir stand. „Das ist aber *sehr kontraproduktiv, oder?" Er nickte. "Ja, ist es und ich frage mich auch ständig, was für ein Monster ich bin. Aber ich mag dieses Monster. Weißt du: Wir sind freundlich, tun niemandem was zu Leide ... im Gegenteil: Wir sind dazu da, den Menschen zu helfen und wir tun es. So schlecht können wir nicht sein ... oder?" Ich stöhnte ausgiebig. Callum hatte Recht und ich wusste das. Wenigstens etwas. "Lass uns zurückgehen, die anderen warten schon auf uns." Ich hielt ihn zurück. "Was soll ich ihnen sagen? Ich bin genauso blöd und unwissend, wie noch vor einer Stunde, ich weiß nicht, was wir als Nächstes tun sollen, ich weiß überhaupt nicht was wir tun sollen."*

Callum nahm mich in den Arm, legte seine Wange an meine und ich spürte eine Energie durch mich fließen, die ich niemals zuvor gespürt hatte. Er strahlte die Zuversicht aus, die mir fehlte. Callum hatte so viel davon, dass er sie mit mir teilte. War das nicht verrückt? War es.

Aber es half mir, mich den Aufgaben zu stellen, die da vor mir lagen. Und plötzlich schien alles ganz einfach. Das Erste, was wir – ich – erledigen mussten war, Keyne finden, ihn ordentlich in den Hintern treten und dann würden wir schon weitersehen.

Als ich erwache, fühle ich mich ausgeruht und fit. Schade nur, dass es mitten in der Nacht ist. Ich spüre Callums Körper an meinem, sein Arm liegt über meiner Hüfte und ich suche nach seiner Hand. Wieder fließt

diese energetische Kraft durch mich, während ich vorsichtig mit seinen Fingern spiele. Meine Augen brauchen einen Moment bis sie sich an die Dunkelheit im Zimmer gewöhnen, doch dann sehe ich mich erstaunt um.
Die Horde hat sich anscheinend entschieden, hier einzuquartieren. Überall liegen Körper herum, die friedlich vor sich hinschlummerten. Nur Simon sitzt in einem Sessel und macht den Eindruck, dass er beim kleinsten Geräusch wie von der Tarantel gestochen aufspringen würde, um sich dem Eindringling zu stellen. Seltsam berührt von so viel offensichtlicher Entschlossenheit, schlummere ich beruhigt wieder ein. Mein Vorhaben mich Keyne zu stellen, behalte ich zunächst für mich. Zum einen will ich Callum nicht beunruhigen, auch wenn er anscheinend Spaß an ordentlichen Prügeleien findet, zum anderen werde ich beim – verdammt opulenten – Frühstück, in eine Unterhaltung gezogen, die mich im Endeffekt nur noch reagieren lässt. Während meiner geistigen Abwesenheit - so schien es – musste eine intensive Diskussion darüber stattgefunden haben, was als Nächstes zu tun sei. Augenscheinlich konnten Rose, Owen, Simon und Callum den Rest der Anwesenden davon überzeugen, dass ich tatsächlich die *anu* war. Es gibt einigen Widerstand gegen diese Annahme, doch die Vorführung mit dem mich auffressenden Buch war dann wohl

ausschlaggebend. Im Prinzip ist meine neue Gefolgschaft zur Abfahrt bereit. Und das ist das Erstaunliche an der Sache: Endlich bin nicht mehr nur ich diejenige, die keine Ahnung hat, worum es ging. Es mag egoistisch klingen, aber es gibt mir so etwas wie Genugtuung. „Was ist mit London?", fragt Callum kauend, schenkt sich einen Kaffee ein und sieht Rose dabei an. Sie zuckt mit den Schultern. „Ich will den heiligen Boden nicht verlassen", gibt sie nachdenklich in dem Moment zur Antwort, als ich mich beiden nähere. „London ist heiliger Boden", gebe ich ihr zu bedenken. „Genauso wie Stonehenge oder die Kathedrale von Amiens. Du wärest an diesen Orten genauso sicher wie hier." Dass mir in diesem Moment die *Red Heads* einfallen, kommt sicherlich nicht von ungefähr. „Zumindest beinahe", füge ich hinzu. Callum schaut mich mit diesem gewissen Besitzerstolz an. Er ist mein *anextlo* und außerdem schläft er mit mir, was ihn noch mal zu etwas Besonderem macht. Dass ich augenscheinlich in der Lage bin, das Wissen aus dem Buch bei Bedarf einfach so abzurufen, toppt die Sache für ihn ungemein. „Wo sollen zwanzig Leute und mehr in London Unterschlupf finden", meldet sich die pragmatische Rose. „Das regle ich." Sie sieht mich skeptisch an, doch dann steckt mein Lächeln sie an und sie stimmt zu. „Gut, dann regle das und wir kommen mit. Ich werde schon zusehen, wie ich die Kinder irgendwo unterbringe." Sie klopft mir auf die

Schulter und geht hinüber zu ihrem Mann. Also London?", nimmt Callum den Faden auf, erwartet aber keine Antwort.
Trotzdem gebe ich sie ihm.
„Ja ... und von dort aus ... werden wir weitersehen."

Zwanzig Leute, mit unterschiedlichen Berufen, noch unterschiedlicheren familiären Bindungen unter einen Hut zu bringen, ist eine wahnsinnige logistische Leistung. Aber: Ich habe es geschafft. Zwei Tage nach unserem letzten gemeinsamen Frühstück stehen wir auf einem kleinen alten Fischkutter, der uns hinüber nach England bringt. Das gute Stück sieht – zugegebenermaßen – wenig vertrauenswürdig aus. Aber es schwimmt, der Kapitän machte mir einen „Special Price" und sicherte mir obendrein zu, dass wir um die Zollkontrollen herumkommen würden. „Warum nehmen wir nicht die offizielle Fähre?", mault jemand, dessen Namen ich mir bei Gott nicht merken kann, weil er so abgedreht irisch und mystisch ist, dass ich mir jedes Mal, wenn ich den Name auch nur versuche anzudenken, die Zunge verrenke. „Weil sie uns suchen ... oder mich ... oder wen auch immer", kontere ich. „Wir müssen so heimlich wie möglich verschwinden und so unerwartet wie es geht woanders wieder auftauchen." Die See ist an diesem Morgen stürmisch, rau und unfreundlich. Callum und ich stehen am Bug, er hält mich in seinen Armen und wir beide starren auf das aufgewühlte Wasser hinaus. Die Wellen brechen sich am Metall des Schiffes, spritzen uns die Gischt ins Gesicht. Es riecht nach altem Diesel, frischem Fisch und Möwenscheiße. Ich friere und Callum öffnet seine Jacke, nimmt mich mit darunter und gleich wird mir warm. Dass mir auch noch etwas anderes wird, ist an dieser Stelle, weit draußen auf See, beobachtet von achtzehn anderen Menschen, nicht wirklich passend. Wir hatten in den letzten Tagen so wenig Zeit für uns, dass ich fürchte, unser Liebesspiel war nur ein Traum. Ein paar Strähnen stehlen sich aus meinem Zopf und kitzelten Callum nun an der Nase. Er niest leise, lacht aber gleichzeitig. „Wer weiß", fragt er, „wann wir wieder dazu kommen, so nebeneinanderzustehen." Er küsst mich zärtlich auf die Wange. Seine Wärme auf meiner von der Seeluft gekühlten Haut, jagt mir einen Schauer über den Rücken. *Oh Callum*, denke ich, *meinetwegen jetzt und hier.* Er schmunzelt, weil er der einzige meiner neuen Freunde ist, dem ich immer noch ungehinderten Zugang zu meinen Gedanken erlaube. Etwas, das Simon nicht guthieß, womit er sich aber schlussendlich abfindet, weil ich ihm zugestehe in bestimmten Situationen mein Hirn auszuspionieren. Callum presst sich an mich, drückt mich. „Später", flüstert er, „später. Und glaub mir: Ich werde einen Weg finden, die Horde da hinten los zu werden." Der Kutter ist zumindest seetüchtig. Er knatscht erbarmungswürdig vor sich hin, als er sich durch die meterhohen Wellen kämpft, der Diesel im Bauch des Schiffes hustet mehr, als dass er stampft, aber wir haben trockene Füße. Doch trotz dieser vermeintlichen Alterserscheinungen, bringt uns der Kapitän sicher über die Meerenge. Er steuert einen Hafen jenseits aller Kontrollen an, der beinahe genauso baufällig und altersschwach wie das Schiff an sich ist. Die Kaimauern sind an einigen Stellen bereits ins Meer gestürzt und verengen die Hafeneinfahrt gefährlich. Aber der Seebär am Steuer unseres Kahns umschifft diese Engen wie ein Schlafwandler. Die Wellen hier im Hafenbecken sind noch höher als in der Meerenge und ich fürchte um mein Frühstück. Doch zum Glück ist die Sache relativ schnell vorbei. „Die Wagen stehen zwei Kilometer von hier, Navigationsgeräte ohne GPS, aber aktiv bei der Wahl der Fahrtroute. Kennzeichen „unknown"." Der alte Mann, der so tiefe Furchen in seinem Gesicht trägt, dass man glaubt, er hätte die Kanäle eigenhändig gegraben, lächelt mir aufmunternd zu. „Ich weiß, wer du bist", sagt er leise und ich erschrecke. Noch kann ich nicht alle Träger auf Anhieb erkennen, auch wenn das von der Gegenseite kein Problem zu sein scheint. „Ich nutze es nicht", sagt er müde. „Auf See brauche ich es nur zur Wettervorhersage und da ist mir das Radio ein zuverlässigerer Gehilfe." Er lächelt sanft, legt mir aufmunternd die Hand auf die

Schulter. „Viel Glück." Meine Horde – ich muss mir unbedingt einen anderen Namen für diese kleine Gruppe von Wahnsinnigen überlegen – hat das Gepäck vom Schiff geholt und gleichmäßig auf die Wanderer verteilt. Ich schultere meinen Rucksack, nehme eine der Taschen, und sehe dem Schiff nach, wie es sicher aus dieser Baracke von einem Hafen fährt. „Lasst uns gehen", sage ich in die Runde und wir setzen uns in Bewegung. Die Anhöhe, die vor uns liegt, hat es ziemlich in sich und als wir nach zwei Stunden endlich oben ankommen, ruhen wir uns aus. Was hatte der Kapitän gesagt? Zwei Kilometer? Irgendwie hat er sich da verschätzt. Das Wetter klärt auf und von hier oben können wir die aufbrausende See bis zur Silhouette von Irlands Küste beobachten. Unser Schiff kämpft sich tapfer durch die Wellen und irgendwann ist es außer Sichtweite. Nach einer halben Stunde beenden wir unsere Pause und machen uns wieder auf den Weg. Zum Glück geht es jetzt bergab und wir kommen gut voran. Die Wagen stehen zwar nicht in zwei Kilometer Entfernung, aber immerhin: Sie sind da. Wir verteilen uns auf die SUVs mit britischen Kennzeichen. Callum sitzt neben mir auf dem Fahrersitz und hat seine Stirn in Falten gelegt. Er denkt nach. Angestrengt. „Was ist?" Er zuckt zusammen, lächelt abwesend, dann schüttelt er den Kopf. „Kannst Du immer noch nicht lesen?" „Nicht immer", antworte ich wahrheitsgemäß. Denn auch wenn

ich in den letzten Stunden Quantensprünge in der Entwicklung meiner Fähigkeiten vollzogen habe, ab und an muss ich mich mit Rückschlägen abfinden. Meist liegt es an fehlender Konzentration, die durch störende Einflüsse verursacht werden. Hier in der Wildnis ist es der Gedanke, dass wir unter Umständen jemandem in die Arme laufen könnten, den wir hier nicht erwarten. Angst ist ein starker Faktor, um mich aus dem Konzept zu bringen. Callum stützt sein Kinn auf seinen Arm, den er auf die Fensterkante des Wagens angelehnt hatte. „Hat sich Sue schon gemeldet?" Ich verneine. „Ich fürchte, sie ist etwas sauer auf mich." Er lacht leise. „Kann ich mir gar nicht vorstellen", sagt er und mir kommt meine Flucht aus Tylers Wohnung wieder in den Sinn. „Hey ... ich hatte Panik vor den beiden."
„Sei dir zugestanden", gibt er zur Antwort, „nur wir brauchen sie. Alle beide. Was glaubst du wird Tyler sagen, wenn er uns sieht?" Das ist ein Thema, dass ich gerne ausblende. Denn ich kann mich erinnern, dass Tyler darauf bestand, mein *anextlo* zu sein und aus diesem Grund will er den Rest seines Lebens mit mir verbringen. Soweit ich mich erinnern kann – und meine Lücken schlossen sich immer mehr – will er das bereits seit Kindertagen und genauso lange habe ich es ihm verweigert. Jetzt weiß ich warum. Callum sollte mein *anextlo* sein und er sollte es sein, der meine Gedanken während einer Vision von innen heraus beschützt, so wie

Simon es von außen erledigt. Es wird sicherlich nicht besonders angenehm für Tyler, das zu akzeptieren. Aber in einer meiner letzten Visionen konnte ich sehen, wer für ihn als Träger bestimmt ist. Und hoppla: Die Dame bietet allen Grund zur Eifersucht, wenn ich denn je in ihn verliebt gewesen wäre. Ich mache mein Netbook an und hoffe, dass ich hier in der Pampa Empfang habe. Der Stick erledigt seine Arbeit und ich kann während unserer Fahrt meine Mails abrufen. Die erste ist von Simon, der bereits unsere Ankunft in London vorbereitet. Er hat die Unterkünfte requiriert und mir fällt ein Stein vom Herzen. Der zweite Teil seiner Nachricht klingt jedoch nicht so gut. Es gehen Gerüchte, dass Keyne auch in London *Red Heads* um sich scharen würde. Und die prügeln nicht nur. Es besteht ebenso der Verdacht, dass sie am Brand des Lagerhauses von RB Ltd. nicht ganz unbeteiligt sind. Simon schickt mir einen Zeitungsausschnitt, in dem haarklein darauf eingegangen wird, dass einige wertvolle Bücher, die dort zur Konservierung lagerten, verbrannt sind. Darunter eine Gutenberg-Bibel, mehrere Erstausgaben britischer Romanisten. Ein Schaden, der in die Millionen geht. „Glaub ich nicht", flüstere ich schockiert, als ich den Bericht zu Ende gelesen habe. Callum sieht mich fragend an und ich gebe ihm die Kurzfassung. Auch er schüttelt den Kopf. „Der hat die Segel gestrichen und sich aus dem Staub gemacht." Um den Rest der Mails brauche ich mich nicht zu kümmern und so klappe ich das Dingen auf meinem Schoß zu. Wir benötigen knapp zwei Stunden, dann treffen wir auf die ersten Ausläufer von London. Die Straßen werden voller und ich spüre, dass ich London nicht vermisst habe. Unser Konvoi quält sich durch die Stadt. Irgendwie bin ich dankbar dafür, dass die Scheiben abgedunkelt sind und niemand wie zufällig in das Innere des Wagens sehen kann. Ich kann beobachten, ohne gesehen zu werden. Unser erstes Ziel ist kleines Sues Restaurant. Dort wollen wir uns mit Simon treffen.

Sie sieht genauso aus, wie ich sie in Erinnerung habe. Ein wenig zu bunt, ein wenig zu aufgedreht, ein wenig zu sehr nach Hexe im Ruhestand. Sue sieht mich, als ich aus dem Wagen steige und stürmt aus ihrem Restaurant auf die Straße, um mich zu begrüßen. Nun: Begutachten und einer intensiven Prüfung zu unterziehen, trifft es wohl besser. Sie drückt mich kurz, hält mich dann ein wenig auf Abstand. Irgendwann scheint sie mit dem, was sie sieht, zufrieden zu sein und lächelt gnädig. „Du hast uns Sorgen gemacht", schimpft sie mit mir. Schuldbewusst senke ich den Kopf. „Es musste sein." „Ich weiß", antworte sie, dann zieht sie mich und Callum ins Restaurant. Ihre Angestellten haben bereits einige Tische zusammengeschoben, damit wir alle Platz nehmen können. Unauffällig geht definitiv anders. Aber ich kann ihr nicht böse sein. „Er wartet im Übrigen in der Küche auf dich", zwitschert sie mir zu, als sie die Getränke auf den Tisch stellt. Ich entschuldige mich bei Callum und betrete die Küche. Dass ich allerdings eher fliehen möchte, steht auf einem anderen Blatt. Tyler steht am Herd, rührt angestrengt in einem Topf und als ich eintrete, hebt er kurz den Kopf. Seine blauen Augen starren mich unverwandt an. „Du bist die schlimmste Zicke, die mir je in meinem Leben untergekommen ist", sagt er und wendet sich wieder seinem Topf zu. „Na, das waren dann ja noch nicht viele", gebe ich mit einem Lächeln um meine Lippen zurück. Er grunzt hart und abfällig. „Ja, da hast du wohl recht." Tyler gibt auf so zu tun, als würde er sich intensiv mit dem Essen beschäftigen, und wirft den metallenen Löffel so heftig auf den Tisch, dass es laut klirrt. Etwas zu laut für meinen Geschmack. „Was glaubst du eigentlich ...", beginnt er, ringt mit sich und schweigt dann vorwurfsvoll. „Und du? Was glaubst du?", fahre ich ihn an. „Ich hatte keine Ahnung, was mit mir los war und ihr beide habt nichts Besseres zu tun, als mir das Hirn matschig zu reden ... Was glaubst du also macht ein halbwegs vernünftiger Mensch? Richtig: Er lässt die Irren hinter sich, damit er sich seinem Wahnsinn stellen kann ... nicht mehr oder weniger habe ich getan." Wütend verschränke ich die Arme vor der Brust. Dass er enttäuscht von mir ist, ahnte ich, dass er mir aber

Vorwürfe macht, dass ich auf diese Spinnereien – von denen ich erst jetzt wusste, dass sie keine sind – auf gesunde Art und Weise reagiere, finde nun ich meinerseits tierisch unfair. „Ich hab' mir Sorgen gemacht." Er streckt sich, kommt zu mir und als er vor mir stehen bleibt, sieht er mir tief in die Augen. Ich spüre, wie er sich an meinem Hirn zu schaffen macht und es erstaunt mich, wie tief seine Fähigkeiten ausgeprägt sind. Ich lasse es zu. Soll er doch selbst sehen, was mit mir los ist. Plötzlich lässt er von mir ab. Entsetzt sieht er mich an. „Du? Das Buch?", stottert er und ich kann nur mit den Schultern zucken und nicken. „Verdammt", ergänzt er seinen Satz. Jetzt ist es an mir abfällig zu lachen, obwohl ich mein Erstaunen darüber, dass er von dem Buch ... oder vielmehr den Büchern wusste, unterdrücken muss. „Ich hab's mir nicht ausgesucht und angenehm ist das sicherlich auch nicht." Die Geräusche in der Küche werden übermächtig. Es klirrt schmerzhaft in meinen Ohren. Auch wenn ich erst seit zwei Tagen die *anu* bin, weiß ich doch, was das heißt: Ich muss Tyler aus meinem Kopf werfen. Er versuchte sich dort in Regionen breit zu machen, die ich ihm nicht erlauben darf. Ich muss ihn so schnell wie möglich entfernen, bevor es Simon oder Callum taten, die gerade in die Küche stürzten. Tyler sah sie feindselig an. „Das sind also deine Bewacher?" Er blickt kurz hinüber und zieht sich n seinen Topf heran. „Alles klar?", fragt Callum, nimmt mich bei der Hand. „Ja, ich hab' Hunger", versuche ich ihn abzulenken, „vielleicht bekommt man hier ja auch was." Der Abend verläuft – bis auf den Ausfall in der Küche – recht angenehm. Selbst Rose, die anfänglich einige Zweifel bezüglich unserer Reise hat, wird etwas lockerer. Sie unterhält sich angeregt mit Sue, die es anscheinend auch erfrischend empfindet, endlich jemanden mit mehr Wissen vor sich zu haben, als die Leute, die sie normalerweise aufgabelt. Die Horde vermischt sich mit denen, die Sue rief und es ist eher eine Party als das Treffen von Verschwörern. Nur einer tanzt aus der Reihe und das ist natürlich Tyler. Aber ich kann ihm nicht sagen, dass er sein Glück mit jemand anderem finden wird. Ich kenne ihn zu gut und so weiß ich, dass er mir eh nicht glauben würde. Was wiederum dazu führe, dass die Vision sich nicht bewahrheitete. Undenkbar, laut Rose. Es ist gegen Mitternacht, als Sue plötzlich ernst wird und als hätte sie einen elektrischen Schlag durch alle Anwesenden geschickt, verstummen diese auch. Voller Anspannung sitzen wir in dem mit schrecklichem Licht ausgestatteten Raum und unsere Blicke sind auf Sue gerichtet. Sie räuspert sich umständlich, sieht auf Tyler, nimmt dessen Hand, die in diesem Moment einem Anker gleichkommt, und berichtet von den jüngsten Ereignissen. „Als mir Charlotte die Nachricht schickte, dass ihr alle kommt, um Keyne das Handwerk zu legen und ihn für das zu bestrafen, was er einigen von euch angetan hat, habe ich meine Jungs und Mädchen ausgeschickt, um Neuigkeiten zu sammeln." Sie schaut Tyler an und der nickt. Sie fasst Mut für das, was sie uns jetzt sagen will. „Es geht nicht um die Bücher oder deren Diebstahl." Erneut räuspert sie sich und nimmt einen Schluck Wein, der an diesem Abend schon reichlich geflossen ist. „Es geht um Stonehenge." Wie auf Kommando sehen wir uns an. Die einen fragend, die anderen mit Panik im Blick. Stonehenge? Was zum Teufel hat Stonehenge damit zu tun? Tyler übernimmt die Erklärung für Sue, die sichtlich mit sich zu kämpft. „Ich muss etwas weiter ausholen", sagt er, und die Geschichte, die er uns erzählt, ist so unglaublich, dass ich bereit bin sie ohne weiteres zu schlucken, denn ich habe gelernt, dass zu viel hinterfragen einfach nicht gut für mein Seelenheil sind. „Die Bücher sind uns von unseren Vorfahren übergeben worden. Sie enthalten nicht nur unsere Geschichte und eine Beschreibung über unsere Fähigkeiten. Sie sind ein - nun, ich möchte sagen – Schaltplan, wie man Stonehenge reaktiviert." Er macht eine Pause, um sicher zu gehen, dass wir ihm die Aufmerksamkeit schenken, die er nach dieser Ansage erwartet. Es ist lächerlich. Allein der Name *Stonehenge* hätte ihm eine Stille beschert, in der er eine Stecknadel hätte hören können und diese Stecknadel käme einer Atomexplosion gleich. „Aber …", falle ich ihm ins Wort und er hebt beschwichtigend die Hände, bedeutet mir, zu warten. "Ja, ich weiß. Das Buch, das sich in dir breitgemacht hat, ist auch dazu da, um dir die Informationen über unsere Rasse zu vermitteln. Das Zweite, das wohl noch verschollen ist, ist ähnlich gelagert, auch das müsstest du berühren, damit es sein Wissen mit dem vereinen kann, das schon in dir ist. Es geht um das Buch, dass wir das Original nennen. Es hat einige Seiten mehr und du, Charlotte, bist die Einzige hier, die es jemals in den Händen gehalten hat. *"Klar ... einer musste ja irgendwie an allem Schuld sein, auch wenn das Quatsch war.* Aber ich habe das Gefühl, dass ich in alledem der Dreh- und Angelpunkt bin. Ob mir das nun passt oder nicht. "Wo ist das Buch jetzt", wirft Rose ein. "In der Nähe von Amesbury", sagt Sue, "Keyne hat seine Leute gepackt, ist dorthin umgezogen."

"Aber warum Stonehenge reaktivieren? Und warum das ganze Theater mit den Büchern", wirft Simon kauend ein. Er ist der Einzige unter uns, der sich das Essen niemals verderben lässt. Schon gar nicht durch schlechte Nachrichten. "Die Wissenschaftler rätseln seit Jahrhunderten, was Stonehenge sein könnte. Keyne hat es anscheinend herausgefunden." Tyler steht auf. "Wartet einen Moment. Ich hab' da was gefunden." Er verschwindet für einen Augenblick in der Küche. In jeder anderen Situation hätte jetzt ein Sturm der Angst losbrechen müssen. Fragen hätten lauthals durch den

Raum geschrien werden müssen, Antworten wären aber schuldig geblieben. Angst hätte sich breitmachen müssen. Aber wir sehen uns nur fragend an. *Stonehenge*. Wir sind auf der vollkommen falschen Fährte gewesen. Bisher sind wir davon ausgegangen, dass es Keyne immer nur ums Geld ging. Jetzt sehen wir uns mit einer viel größeren, unbekannten Größe in einer mathematischen Gleichung konfrontiert, von der keiner von uns eine Ahnung hat, wie sie zu lösen sei. Schlimmer noch: Es ist zu viele Unbekannte in dieser Gleichung.

Alles was wir wissen, zu wissen glaubten, haben wir uns vom Hörensagen zusammengereimt. Es gibt also drei Bücher, von denen ich schon eines einverleibt hatte. Entgegen unserer Auffassung, dass es sich dabei um ein Original und zwei Abschriften zur Sicherheit handelte, haben wir es jetzt mit drei selbstständigen Büchern zu tun, die auch noch aufeinander aufbauen. Wir wissen, wo das große Buch war. Keyne hat es. Aber das Dritte? Wo verdammt noch mal ist das? Und warum hat Keyne nicht nach dem Buch gesucht, das Rose in Verwahrung hatte? Wusste er etwa nicht, dass er alle drei Bücher benötigt, um das zu tun, was immer er auch vorhat? So viele Fragen, die uns etwas von unserem anfänglichen Enthusiasmus rauben. Tyler kehrt zurück. Er hält eine große Pergamentschriftrolle unter dem Arm und trägt diverse Bücher. Einer springt auf, um ihm zu helfen, wir anderen räumen den Tisch ab. Tyler legt die Rolle ab und beginnt sie auszubreiten. „Das hier sind meine Aufzeichnungen, die ich aus allen Büchern, allen Informationsquellen zusammengesucht habe, derer ich habhaft werden konnte." Ich beuge mich über das Pergament. Ja, das ist seine enge und penibel saubere Handschrift. Einige Worte kann ich lesen. Sie sind in *Eire*, der Landessprache Irlands, einige in Französisch, andere in Gälisch. Bei wieder anderen muss ich die Segel streichen. Diese Schriftzeichen – ich gehe davon aus, dass es welche waren – sind so kryptisch und verschlungen und mystisch angehaucht, dass sie definitiv der Schlüssel zu einer anderen Welt sein mussten. Außerdem sind einige Runen darauf verzeichnet. Tyler muss sie alle eigenhändig übertragen haben. „Was ist das alles?" Wir halten alle den Atem an und betrachten das Werk eingehend. Jetzt erschrecken wir unisono, als Rose sich zu Wort meldet. Aber Tyler bittet auch sie, vorerst mit ihren Fragen zurückhaltend zu sein. Er steht da, nicht ganz ohne Stolz. „Zunächst der Beweis, dass alle drei Bücher aufeinander aufbauen und Keyne nur das Hauptwerk hat." Er zeigt mit dem Finger auf mehrere Zeichen, die alle mit einer Triskele verbunden sind. Automatisch greife ich mir in den Nacken. „Welches Buch hattet ihr?" Tyler sieht Rose an und sie schaut konzentriert auf die Zeichnungen, dann tippt sie auf ein Buch, das in der Mitte liegt. Tyler nickt und schaut Sue an, die irgendwie erleichtert wirkt. „Lasst ihr uns an eurem Wissen teilhaben?" Leider kann ich mich nicht dagegen wehren, etwas schnippisch zu klingen. „Das ist das Buch, in dem die Historie unserer Art vermerkt wird. Es steht in der Mitte, weil es das Bindestück für – ja … wir wissen es nicht. Was wir wissen ist, dass die Reihenfolge wichtig ist und aus irgendwelchen Gründen konntest du diese einhalten." Es beruhigt mich nicht, dass ich Gefahr gelaufen war, zu explodieren oder zu sterben oder was auch immer. Glück ist nicht unbedingt das, was ich als vertrauensvollen Partner für mein zukünftiges Leben akzeptieren wollte. „Wir glauben", fährt Tyler fort, „dass das zweite Buch (hier tippte er auf das untere) in Amiens liegt."

„Wie kommt ihr darauf", kommt die Frage aus der hinteren Reihe, die bisher ziemlich still und ehrfürchtig lauscht. Plötzlich drängen sich alle näher an den Tisch. Eine fremde Enklave, die man kannte, dass sie zum einen existierte, und die anscheinend in einer katholischen Kathedrale ein und aus ging, ist etwas, dass meine Begleiter aufregt. Verständlich. Die Iren gehen zwar sehr offen mit ihren Fähigkeiten um, sind aber eine verschwiegene Gemeinschaft, in der das Geheimnis um diese Begabungen nur innerhalb der bestehenden Gruppe weitergegeben wurde. Sie waren vorsichtig und zeigten anderen Gemeinschaften gegenüber eine gewisse zurückhaltende, aber durchaus aufgeschlossen-positive Verhaltenheit. Tylers Aufzeichnungen zeigen, dass Amiens eine der Enklaven ist. Was sie auch zeigen – auch wenn sie es nicht offen aussprechen – ist, dass dieser Zweig der *arwydd* anscheinend keinerlei Berührungsängste mit anderen Glaubensrichtungen hat. *Eine Sensation.* Tyler drückt sich etwas vor der Erläuterung und ich versuche den Grund dafür herauszufinden, indem ich mich in seine Gedanken schleiche. Ich finde, dass es nicht richtig ist, das zu tun, aber das Buch und sein Wissen und das, was es ausmachte, breiten sich immer mehr in mir aus. Es gibt mir Fähigkeiten, die mich ängstigen, weil sie übermächtig werden und ich sie nicht kontrollieren kann. Ist bis vor kurzem noch eine unkontrollierbare Vision mein größtes Problem, bekomme ich es jetzt mit dem ganzen Ausmaß meines zukünftigen Geschicks zu tun. Dieses Buch – wie auch immer es das anstellen mochte – bemächtigt sich meiner und macht mit mir, was es will. Das muss aufhören, beschließe ich an diesem Abend. Ich muss Herrin meiner Sinne bleiben und kann mich nicht von Etwas dominieren lassen, was ich nicht einschätzen kann. Trotzdem mache ich mich in Tylers Gedanken breit und das, ohne dass er mich bemerkt. Es ist wirklich Angst einflößend. Aber irgendwie auch amüsant, denn das, was ich in seinen Gedanken finde, ist Eifersucht. Schlichte, banale

Eifersucht. Tyler glaubt, dass derjenige, der das zweite Buch in der Kathedrale bewacht, einfach viel mehr wusste als er und dass diesem Jemand dieses Wissen ihm – Tyler – gegenüber einen gewaltigen Vorsprung uns gegenüber verschaffte. Ich muss mein Lächeln hinter meiner Hand verbergen, sonst verrate ich mich noch. Tyler verschränkt die Arme vor der Brust, kratzt sich zwischenzeitlich noch einmal an der Nase, dann seufzt er und fährt unwillig mit seiner Vermutung fort. Nicht nur mir, mit meiner Gedankenspionage, fällt die Veränderung seines Verhaltens auf. Fragend sehen sich die anderen an, doch sie schütteln nur den Kopf und schieben sein Benehmen auf die späte Stunde. „In der Kathedrale gibt es ein Labyrinth, das nicht von den Christen dort angelegt wurde, sondern von einem bretonischen Zweig der Kelten. In der Mitte des Labyrinths gibt es einen beweglichen Stein." Tylers Blick ist auf die Zeichnung geheftet. „Ich bin nur durch Zufall draufgekommen, dass dieser Stein beweglich ist und dass dieser Umstand nur wenigen bekannt ist." Er steckt die Hände in die Hosentaschen und ich spüre förmlich, wie er seine Hände zu Fäusten ballt. „Der zuständige Konservator der Kathedrale ist ein gewisser Dr. Yves Montand." Tyler schüttelt sich bei diesem Namen. „Sieht der genauso gut aus?", fragt eine weibliche Stimme. Ich sehe auf und erkenne Coira. Der Name steht ihr. Sie ist genauso feurig wie ihre roten Haare es vermuten lassen und ihr Zwischenruf löst allgemeine Heiterkeit aus. Sehr zum Ärger Tylers, der mich mit zerknirschtem Gesichtsausdruck ansieht. „Und selbst wenn", werfe ich ein, um ihm zu Hilfe zu kommen, „es geht um das Buch. Mit einem gut aussehenden Professor hatte ich in den letzten Monaten schon mal das Vergnügen. Und es war definitiv keines ... wie wir jetzt sehen." Tyler dankt mir mit einem schwachen Lächeln, räuspert sich und fährt mit seinen Vermutungen fort. „Ich habe bereits mit ihm Kontakt aufgenommen, ihm versucht unsere Situation zu erklären. Da ich – vielmehr wir – aber nichts Handfestes haben, sondern nur vermuten können, will er sich nicht mit uns treffen. Allerdings hat er mir indirekt bestätigt, dass er weiß worum es geht und er die Existenz dieses Buches nicht verleugnet." Er zuckt mit den Schultern. „Mehr hab ich nicht, aber es reicht, um zu vermuten, dass ES dort ist." Schweigen tritt ein. Jeder hängt seinen Gedanken nach und ich spüre, dass es hauptsächlich um die Frage geht, warum sich Montand – der Name entlockt mir immer noch ein Schmunzeln – sich nicht wenigstens mit uns treffen will. „Wir müssen trotzdem da hin", sagt Callum nachdrücklich, während er in seine Jackentasche greift, um eine Schachtel Zigaretten auf den Tisch zu legen. Einhelliges Nicken. „Wer?", fragt Sue, nimmt sich eine der Zigaretten, zündet sie an und zieht genüsslich dran. So kenne ich sie gar nicht, stelle ich erstaunt fest. Ich hab' sie noch nie mit einer Zigarette gesehen. Callum sieht sich um, dann lehnt er sich zurück. „Charlotte, Tyler, Simon und ich auf jeden Fall. Sue?" Sie schüttelt den Kopf. „Wenn Keyne sich tatsächlich in Amesbury rumtreibt, sollten einige von uns schon mal da Stellung beziehen. Wer weiß, was der vorhat." Sie stöhnt herzergreifend, drückt die halb gerauchte Zigarette aus und steht auf. Einen Augenblick später ist sie in der Küche verschwunden. „Gute Idee", sage ich leise zu Callum, „ich brauch auch eine Pause." Sacht küsse ich ihn auf die Stirn, nehme meine Jacke und gehe vor die Tür.

Warme Luft strömt mir entgegen und ich nehme einen tiefen Atemzug. Nachdem wir uns im Restaurant den Kopf rauchig geredet haben, bin ich froh dem Trubel dort drin wenigstens für ein paar Minuten entfliehen zu können. Denn so wie ich Simon einschätze, würde er es nicht gutheißen, wenn ich mich hier draußen allein rumtreibe und er würde mir dann folgen. Womit es dann vorbei wäre, mit meinen fünf Minuten Ruhe. Langsam schlendere ich die New Oxford Street in Richtung Circle entlang. Mein Geist ist unruhig und ich bin müde. Beides verstärkt dieses ungute Gefühl in mir. Ich weiß – und ich fühle es – dass das Buch in mir immer stärker wird. Irgendwann würde ich das gesamte Wissen meiner Art in mir tragen und ich würde wissen, wie ich es weitergeben und anwenden konnte. Im Moment aber sind wir alle mehr oder weniger verwirrt. Wir tragen Informationen zusammen, vergleichen das was wir haben mit dem, was uns andere zutragen. Aber Wissen kann man das nicht nennen. Der einzige Umstand, der wirklich greifbar ist, bleibt Keyne. Er hat etwas vor und es hat etwas mit Stonehenge zu tun. Mittlerweile bin ich davon überzeugt, dass seine Aktionen – an denen ich unfreiwillig beteiligt war – nicht dazu dienen, Bücher zu sammeln. Einzig und allein um an Geld zu kommen, damit er diese ominöse Sache finanzieren konnte, hat er die wertvollen Stücke stehlen lassen. Dass ich das mit Bestimmtheit sagen kann, machte die Angelegenheit auch nicht besser. Ich bin bereits ein Stück die Straße entlanggegangen, als es mir auffällt.

Die New Oxford Street ist ein Zubringer zum Oxford Circle. Einer der größten Touristenattraktionen in London. Aus beiden Richtungen – Stadt ein- wie auswärts – fahren Busse im Minutentakt. Auch Taxis fahren hier ständig entlang, um Touristen in die Bars und Restaurants am Circle zu bringen. Fußgänger geben sich hier bis spät in die Nacht die Klinke in die Hand, wenn sie in die kleinen Imbisse gehen, um sich für die Nacht zu stärken. Aber die Straße ist leer. Kein Bus, kein Taxi und Fußgänger habe ich schon, seitdem ich das Restaurant verließ, nicht mehr gesehen. Verunsichert trete ich auf die Straße und sehe mich um. Keine Menschenseele. Die Straßenbeleuchtung hat sich in den letzten Minuten ebenfalls verändert. Sie ist vom kalten Weiß der Energiesparlampen, die seit einigen Jahren genutzt werden, in ein fahles Gelb gewechselt. Mein Herz schlägt mir bis zum Hals. Es scheint, als würde selbst dieses Geräusch von der Stille aufgesogen und verschluckt. Wild drehe ich mich um meine Achse. Wo ist das Restaurant hin? Wo ist die Bushaltestelle hin, an der ich gerade noch vorbeiging? Panik steigt in mir auf und diese Panik wird von ihnen genährt. Aus Hauseingängen, hinter Litfaßsäulen und Geschäftseingängen kommen sie hervor und mir bleibt die Luft weg. Wie Zombies aus einem schlechten Horrorfilm kommen sie auf mich zu. Ihre Bewegungen sind ruppig und bei jedem Schritt drohen sie umzufallen. Aus ihren Augenhöhlen strahlt mich grelles, weißes Licht an und erhellt die gespenstige Szenerie. Und als wäre das noch nicht grausam genug, hörte ich ihre Stimmen. Kein einziges Wort kommt über ihre Lippen. Ich höre sie in meinem Kopf. Sie schreien mich an, ohne auch nur ein Wort zu sagen. Diese Gestalten reden auf mich ein. Aus allen Ecken kommen ihre Stimmen, ein wildes Durcheinander in unterschiedlichen Tonlagen prallt auf mich ein. Sie fragen mich nach dem Warum, schleudern mir ihre Wünsche und Hoffnungen entgegen, verschonen mich nicht mit ihren Ängsten und Sorgen. Sie laden alles in meinem Kopf ab und ihre Körper kommen auf mich zu. Ich halte mir die Ohren zu, schreie sie an, dass sie verschwinden sollen. Doch sie gehen nicht. Sie kommen immer näher und näher. Sie umringen mich, bedrängen mich. Die Luft um mich herum brennt und ich breche unter Last der Fragen auf der Straße zusammen. Wie durch dicke Watte höre ich Sues aufgeregte Stimme und als ich die Augen öffne, sehe ich – wieder einmal – in Callums besorgtes Gesicht über das ein schwaches Lächeln huscht, als er sieht, dass ich zu mir komme. „Hört auf damit", höre ich Sues Stimme. So langsam scheinen meine Sinne wieder zu kommen und ich richte mich mit Callums Hilfe auf. Einen Moment lehne ich mit geschlossenen Augen an seiner Schulter, um meine Kräfte dafür zu sammeln, dass ich aufstehe. „Es reicht", flüstere ich so, dass nur er es hören kann. „Ich weiß, meine Schöne, ich weiß." Er küsst mich auf die Stirn und führt mich zurück ins Diner, vorbei an Sue, die immer noch die seltsamen Gestalten anschreit, die – wie ich aus dem Augenwinkel sehen kann – jetzt gar nicht mehr seltsam sind, sondern ziemlich normale Menschen mit schuldbewussten Gesichtern. Trotz meiner Schwäche in den Beinen und im Kopf muss ich schmunzeln: So hab' ich Sue noch nie erlebt. Sie ist stinksauer. Vollkommen verschwitzt folgt sie uns einen Augenblick später. „Es tut mir so leid", sagt sie und kniet vor dem Stuhl, auf dem Callum mich absetzt. Ich nippe an meinem Wein und antworte nicht sofort. „Es sind welche aus der Londoner Gruppe", fährt sie fort und ich kann in ihrer Stimme echtes Bedauern hören. „Sie sollten einigen von euch in den nächsten Tagen Unterschlupf geben." Sie seufzt und ich bin mir nicht sicher, aber ich meinte, dass sich da eine Träne aus ihren Augen stiehlt. Ich lege ihr eine Hand auf den Arm und will sie beruhigen, doch es gelingt mir nicht. „Aber nach dem was passiert ist …" Sue sieht auf und in die wütenden Gesichter der Iren. „Sie können nichts dafür", sage ich so laut, wie es mir möglich ist. „Es ist das Buch in mir … das Dingen … Sie können wirklich nichts dafür. Ich weiß, dass unsere Leute gerne mit ihnen gehen werden." Nun: Sicher bin ich mir nicht. Aber ich vertraue darauf, dass meine Freunde es als Anweisung von mir verstehen und in der Tat, so ist es. Nachdem sie ein wenig ihrem Unmut Platz machten, stellt Sue die Iren und die Londoner untereinander vor und verteilt die Betten für die nächsten Tage, dann kommt sie zu mir zurück. „Euch beide", sie sieht Callum und mich an, „hab' ich in einer Pension außerhalb der Stadt untergebracht. Simon wird euch hinfahren und dann bei mir schlafen." Sue huscht zwischen den Leuten herum, organisiert und entwickelt dabei eine bewundernswerte Aktivität. Irgendwann schiebt sie Callum und mich aus dem Diner und verfrachtet uns in einen dunklen SUV. „Die Fahrt dauert nicht lange", sagt sie zum Abschied. Sue haucht mir einen Kuss auf die Wange, streichelt mich kurz und mit einem letzten Blick zurück, geht sie ins Diner, wo bereits das große Aufräumen im Gange ist. Simon fährt wie der Teufel durch die Stadt. Müde lehne ich meinen Kopf an die Scheibe und kann gerade noch erkennen, dass da Menschen sind, die durch die Stadt schlendern. Busse und Taxi fahren. Dass sich das Licht wieder normalisiert. Dass da draußen vor dem Fenster ist das London wie ich es kenne und es ist gut so. Wenigstens etwas. Callums besorgte Blicke in meine Richtung versuche ich so gut es geht zu ignorieren, nehme stattdessen seine Hand und drücke sie kurz. Er ist nicht beruhigt, das fühle ich, aber für den Moment ist er zufrieden.

Wir biegen in die Straße ein, in der die Pension liegt, und Simon stoppt den Wagen vor einem Haus, das etwas zurückversetzt von der Straße liegt. Die schmale Haustür ist in voller Beleuchtung vor uns und kaum, dass Simon den Motor abstellt, öffnet sich die Tür, und eine ältere Dame erscheint darin. Sie ist klein und zart gebaut, trägt ihr – sicherlich – langes graues Haar zu einem Dutt gebunden und ihre Schürze hat bestimmt schon bessere Zeiten gesehen. Sie empfängt uns mit offenen Armen, deutet aber an, dass wir uns erst im Haus unterhalten würden. Kaum haben wir das Wohnzimmer betreten, kommt sie auf mich zu, legt mir die Hände auf die Wange und sagt etwas, dass mich an meine Vermieterin erinnert. „So hübsch, so freundlich." Auch in ihren

Bewegungen ist da eine starke Ähnlichkeit zu sehen. „Gut, dass sie endlich da sind", sagt sie, schenkt uns Tee ein und macht ansonsten keine Anstalten sich vorzustellen. Für diesen Tag habe ich einfach genug an sonderlichen Geschichten und deren Auswirkungen, deshalb beschränke ich meine Beteiligung an möglichen Gesprächen auf zuhören, freundlich lächeln und nicken. Die alte Dame ist wirklich sehr nett zu uns und bemüht, es uns gemütlich zu machen. Ihre Sandwiches sind Gold wert und doch beschleicht mich wieder eines dieser Gefühle, die ich liebend gern zum Teufel gejagt hätte. Callum fühlt meine Unruhe, und übernimmt das Reden für mich. „Wir möchten nicht unhöflich klingen", beginnt er zögernd, „aber mit wem haben wir es zu tun?" Sie ist erstaunt, beinahe erschreckt. „Ich dachte, Sue hätte ... aber anscheinend hat sie nicht." Über ihr Gesicht huscht ein bedauerndes Lächeln. „Mein Name ist Emma Steel und ich trage zwar das *Auge,* allerdings bin ich darauf schon etwas kurzsichtig", sagt sie mit einem Schmunzeln um die Mundwinkel. „Nicht wirklich", entfährt es Callum. Sie nickt und lächelt sachte. Gut, wir haben jetzt also einen Yves Montand und eine Emma Steel, mal sehen, welche cineastische Überraschung uns sich in den nächsten Tagen noch bietet. „Sie möchten jetzt bestimmt ihre Zimmer sehen", sagt Mrs. Steel und wir sind ihr unendlich dankbar. Obwohl mir auch der wunderbar bequeme Polstersessel mit dem hübschen

Blumenmuster gereicht hätte. Sie erhebt sich und wir folgen ihr nach oben. Während ich hinter ihr die Treppen hinauf steige, was aufgrund des Alters unserer Hausherrin sehr langsam vonstattengeht, höre ich eine bekannte, sehr unangenehme, Stimme in meinem Kopf. *„Du musst auf der Hut sein, Charlotte"*, sage die Stimme und ich schicke sie zum Teufel. Gleichzeitig meldet sich das Ding, dass alle – und auch ich – nur das Buch nennen, in mir. Himmel, will das nie aufhören? Wie würde das erst werden, wenn ich alle drei Bücher in mir vereine? Wäre ich dann nur noch eine Hülle und die Drei trieben in und mit mir was sie wollten? Das Ding – ich hatte beschlossen, es wirklich nur noch Ding zu nennen – offenbart mir eine neue Fähigkeit. Wir stehen vor unserer Zimmertür und Mrs. Steele hat offen-sichtlich Schwierigkeiten, den Schlüssel im Schloss zu drehen. Etwas hakt und die Tür lässt sich nicht öffnen. Während ich darauf warte, dass Callum das Problem regelt, lehne ich an der Wand und gönne meinen Augen etwas Ruhe. In diesem Moment sehe ich, dass sich im Schloss ein Stückchen Holz verhakt hat und in Gedanken puste ich durch das Schlüsselloch, das Holzstückchen fliegt auf der anderen Seite heraus. Einen Augenblick später grinst Callum triumphierend. Die Tür öffnet sich wie von Geisterhand. Während ich ins Zimmer gehe, Mrs. Steele leise eine gute Nacht wünsche, versuche ich, mein Erschrecken über meine neue Fähigkeit zu verbergen.

„Du bist ein schlechter Schauspieler", tadelt mich Callum, während er sich im Raum umsieht. Auch hier sind kleine Streublümchen das vorherrschende Thema der Dekoration. Ein großer Sessel, eine Spiegelkommode in dunklem Holz vor dem Fenster, das mit schweren Vorhängen verdeckt ist, ein wunderbar weiches, einladendes Doppelbett und ein Schrank komplettieren die Einrichtung. Ich antworte nicht, sehe nur auf die Spiegelkommode, auf der einiges an Nippes steht und lasse diesen Kleinkram fliegen. Das Zeug bewegt sich auf Callum zu und er sieht mich traurig an. „Es geht weiter?" Ich nicke müde und gleichzeitig lasse ich den kleinen Tand vorsichtig auf die Kommode zurückgleiten. „Ich will das Alles nicht", sage ich leise. „Warum ich?" Callum kommt zu mir, nimmt mich in den Arm und schweigt. Aber ich fühle seine Gedanken. Es sind erst drei Tage seit dem denkwürdigen Ereignis in meiner Wohnung vergangen und ich habe bereits die Hälfte der paranormalen Fähigkeiten entwickelt, die die Menschheit kennt. Wie wird das weitergehen und was wird sich noch in mir breit machen? Und diese Begabungen werden auch noch stärker. Mit jeder Minute, mit jedem Atemzug, den ich nehme, werden diese Talente in mir übermächtig. *„Du musst auf dich aufpassen, Charlotte."* Wieder meldet sich diese metallische Stimme und es nervt mich tierisch. „Wer war das?", fragt Callum besorgt und ich schrecke auf. Hat er etwa die Stimme auch

gehört? Fragend sehe ich ihn an und er sagt ja. „Der tauchte auf, kurz bevor die Sache mit dem Ding – äh, Buch, losging. Gleichzeitig hab' ich fürchterlich gefroren." Callum lässt mich los, zieht seine Jacke aus. Ich weiß, er muss Abstand zwischen uns bringen, damit er nachdenken kann. „Regelmäßig?" Kopfschüttelnd verneine ich. „In den letzten Tagen war er ruhig ... vorhin auf der Treppe tauchte er wieder auf."
„Das sollten wir im Auge behalten", sagt er und sein Wortspiel amüsiert ihn. Callum zieht mich aufs Bett, legt mir einen Arm unter den Nacken und einen Augenblick später bin ich eingeschlafen. Das Verwunderliche an dieser Nacht und diesem Schlaf ist: Ich träume nicht. Ich spüre zwar, wie sich Callum in eine Ecke meines Traumraumes setzt, damit er mich bewachen kann. Nur dass ich nicht träume. Keine Vision, keine neuen Talente. Nichts. Eine wunderbar friedliche Nacht liegt vor mir, die mir mehr Entspannung und Ruhe gibt, als ich es mir je hätte nach den Ereignissen der letzten Tage und Nächte, vorstellen können.

Der Morgen beginnt mit einem ausgiebigen Frühstück. Mrs. Steele wuselt um uns herum und tut alles, damit wir uns bei ihr wohlfühlen. Wir brauchen uns nur zu bewegen und schon sind unsere Kaffeetassen neu gefüllt, die Marmelade in greifbare Nähe gerückt und der leere Brötchenkorb aufgefüllt. Sie versorgt uns mit Eiern und

Speck und ihre Würstchen sind die besten, die ich je gegessen habe. Aber genau diese Fürsorge lässt mich skeptisch werden. Ich bin schon so paranoid, dass, wenn mir jemand etwas Gutes tun will, die Alarmglocken anspringen. Doch noch will ich die gelöste Stimmung nicht durch mein Misstrauen zerstören. Callum lauscht so angestrengt den Erzählungen der alten Dame über ihr aufregendes Leben, dass ich es einfach nicht übers Herz bringe, ihn aus dieser fantasievollen Reise herauszureißen. Schließlich hat auch er eine Pause von mir verdient. Ich nippe an meinem Kaffee, als sich mein unbekannter *Freund* meldet. Bei dieser Stimme läuft es mir immer kalt über den Rücken und den Schauer kann ich einfach nicht verbergen. Und wieder sagt er so kryptische Dinge. Ich solle auf mich aufpassen. *Ja, danke auch.* Wäre es vielleicht etwas genauer möglich? Es kann schließlich ständig etwas passieren: Man geht über die Straße und wird überfahren. Man geht in den Supermarkt und wird überfallen. Man steht morgens aus dem Bett auf und bricht sich das Genick. Also: Worum geht es hier? Aber als ich versuche, diese Stimme zu greifen, verschwindet sie. Genervt fahre ich mir in den Nacken und reibe mir die Verspannung. Dabei fällt mein Blick auf Mrs. Steele, die mich mit Argusaugen beobachtet. Sie gibt sich nicht einmal die Mühe ihr Interesse an mir zu verbergen. „Also?", frage ich kurz und sie zuckt schuldbewusst zusammen. „Womit kann

ich dienen?" Nun fühlt sie sich richtig ertappt und bemüht sich, meine Aufmerksamkeit auf Callum zu lenken. Ein Fehler, denn was ich da sehe, gefällt mir nicht. Mein wunderschöner *anextlo* starrt äußerst abwesend vor sich hin. Seine dunklen blauen Augen wirken leer, wo sie doch sonst so viel Leben und Zuversicht versprühen. Seine Haut wirkt wie durch einen Farbfilter einer Kamera verzerrt. Hinzu kommt, dass er vollkommen unbeweglich neben mir sitzt. Ich lege meine Hand auf seine und erschrecke: Er ist eiskalt. Traurigkeit erfasst mich. In den wenigen Tagen, in denen wir uns lieben, habe ich es geschafft ihn mehrfach in Gefahr zu bringen. Ja: Er ist mein *anextlo*.
Aber ich liebe ihn auch und kann nicht verantworten, dass er ständig in Bedrängnis kommt. Außerdem würde ich irgendwann seinen bekümmerten Gesichtsausdruck nicht mehr ertragen können, wenn er mich – nach einer kurzen Ohnmacht meinerseits – wieder einmal aufsammelt. So sehr es mich schmerzt, so wenig kann ich es verantworten, was hier zwischen uns geschieht. Ich muss etwas ändern. Dringend. „Was ist hier los?" Wütend sehe ich Mrs. Steele an, die meinem Blick jedoch ausweicht und sich auffällig mit ihrer Teetasse beschäftigt. „Nathan", sagt sie plötzlich über ihre Schulter hinweg, „es ist jetzt wohl an der Zeit, dass du eingreifst!" Sie nimmt die Zuckerzange, greift damit zwei Stückchen Zucker und ohne mich weiter zu beachten,

rührt sie so intensiv in ihrer Tasse, dass ein unbeteiligter Beobachter befürchten muss, dass sie den Boden zerstört.

In Kindermärchen passiert an solchen Stelle Folgendes: Es gibt eine kleine Explosion mit viel Rauch und niedlichen kleinen Blitzen. Sobald sich der Rauch etwas verzogen hat, erscheint ein älterer Herr mit weißem Haar, einer runden Brille mit goldenem Rand auf der Hakennase, der sich darüber beschwert, dass in früheren Zeiten der Rauch besser roch und sich schneller verzog. Dieser ältere Herr würde eine Zipfelmütze mit astronomischen Zeichen auf seinem weißen Haar tragen, einen Umhang, der ein ähnliches Muster wie die Mütze hat. Nachdem der ältere Herr, der sich natürlich als guter Zauberer entpuppen würde, ein wenig seine Bronchen freigehustet haben würde, würde er sich setzen und sein Gegenüber freundlich und neugierig anlächeln.

Soweit die Theorie. Tatsächlich gibt es einen leisen Knall, der – wenn er lauter gewesen wäre – durchaus mit dem Durchbrechen der Schallmauer verglichen werden könnte. Tatsächlich tritt ein älterer Herr auf die Bühne – nicht durch eine Wolke, aber wie durch farbloses Gelee (vorher unsichtbar, dann verzerrt durch das Gelee und plötzlich steht er in voller Größe vor mir), lächelt freundlich, und setzt sich mir gegenüber. Ich bin auf der Hut und ziehe fragend eine Augenbraue hoch. „Darf ich vorstellen", beginnt Mrs. Stelle, „Charlotte Heynes, Nathan. Nathan, Charlotte Heynes." Anbetracht der bizarren Situation ist diese Vorstellung lächerlich. Aber nach Lachen ist mir wirklich nicht zu Mute. „Charlotte!" Nathan hat eine angenehme raue Stimme, die mir sehr bekannt vorkommt, auch wenn sie jetzt im Moment sehr real und nicht so metallisch entstellt ist. Ich antworte nicht auf seinen Gruß, sehe ihn nur anfordernd an, während ich immer noch Callums Hand halte. Callum nimmt meine Wärme auf und ich strenge mich an, dieses Buch-Dings in mir auf Trab zu bringen, damit meine Körperwärme die kalte Starre, die Cal befallen hat, zu lösen. „Meine kleine Charlotte", fährt Nathan fort. „Falscher Terminus", gebe ich patzig zurück. „Weder klein noch *ihre* Charlotte." Nathan lacht leise. „Wenn du wüsstest, wie lange ich dich schon beobachte ... würdest du mir zustimmen."

„Sicher nicht." Langsam werde ich aggressiv, somit benötige ich die Hilfe des Buch-Dingens gar nicht, denn ich koche bereits innerlich vor Wut und diese Temperatursteigerung kommt Callum zugute. Er kann bereits seine Finger bewegen und ich bin zuversichtlich, dass – bei diesem Tempo – er noch diverse Teile dieser seltsamen Konversation mitbekommt „Warum gibt's du dich mit diesem Hybriden ab?" Nathans Stimme hat an väterlicher Strenge zugenommen. Zunächst verstehe ich nicht, was er von mir will, doch dann fällt der Groschen und ich sehe auf Callum, der schon wesentlich mehr Farbe im Gesicht hat. „Was wollen sie von mir?" Ich bin sicher nicht auf Smalltalk aus und diese Sache hier, die will ich so schnell wie möglich hinter mich bringen. Nathan lacht erneut leise. „Dich von deinem Ausflug nach Amiens und Amesbury abbringen." Während ich spreche, massiere ich Callums Hand und ich fühle den Widerstand darin. Himmel. Nie bin ich glücklicher darüber gewesen, dass mich jemand in die Finger zwickt. „Warum sollte ich nicht dorthin reisen. Es sind zwei äußerst schöne Städtchen mit viel Kultur und Geschichte." Nathan nickt nachdenklich. „Sicherlich", gibt er nachdenklich zur Antwort, „aber das, was du und deine Freunde da vorhabt, geht euch nichts an und es würde nur in einer Katastrophe enden, wenn ihr euch einmischt."

Jetzt ist es an mir zu lachen. Was fällt dem Kerl ein? „Gibt es etwas, was ich wissen sollte?", frage ich schnippisch. „Einiges." Aber er macht keine Anstalten weiter zu sprechen.

„Nun, wenn dem so ist", fahre ich fort, erhebe mich und Callum – sehr zur Überraschung unserer Gastgeber – ebenso, „dann werden wir uns jetzt entschuldigen und diese Farce hier verlassen." Nathan hebt beschwichtigend die Hände. „Erstaunlich", nimmt er den Faden auf und lässt Callum nicht aus den Augen, „der Hybrid ist stärker, als ich dachte." Wie Nathan das Wort

Hybrid ausspricht macht mich wütend und ich bin schon fast um den Tisch herum, als er mich auch körperlich aufhält. „Setz dich, Charlotte. Es gibt einiges, was du wissen solltest." Es widerstrebt mir seiner Aufforderung Folge zu leisten. Doch Callum, der seine Stimme noch nicht wiedergefunden hat, drückt meine Hand als Zustimmung. Also gehen wir zurück, setzen uns und sehen Nathan sowie die auffällig stille Mrs. Steele abwartend an. „Nun … ich weiß nicht wie viel du bereits über unsere Art weißt", beginnt Nathan. Mein abfälliges Achselzucken scheint ihm seinen Verdacht zu bestätigen, dass ich ahnungslos wie ein Küken bin. „Wir kamen vor ungefähr dreitausend Jahren hierher", sagt er nachdenklich, schenkt sich Tee ein und richtet sich auf eine längere Erzählung ein. „Zunächst lebten wir in einer Enklave in Afrika und mit der Zeit nahmen unsere Seelen immer mehr menschliche Züge an." Stirnrunzelnd sehe ich ihn an. „Wir kommen von da oben. Von wo genau, weiß keiner mehr." Er hat doch tatsächlich an die Zimmerdecke gezeigt und bis ich verstehe, was er wirklich meint, vergehen ein paar Sekunden. Dass auch Callum Schwierigkeiten dabeihat, zu verstehen, was hier vor sich geht, kann ich so intensiv fühlen, dass mir übel wird. „Außerirdische?" Ungläubig lachend sehe ich ihn an und dieser Zweifel verstummt auch nicht, als Nathan zur Bestätigung schweigend nickt. „Bullshit", sage ich und ich meine es so. „Wir konnten unter den Menschen gut leben, weil wir ihnen äußerlich sehr ähnlich sind", fährt er unbeirrt fort, uns seinen Schwachsinn aufzutischen. „Irgendwann teilte sich diese Enklave. Einige waren der Meinung, wir sollten uns verstecken und unter uns bleiben. Andere wiederum waren Verfechter der Ansicht, dass wir uns mit den Menschen vermischen müssen, damit wir nicht ganz aussterben." Nathan zupft am Ärmel seines Hemdes eine Staubfluse ab und rückt dann seinen Hemdkragen zurecht. „So trennten wir uns. Es sollte sich herausstellen, das die Gruppe, die dafür plädierte sich mit den Menschen zu vermischen, besser überleben konnte, als die, die reinen Blutes waren." Der Ausdruck *reinen Blutes* versetzt mir einen Stich im Herzen. Ich versuche meine Abneigung gegen diese Äußerung zu verstecken, bin mir aber nicht sicher, dass es mir gelingt. Gleichzeitig huscht mir der Begriff *Red Heads* durch den Kopf. Nathan sieht Callum hochnäsig an. „Die Hybriden haben zwar unsere Fähigkeiten geerbt, aber immer nur eine davon. Du, Charlotte, bist eine der *Reinblüter*. Du hast sie alle."

„Danke für das Gespräch", sage ich wütend, springe auf und ziehe Callum mit mir. „Wären sie jetzt verdammt noch mal so freundlich, diese blöde Barriere hier aufzulösen. Ich glaube, wir haben uns nichts mehr zu sagen." Nathan rührt sich nicht und nimmt auch die Barriere nicht von diesem Raum. „Wenn ihr Keyne, bei dem was er vorhat, stört, wird diese Welt niemals mehr

in Ordnung kommen." Mein Herz schlägt mir vor Aufregung bis zum Hals. „Was hat Keyne damit zu tun?" Der alte Mann schweigt und es scheint, als unterhielte er sich mit Stimmen in seinem Kopf, bevor er sich herablässt, mir zu antworten. „Er ist ein Reinblüter, so wie du, Charlotte, und wie ich einer bin. Er wird dafür sorgen, dass wir die Macht haben werden, die wie einmal innehatten. Außerdem radiert er gleich die *Hybriden* mit aus. Dieses unwissende Pack steht uns nur im Weg."
„Vergessen sie's", fauche ich ihn an. „Und nun sehe ich dieses Gespräch als beendet an." Die gallertartige Masse, durch die Nathan den Raum betrat, verschwindet und Callum und ich verlasen das Zimmer. An der Tür drehe ich mich noch einmal um. „Und außerdem ist meine Mutter menschlich." Ich renne, halte meinen *anextlo* fest an der Hand, als ich ihn hinter mir her ziehe Kurs auf die nächste Bushaltestelle nehme. Mir schwirrt der Kopf und Callums Schweigen beunruhigt mich ungefähr genauso stark, wie dieser Irre.

Ich habe in den letzten Wochen und Monaten so viel dummes Zeug über mich und meine angeblichen Fähigkeiten gehört, über das, was ich angeblich bin, da passte dieser rassistische Müll ganz hervorragend dazu. Nervös tripple ich auf meinen Füßen, als wir auf den Bus warten. Ab und an empfange ich einige Gedanken von Callum. Brocken nur. Er ist verwirrt und ich kann ihm nicht erklären, was geschehen ist. Anscheinend hat sich die Starre, die ihn befallen hat, auch auf seine gedanklichen Fähigkeiten ausgewirkt und sein Geist benötigt etwas mehr Zeit als sein Körper. Doch als wir im Bus sitzen, auf der Aussichtsplattform, da werden seine Gedankengänge klarer. „Was um alles in der Welt war das?" Ich weiß es nicht. „Mal sehen, was Tyler dazu sagt. Wenn einer irgendwas weiß, dann wohl er." Der nächste Gedanke, der mir durch den Kopf geht, betrifft Callum. Es tut mir weh zu sehen, wie sehr er daran leidet und wie schwer es für ihn ist, wieder einigermaßen zu funktionieren. Aber wie soll ich ihm sagen, dass ich ihn nicht mehr in meiner Nähe haben will? Wo es doch nicht wahr ist. Wir erreichen das Restaurant und ich verfrachte Callum an einen Tisch, bitte meine alte Freundin sich um ihn zu kümmern. Ihre fragenden Blicke ignoriere ich auf meinem Weg in die Küche zu Tyler, der mich seinerseits total verwirrt ansieht, als ich ihm die Kurzfassung dieser ungewöhnlichen und unangenehmen Geschichte erzähle. Ich schließe meine Erzählung mit den Worten: „Du musst mir Simon und Callum vom Hals halten. Ich fahre allein nach Amiens." Er will widersprechen, aber ich verbiete es ihm. „Was immer uns in diesem zweiten Buch erwartet, ich kann nicht verantworten, dass Callum oder Simon in Gefahr geraten. Wenn etwas passiert, kann ich schon auf mich aufpassen. IHR müsst in Amesbury Stellung beziehen.

So unauffällig wie nur irgend möglich. Ihr dürft nicht auffallen. Wenn Keyne wirklich dieser idiotische Rassist ist, dann sind nicht nur seine *Red Heads* gefährlich." Ich hauche ihm einen Kuss auf die Wange und verschwinde durch den Hinterausgang. Zwei Stunden später sitze ich im Zug durch den Eurotunnel und habe genügend Zeit meinen Ekel über das Erlebte zu genießen. Was soll eigentlich noch Verrücktes passieren? Reicht das hier nicht alles? Menschen, die glauben die Zukunft voraussagen zu können, die sich gegen dunkle Mächte verschworen, bevor diese dunklen Mächte sie auffressen – wie in meinem Fall. Die ihr Leben von drei Büchern abhängig machen und sich dafür in Gefahr begeben. Kopfschüttelnd lehne ich mich in die Polster meines Abteils zurück. Ich bin in einem nicht enden wollenden Horrorfilm gelandet und es gibt keine Chance für mich, diesem Albtraum zu entkommen. In Calais steige ich in den TGV nach Amiens. Die nächsten Stunden nutze ich, mir über mein Handy ein Hotelzimmer in der Nähe der Kathedrale zu suchen. Ich suche nach einer Hotelkette, um zu vermeiden, dass ich womöglich noch einmal in die Hände irgendwelcher Verrückten gerate, die mir erzählen wollen, wie die Welt tickt. Zum Glück kann ich online bei einer B&B-Filiale buchen. Kein Personal, das blöde Fragen stellt und ein Zimmer, das mir ganz allein gehört. Und als ich in Amiens aussteige, ist mir das Glück noch einmal hold, denn ich brauche nicht einmal ein Taxi besteigen.

Amiens

Die Kathedrale *Notre Dame d´Amiens* gehört zum Weltkulturerbe und wer schon einmal davor stand hat, versteht warum. Ihre beiden Türme wurden nie ganz fertig gestellt. Der Linke ist etwas höher, als der Rechte und somit sieht die Kirche ein wenig unfertig aus. Der Nordeingang hat ein besonders schönes Eingangsportal in welchem Heiligenfiguren stehen und die die Besucher bei deren Kirchgang bewachen. Seit einigen Jahren wird im Sommer ein Lichtspektakel veranstaltet, das den Touristen die ehemalige Farbenpracht dieses Portals näherbringen soll. Man hat versucht, die verblassten Farben zu restaurieren, musste aber feststellen, dass diese so giftig sind, dass sie nach heutigen Standards nicht mehr verwendet werden dürfen. Und diese heutigen Standards können nicht annähernd diese Farbenpracht erreichen, die die Kathedrale in ihrem Ursprung so herrlich machte. Eine weitere Besonderheit ist das keltische Labyrinth in der Mitte des Innenraums. Viele Legenden ranken sich darum und ich bin dabei, eine davon als Lüge oder als Wahrheit zu entlarven. Schon als ich im Portal der Kathedrale stehe, die Figuren über mir bewundere, spüre ich wie der Boden unter meinen Füßen vibriert. Ganz sacht, gerade so, dass es für Menschen wie mich spürbar ist, aber alle anderen den Genuss der kunstvollen Statuen ungestört in sich aufnehmen können. Die Klinke der Eingangstür ist warm, obwohl sie aus Metall ist und ich bin mir sicher, dass nur ich diese Wärme spüren kann. Ich ziehe mit aller Kraft an der Tür, damit ich diesen heiligen Boden betreten kann. Touristen, die hinter mir stehen, wundern sich kurz, warum ich so viel Kraft aufwenden muss, aber es wäre Irrsinn ihnen zu erklären, warum dem so ist. Ehrfürchtig mache ich die ersten Schritte in das Gebäude, sauge die abgestandene Luft ein und sehe mich um. Die bunten Fenster lassen nur gedämpftes Licht in den großen Raum, an den Säulen sind deshalb einige kleine Scheinwerfer angebracht, die den Besuchern den Weg weisen. Direkt hinter dem Eingang kommt man in eine Vorhalle, von der die drei Gänge der Kathedrale – linkes und rechtes Seitenschiff sowie der Mittelgang, das große Mittelschiff – abgehen. An den Wänden, zwischen den kunstvollen Glasfenstern, hängen viele Gedenktafeln. Amiens war Stützpunkt der Alliierten nach der Invasion am 06. Juni 1945. Viele der Garnisonen gedenken hier ihrer gefallenen Kameraden. Deshalb sind die Gedenktafeln auch zweisprachig gehalten. Englisch und Französisch. Zwischen den Touristen, die sich an die empfohlene

Richtungsanweisung halten und zunächst in das linke Seitenschiff gehen, falle ich nicht weiter auf, auch wenn ich mich zu der Seite wegstehle, in der ich das Labyrinth vermute. Je näher ich diesem Labyrinth komme, desto mehr spüre ich diese Vibration in mir. Aber diese Erschütterungen sind seltsam. Sie scheinen in eine Richtung zu gehen, dann zu stoppen und ähnlich einer Pfeilspitze nach links und rechts wegzudriften. Ich gehe um eine der großen Säulen, die die Kathedrale stützen und bleibe vor einer Absperrung stehen. Etwa einen Meter dahinter ist das Labyrinth zu sehen. Und auch, warum ich das Gefühl habe, dass mit diesem Fluss der Energie und die daraus resultierenden Vibrationen etwas nicht stimmt.
Das Labyrinth ist zerstört.
Drei oder vier Steinplatten der Einlegearbeit sind zerschmettert und somit kann die Energie nicht weiterfließen und sucht sich einen anderen Weg. Schockiert lass ich mich auf einer der Bänke nieder und starre wie paralysiert auf die gebrochenen Steine. Ein paar Meter entfernt steht eine Gruppe junger Leute um einen älteren Mann herum. Sie gestikulieren wild, unterhalten sich aber dem heiligen Ort entsprechend angemessen leise. Was ihnen offensichtlich schwerfällt, sind sie doch – wie ich mit den paar Brocken Französisch, die ich mal gelernt habe – entnehmen kann, genauso empört über die Zerstörung wie ich. Ein paar

Mal fällt der Name Dr. Montand. *"Mach es heile"*, höre ich eine Stimme in meinem Kopf. *"Verschwinde"*, schicke ich dieser Stimme eine Warnung auf gleichem Weg hinterher. *"Ach mach schon."* Dieser Mistkerl lässt sich nicht vertreiben. Allerdings ist es keine der bekannten Stimmen. Ich entwickle mich also zur multiplen Persönlichkeit. Wenn schon, dann richtig, denke ich sarkastisch. *"Ach ... pfeif drauf und mach die Steine wieder heil. Du kannst das."* Dieser – wer auch immer – nervt und ich fürchte, dass man mir das am Gesichtsausdruck ansehen kann. Jedenfalls errege ich die Aufmerksamkeit der Gruppe auf der gegenüberliegenden Seite der Absperrung. *"Ich kann nicht"*, denke ich und ich hoffe, dass meine Gedanken den strengen Unterton, den ich beabsichtige, auch transportieren. *"Hier sind zu viele Leute ... wie soll das gehen."*

"Feigling", gibt die Stimme zurück und nun bin ich nicht nur genervt, sondern auch wütend. *"Pisser, verpfeif dich."* Die Stimme lacht ein höhnisches Lachen, verschwindet aber tatsächlich. Will ich darüber nachdenken, wer sich jetzt schon wieder in meinem Kopf breitmacht? Nein. Denn in den letzten Tagen und Wochen herrschte ein Durchgangsverkehr in meinen Gedanken, die einer Bahnhofsvorhalle, während der Pendlerzeiten alle Ehre macht. Betroffen lenke ich meine Aufmerksamkeit wieder dem Labyrinth zu. Die

Steinplatten scheinen mit einem harten Gegenstand zerdrückt worden zu sein, aber von meinem Platz kann ich das nicht richtig beurteilen. Ich blicke mich um, bemerke, dass der ältere Herr – von dem ich ausgehe, dass es tatsächlich Dr. Yves Montand ist, den ich so dringend sprechen will - in der Gruppe mich argwöhnisch beobachtet, stehe auf, trete näher an die Absperrung und betrachte das zerstörte Kunstwerk. So vertieft, bemerke ich nicht, dass sich mir jemand nähert. Erst als seine Schatten auf meine Füße fallen, sehe ich auf. Es ist der ältere Mann aus der Gruppe und er mag mich nicht. Sein Gesichtsausdruck legt den Verdacht nahe, dass er mir am liebsten an die Gurgel gehen würde. „Wenn sie nicht sofort verschwinden, hole ich die Polizei", sagt er auf Englisch, aber mit starkem französischem Akzent. Erschrocken sehe ich ihn an. „Polizei? Aber ...", stottere ich vor mich hin. „Kein Aber: Ich habe ihnen gesagt, sie werden das Buch nicht bekommen ... und sie schicken ihre Schläger und lassen ein Jahrhunderte altes Kunstwerk zerstören." Verängstigt gehe ich einen Schritt zurück. Der Mann glaubt offensichtlich, was er da sagt, auch wenn es mir vollkommen unverständlich ist. „Ich ...", versuche ich meinen Beitrag zu dieser seltsamen Unterhaltung beizutragen. „Schweigen sie. Sie haben das da zu verantworten!" Verständnislos schüttel ich den Kopf, gehe ein paar Schritte zurück bis ich an die Bank stoße, und lasse mich darauf nieder. „Dr. Montand, ich habe damit nichts zu tun", rufe ich und bin mir somit der Aufmerksamkeit der Besucher in der Kathedrale sicher. Dr. Montand folgt mir und jetzt, wo sich die Perspektive verändert hat und ich zu ihm aufsehe, wirkt er noch bedrohlicher. Es gibt nur eine Chance die Sache aufzuklären, ich muss mich in seine Gedanken schleichen, damit ich überhaupt eine Ahnung von dem bekommen, was hier los ist. Er spürt es, und sofort sperrte er seine Gedanken. „*Gut*", denke ich, „*jetzt weiß ich, dass du einer von uns bist.*" Also öffne ich meinen Geist ein wenig, damit er hineinkann. Den Geist für jemanden frei zu machen ist eine seltsame Geschichte. Tut man es freiwillig, dann kitzelt es ein wenig innerhalb des Schädels. Nicht besonders angenehm, weil man die Stelle nicht kratzen kann ... aber besser als wenn es jemand unerlaubt versucht. Dann schmerzt es, wie nach einem Kopfstoß mit einer dicken Beule. Ich gestatte also dem Mann vor mir, dass er sich in einigen Teilen meines Gehirns breitmacht und umsehen kann. Seine Gesichtszüge entgleiten ihm und die Wut auf mich verfliegt. „Sie sind es?", fragt er leise und ich nicke. „Ich wünschte, ich wäre es nicht, aber ja: Ich bin die *anu*." Fassungslos sinkt er neben mir auf die Bank. „Warum tun sie das?", fragt er und zeigt auf das zerstörte Labyrinth. „Wir waren das nicht", gebe ich zur Antwort, lasse ihn noch mal in meine Gedanken huschen und als er sieht, dass wir nichts damit zu tun haben, entspannt er sich ein wenig. „Wann ist das passiert", frage ich. „Letzte Nacht." Entsetzt schließe ich die Augen. In der letzten Nacht habe ich das erste Mal seit Monaten wieder hervorragend geschlafen, weil ich in einer Gelee-Blase gefangen war und davon nichts wusste. Diese Blase hat also verhindert, dass ich überhaupt etwas von dem mitbekommen konnte, was draußen in der richtigen Welt vor sich geht. Denn das jemand das wertvolle Labyrinth zerstörte, wäre in allen Nachrichten erschienen. Ich habe davon nichts gehört. „Haben sie – außer uns – noch jemanden in Verdacht?" Er verneint. „Es gibt Aufnahmen der Sicherungskameras, aber darauf sind nur vermummte Gestalten zu sehen."

„Kann ich trotzdem mal einen Blick drauf werfen", frage ich. Irgendwie muss ich das Vertrauen des Mannes neben mir gewinnen. Wenn ich versuche, die Leute zu identifizieren ... vielleicht hilft das ja? „Erst sagen sie mir, was sie hier wollen." Dr. Montand findet seine Fassung wieder und ich habe jetzt das erste Mal wirklich Gelegenheit ihn zu mustern. Er ist groß und das liegt nicht nur an der Perspektive vorhin. Dr. Montand ist seinem Namenszwilling auch körperlich sehr ähnlich. Die gleichen Augen, die gleiche große Nase und um die Mundwinkel einige Lachfältchen, die seinen momentanen Gemütszustand Lüge strafen. Dr. Montand scheint gerne zu lachen und wirkt eigentlich sehr

ausgeglichen. Dass ihn – als Kurator dieser Kathedrale - die Zerstörung seines Labyrinths aufregt, ist verständlich. Mich hätte es wahrscheinlich um den Verstand gebracht. „Mit ihnen über das Buch reden. Es kommen Dinge auf uns zu, die uns alle betreffen. Alle *arwydd*." Dr. Montand mustert mich mit schmalen Augen. Es scheint ihm nicht zu gefallen, dass ich den Begriff verwende. „Ich bin die *anu* und sie können sicher sein, dass ich mir das nicht gewünscht oder ausgesucht habe. Aber ich habe die *arwydd* aus Dublin und London hinter mir. Wir wollen – und wir müssen verhindern – dass mit dem Hauptbuch die Welt ins Unglück getrieben wird." Ich mache eine Pause, schließe die Augen und denke für einen Moment nach. Irrwitzig ist das Einzige, was mir dazu einfällt. „Oh mein Gott, hab' ich das gerade wirklich gesagt?" Montand hat mich die ganze Zeit nicht aus den Augen gelassen.
„Kommen sie mit, ich zeige ihnen etwas."

Er steht auf und ich gehe ihm auf unsicheren Beinen hinterher. Die Vibrationen haben sich verstärkt, wechseln mehrfach die Richtung – und das vollkommen uninspiriert - und ich mache mir ernsthafte Sorgen. Dr. Montand geht voraus, verlässt die Kirche durch einen Seitenausgang, der dem Personal vorbehalten ist, und wir stehen in einem kleinen Garten. Der Weg hindurch führt an alten mannshohen Mauern vorbei, die den ganzen hinteren Teil dieses Areals umschließen. Von der anderen Seite kann man schwache Geräusche des Stadtlebens hören.

Touristen, die lachen, und sich fröhlich durch die Andenkenläden schieben. Motorengeräusche, hauptsächlich von kleinen Motorrädern. Aber das alles ist so weit weg. Ich bin im Amiens des 16. Jahrhunderts, als der Vierungsturm erbaut werden soll. Ich spüre die Geschichte dieses Ortes auf meiner Haut und sie macht mir Angst. Dr. Montand spricht kein Wort, während wir auf verschlungenen Wegen durch den Garten gehen, aber er dreht sich immer wieder zu mir herum, um sich zu vergewissern, dass ich ihm folge. Vor einer Treppe, die nach unten in die tiefer gelegenen Gewölbe der Kathedrale führt, bleibt er kurz stehen. „Achten sie auf ihren Kopf. Die Decken hängen sehr tief." Ich nicke und gehe gebückt hinein. Bin ich schon vom Fluss der energetischen Kräfte im oberen Teil der Kirche beeindruckt, so erschlägt sie mich hier unten beinahe. Ich ringe nach Luft und Montand sieht mich besorgt an. „Geht gleich wieder", keuche ich, stütze mich an der Wand ab, was wohl ein Fehler ist, denn es durchzuckt mich wie ein elektrischer Schlag. Montand fängt mich auf. „So eine starke Reaktion habe ich noch nie gesehen", sagt er und ich finde diese Aussage nicht beruhigend. Im Gegenteil. „Es geht wieder." Er nickt, hält mich aber untergehakt, für den Fall, dass mir erneut schwindlig werden würde. Die Gänge, die wir durchschreiten, sind aus den Überresten der ersten Kathedrale entstanden, die im Jahre 1218 durch einen Brand zerstört wurde. Mehr weiß man von diesem Bauwerk nicht. Nur dass es existiert hat. Der Gang ist leicht abschüssig. Wir dringen also tiefer in das Erdreich vor. Die Beleuchtung wechselt von elektrisch zu Gaslampen und die abgestandene Luft riecht ein wenig nach ausgetretenem Gas. Während wir immer tiefer unter die Kathedrale gehen, brechen vom Hauptgang rechts und links immer wieder kleinere Grotten auf, die zwar schwach beleuchtet sind, aber in denen man nur die Umrisse von Sarkophagen erkennen kann. Ich vermute, dass dies besonders verdiente Kardinäle und Bischöfe sind. Wie lange wir durch den Untergrund marschieren, kann ich nicht sagen, aber ich bin heilfroh, als Montand nach rechts in eine dieser Grotten einbiegt. Hier steht ein kleiner Generator, den er jetzt anwirft und kurz darauf geht das Licht an der Decke flackernd an. Wir stehen vor einem Altar und ich ziehe hörbar die Luft ein. Dort liegt das Buch. „Es ist nur eine Kopie", sagt Montand, „aber sie können es ruhig ansehen." „Woher der Wandel", frage ich leise. Ehrfürchtig schreite ich auf den Altar zu, strecke meine Hand aus und berühre das Buch. „Tot", stelle ich fest. Keine Wärme, nichts durchfließt mich. Montand nickt. Ich wage die nächste – logische – Frage nicht zu stellen, aber wenn sie einer beantworten kann, dann der Mann, der neben mir steht. „Was steht drin?" Vorsichtig streiche ich über den ledernen Einband. Zu meinem Erstaunen lacht Montand. „Ich weiß es nicht", sagt er zerknirscht, aber charmant lächelnd. „Für einen Altertumsforscher ein sehr mageres Ergebnis. Ich weiß. Aber es ist uns nicht gelungen, die Zeichen zu entschlüsseln. Sehen sie es sich an. In der Zwischenzeit erzähle ich ihnen, was oben passiert ist." Das Buch muss eine 1:1 Kopie des Originals sein. Es hat Seiten aus Leder und der Umschlag ist aus geprägtem Leder. In der Mitte der Vorderseite prangt die gleiche Triskele, die ich in meinem Nacken trage und die sich auch prompt kurz meldet. Doch als das magische Zeichen in meiner Rückseite bemerkt, dass es einer Kopie aufgesessen ist, verstummt der leichte Schmerz. Allerdings reicht es, die Aufmerksamkeit von Montand vollkommen auf mich zu richten. Er zieht den Kragen meines Pullovers zur Seite und stößt einen Pfiff aus. „Mon Dieu. Das volle Programm." Ich griene. „Das können sie ruhig laut sagen."

„Also", fordere ich ihn auf, „was ist passiert." Er sieht mich noch einmal prüfend an, dann beginnt er zu erzählen. „Nachdem ich die Anfrage aus London bekam, haben wir die Sicherheitsmaßnahmen verstärkt. Ich kann nicht jedem, der von dem Buch weiß, erlauben, hierher zu kommen. Zu viele Spinner. Aber ein Nein wird selten als das akzeptiert, was es ist: Ein Nein." Sein lockerer Ausdruck amüsiert mich. Aber sind die, die sich die *arwydd* nannten, nicht alle Spinner? Wir haben doch alle irgendwie nicht alle Tassen im Schrank. Ich blättere in dem Buch und auch wenn es nur eine Kopie ist, ich tue es ehrfürchtig. Auf der ersten Seite wiederholt sich die Triskele, aber dieses Mal blieb mein Anhängsel im Nacken ruhig. So ruhig, dass ich glaube, das Dingen ist beleidigt, weil ich es mit einer Kopie belästigt habe. Nach ein paar Seiten weiß ich, was Dr. Montand meint, als er von einem mageren Ergebnis spricht. Es gibt keine Schrift in diesem Buch. Oder zumindest gibt es nichts, was man als Schrift hätte deklarieren können. Auf allen 852 Seiten sind Dreiecke abgebildet. Nur Dreiecke. Sie unterscheiden sich zwar in Form, Farbe, Muster und Größe, aber ihnen eine Bedeutung zuzuschreiben ist nicht möglich. So wie ich das sehe – aber ich bin keine Spezialistin – gibt es kein Dreieck zwei Mal. Entweder hat sich da jemand einen üblen Scherz erlaubt oder … mir kommt die Idee mit den Außerirdischen wieder in den Sinn, verwerfe sie gleich, was aber wiederum die hämische Stimme in meinem Kopf zum Leben erweckt. Sie lacht ein meckerndes Lachen und verzieht sich dann kichernd in eine Ecke meines Hirns, zu dem ich anscheinend keinen Zugang mehr habe. Montand beobachtet mich bei meinem Studium des Buches. Ich befürchte, dass er das Vorgehen in meinem Kopf an meinem Gesichtsausdruck ablesen kann und das bringt mich zu dem Entschluss, dass ich an meiner Mimik ganz dringend arbeiten müsse. Ich habe jetzt also einen Eindruck von dem gewonnen, was in dem Buch steht. Was nichts an der Tatsache ändert, dass ich das Original brauche. „Ein paar Tage nach der Anfrage tauchte hier eine Gruppe auf, die sich auffällig für das Labyrinth interessierte. Eigentlich nichts was uns Sorge bereiten würde, aber das Verhalten dieser Männer, als sie das Labyrinth abschritten, machte einen meiner Studenten misstrauisch." Ich sehe auf und ihn fragend an. „Diese Männer gingen den vorgeschriebenen Weg, blieben in der Mitte des Labyrinths stehen und breiteten die Arme aus, ihre Köpfe fielen in den Nacken und mit geschlossenen Augen sogen sie die Energie aus der Erde."

„Spinner halt?", frage ich, doch er verneint. „Sie hatten alle rote Haare." Ich sacke förmlich in mir zusammen. „Red Heads", resümiere ich und nun ist es an ihm, mich fragend anzusehen. „Kennen sie die Geschichte der Spaltung der *arwydd*?" Montand nickt schwach. „Die *Red Heads* – so vermute ich es jedenfalls, denn keiner in meiner Umgebung kann oder ist auch nur im Geringsten gewillt, mir etwas Genaueres zu erzählen – sind das Kampfkommando einer Gruppe, die von sich behauptet *reines Blut* zu haben." Jetzt lacht er bitter. „Ja, das kommt mir bekannt vor."

„Was geschah dann?" Jetzt will ich auch den Schluss hören. „Wir haben sie beobachtet. Aus gebührender Entfernung. Als sich andere Touristen gestört fühlten, wurden sie hinauskomplementiert. Höflich, aber direkt. Und letzte Nacht kamen sie wieder, hatten Metallstangen dabei und zerstörten das Labyrinth." Ich kann den Schmerz in seiner Stimme hören. Seine Lebensaufgabe wurde zerstört, etwas, an dem er seit Jahren arbeitete, war einfach hin. „Polizei?", bohre ich weiter und er zuckt die Schultern. „Natürlich, aber was wollen die schon ausrichten. Zumal, wenn es wirklich ihre *Red Heads* waren, dann sind die bestimmt schon wieder in England."

„Es sind bestimmt nicht meine *Red Heads* ... solche Idioten brauche ich nicht in meiner Umgebung. Ich hab' genug Stress mit denen, die sich ..."

„Wissen sie", sage ich, trete einen Schritt zurück, sehe mich um und finde eine Nische in der Grotte, in die ich mich setze, „es war mein Ernst, als ich sagte, dass ich das alles nicht will. Mir ist egal, wer da meint, sich die Köpfe einzuschlagen, die Welt in ihren Grundfesten zu erschüttern, und was weiß ich nicht noch alles. Es ist mir egal, weil ich keine Welt kenne, die irgendwie normal ist. Ich hab diese Gabe und ich hasse sie." Nachdenklich fahre ich mit der Fußspitze die Ritze zwischen den schweren Quadern aus denen der Fußboden gelegt worden war, entlang. „Ich wollte das nicht. Ich will das

nicht und ich habe bestimmt nicht laut hier geschrien, als sich dieses verdammte Buch-Dingen in mir breitgemacht hat." Montand sieht plötzlich auf. „Es hat was gemacht?"
„Sich in mir breitgemacht. Aufgelöst und mich requiriert." Mein ahnungsloser Blick scheint ihn zu amüsieren. „Was wissen sie über die Bücher", fragt er und lehnt dabei entsetzlich lässig an die Wand. *Willkommen Mr. Yves Montand, auf Wiedersehen Dr. Montand.* Jetzt war die Ähnlichkeit noch wesentlich stärker vorhanden, denn Dr. Montand lächelte. „Nichts", antworte ich wahrheitsgemäß. „Dass, was man mir erzählte, war eine Mischung aus Gerüchten, Fantasie und Angstzuständen. Ich weiß, dass es drei gibt ... eines hat sich in mich gefressen... also noch zwei. Und wir brauchen alle drei, um einen wahnsinnigen Professor davon abzuhalten, Stonehenge in die Luft zu jagen." Montand kratzt sich leicht am Kinn, während er mir zuhört, dann winkt er mir und verlässt die Grotte, um ein paar Schritte weiter in eine kleinere einzubiegen.
Hier ist das Licht wieder schlechter, denn es wird von Gaslampen an den Wänden gespendet. Ich kann nur noch Umrisse erkennen. Montand bleibt vor der Wand im hinteren Teil der Grotte stehen, öffnet einen Schrein, den ich nicht habe erkennen können, und entnimmt ihm eine Schriftrolle. „Die drei Bücher haben Namen. Versuchen sie zu erkennen, welches „sie" gefressen hat."

Ich trete näher und er breitet die Schriftrolle aus. Darauf sind tatsächlich drei Bücher abgebildet. Das von Rose, das von Keyne und ein Bildnis der Kopie von vorhin. Ich tippe auf das in der Mitte und wieder nickt Montand. Der arme Mann musste mittlerweile Nackenschmerzen haben, so oft wie er nickte. Während er jetzt spricht, lässt er seinen Zeigefinger auf dem entsprechenden Buch liegen und wartet, bis ich den Namen laut wiederhole. „Das hier ist *runa* – das Geheimnis, dieses hier ist *menna* – der Geist und das große, wichtigste Buch für die *arwydd* und somit aller *sacro* ist *tritijâ illygad* – das *Dritte Auge*." Endlich. Endlich etwas Handfestes wie Namen. Ich fühle mich zwar erschlagen, aber jetzt weiß ich wenigstens, dass *menna* in mir sein Unwesen trieb. Ich weiß, dass ich *tritijâ illygad* bereits in den Händen hielt und zumindest die Kopie von *runa* gesehen habe. Es mag seltsam klingen – wie so vieles in dieser Geschichte – aber die Namen erden mich wieder. Bisher bin ich in einem Wust von unmöglichen Dingen gefangen, die ich nicht wollte, die ich nicht verantworten kann, weil ich damit nicht umgehen kann. Vielleicht darf ich jetzt endlich jemandem die Schuld dafür geben, dass ich so war, wie ich bin. „Also treibt *menna* in meinem Kopf sein Unwesen?" Montand lehnte an der Wand und sieht mir zu, wie ich die Schriftrolle begutachtete. „Unwesen?" Ich räuspere mich. Montand ist der erste und bisher einzige Mensch in meiner Umgebung, der mir handfestes Material gibt. Natürlich will ich ihn nicht verschrecken oder ihm gar ein Ammenmärchen auftischen. Weil wissen wusste ich ja immer noch nicht wirklich etwas. „Seit mich *menna* überfallen hat, breitet er ... es ... was auch immer, sich in mir aus und es scheint, dass es mir nicht nur die Fähigkeiten übermittelt, die in ihm beschrieben waren, sondern dass er ... es ... na ja ... Sie wissen schon, eine eigene ziemlich eigenwillige Persönlichkeit entwickelt."

„Inwiefern?" Muss der Mann jetzt so kurz angebunden sein? Ich erzähle hier Unglaubliches und er fragt *inwiefern*. „Als ich heute dort vor dem Labyrinth saß, spürte ich die gestörten Energieflüsse ganz genau. *menna* war der Meinung, ich solle mich nicht so haben und es reparieren. Ich könnte das." Wenn jemand sagt, ihm stünde die Überraschung ins Gesicht geschrieben, dann war dies in diesem Augenblick bei Montand der Fall. Oder anders: Ihm fielen die Gesichtszüge herunter und mir blieb nichts anderes übrig als unschuldig mit den Achseln zu zucken. „Werden sie es tun?", fragt er atemlos. Ich nicke. „Klar. Wann?"

„Nach der Lichtshow, eine halbe Stunde danach ist vor der Kathedrale Ruhe und niemand vom Personal mehr da." Das ist meine Chance. Er weiß, ich kann es, aber ich würde es nicht ohne Gegenleistung tun. Dass ich keinen blassen Schimmer habe, WAS ich da tun musste: Gut. Das würde ich ihm dann zu gegebener Zeit sagen müssen. Die Betonung liegt auf können, denn uns läuft die Zeit davon und ich brauche dieses Original. „Gut, wenn sie mir *runa* geben." Entgeistert sieht er mich an, dann wendet er sich zur Seite und denkt nach. „Was wird passieren, wenn sie es in den Händen halten?"

„Ich weiß es nicht, aber ich fürchte, es wird mich auch fressen." Meine Aussage entlockt ihm ein Schmunzeln, aber er wirkt nicht zufrieden. „Dann kann ich es ihnen nicht geben."

„Sie wissen, dass ich Keyne – also diesen Wahnsinnigen – nur aufhalten kann, wenn ich alle Bücher habe, egal was damit geschieht. Sie haben eine Kopie von *runa*, es existiert eine von *tritijâ illygad* und ich bin mir sicher, von *menna* fliegt auch eine irgendwo rum. Aber ich brauche die Originale ..." Noch einmal schüttelt er den Kopf. „Ich kann es ihnen nicht geben. Es ist zu wertvoll. Für uns ... für die Welt der Menschen." Unmut macht sich in mir breit. „Wie lange haben Sie das Buch schon?", frage ich und meine Stimme klingt aggressiver, als ich es beabsichtigt habe. Und ich bin so frei, mir die Antwort selbst zu geben. „Sie haben es schon viele Jahre in Verwahrung und konnten das Rätsel dieses Buches nicht lösen. Was aber – und dass meine ich ernst – ist, wenn nur ich es herausfinden kann? Wenn nur ich in der Lage bin – vielleicht mit Unterstützung von *menna* – zu erkennen, was diese Formen bedeuten?" Ich lasse eine theatralisch perfekte Pause einfließen. „*Drama,*

Baby, Drama", rief mir *menna* zu. „*Halt die Klappe*", pfeife ich ihn an und er verzieht sich kichernd. Seltsames Kerlchen. „Was passiert, wenn *runa* das fehlende Puzzlestück in sich trägt, um den Wahnsinnigen aufzuhalten und nur, weil sie es mir nicht geben, die Aktion fehlschlägt?" Mit gesenktem Kopf trete ich einen Schritt zurück, lehne an der grob behauenen Wand und denke nach. Glaube ich den Quatsch, den ich da gerade von mir gegeben habe? Nein, nicht wirklich. Immer noch halte ich das alles für Humbug und Psycho-Mist. Aber es gibt Menschen in meiner Umgebung, die ich liebe und die glauben daran. Sie haben Angst vor dem, was passieren wird und ich habe den starken Drang ihnen diese Angst zu nehmen. Nur deshalb bin ich hier. Nur deshalb gebe ich mich mit dem Mist ab. Montand scheint zu spüren, dass ich nur bluffe, denn er kommt auf mich zu. „Wissen sie was ich sehe?" Ich sehe zu ihm auf und verneine verlegen. „Ich sehe eine wunderschöne junge Frau, die viel Verantwortungsgefühl mit sich trägt. Sie trägt die Zeichen der *sacro*. Glaube, Liebe und Hoffnung. Ich sehe eine junge Frau, die viel Hoffnung in sich trägt. Hoffnung, dass sich für sie und alle anderen in ihrer Umgebung, alles zum Guten wenden wird. Ich sehe eine junge Frau, der die Liebe ins Gesicht geschrieben steht. Die Liebe zu einem speziellen Menschen, die Liebe zu den Menschen im Allgemeinen und Besonderen." Er lächelt mich nachsichtig an und ich hasse diese Nachsicht. „Aber ich sehe auch eine junge, wunderschöne Frau, die nicht an das glaubt, was sie sagt und was sie vor anderen vertritt. Sie hat Angst zu glauben." Montand legt mir eine Hand unter das Kinn, streicht mit seinem warmen Daumen über meine drei Muttermale und obwohl ich versuche, seinem Blick auszuweichen, treffen sie sich. Verflucht noch eins. Er hat ja Recht. Aber was soll ich denn glauben? Was habe ich denn vom Leben bekommen, an das ich glauben kann?

Die Visionen, die mich seit frühester Kindheit quälen? Die mir nur schreckliche Dinge zeigen? Sie können genauso gut das Ergebnis einer überspannten Fantasie sein. Soll ich wirklich glauben, dass meine – angeblichen Fähigkeiten ein Geschenk und kein Fluch sind? Für mich sind sie kein Geschenk, denn sie verhindern, dass ich ein Leben innerhalb der Normalität führe. Familie, Beruf, Hobbys sind mir verwehrt. Und ganz nebenbei ziehe ich auch noch die größten Spinner dieser Erde an. Wie ein Magnet. Es gibt doch nichts woran ich glauben kann. Wie soll ich da glauben??? „Lernen sie zu glauben, Charlotte", sagt Montand, tippt mir auf die Nasenspitze und geht. Die plötzliche Stille schnürt mir den Hals zu und ich beeile mich, ihm zu folgen. „Wir werden es so machen: Sie reparieren das Labyrinth – wie auch immer sie vorhaben das zu tun – und ich werde ihnen nach England folgen. Mit *runa*." Montand ist so plötzlich im

Eingang zu dem kleinen Raum stehen geblieben, dass ich beinahe mit ihm zusammenstoße. Ich lasse mir das Gesagte durch den Kopf gehen. Gut: Es ist nicht ganz das, was ich brauche, aber immerhin eine Chance. Wenn Dr. Montand erst einmal sieht, wie dringend die Sache in Amesbury ist, dann bin ich mir sicher, dass er *runa* rausrückt. Wenn es bis dahin nicht schon zu spät ist. Also nicke ich zustimmend und sehe dann auf meine Uhr. „Noch zwei Stunden bis die Lichtshow anfängt", sage ich nachdenklich. „Ich glaube, ich sollte mal was essen."

„Wann werden Sie das Original holen?" Ich bin schon ein paar Schritte in den Garten hinausgegangen, als mir einfällt, dass wir die Details für den Deal noch gar nicht richtig besprochen haben. „Heute Nacht noch", antwortet er leise. „Sobald sie da drinnen fertig sind, hole ich es aus seinem Versteck." Ich sehe zum Himmel hinauf. Wir müssen lange dort unten gewesen sein, denn dort oben zeigen sich die ersten Streifen eines zaghaften Abendrots, dass sich mit dem Blau des Tages vermischt. Dr. Montand weist mir einen Nebenausgang des Gartens, der mich direkt in eine kleine Straße führt, die abseits vom üblichen Touristenverkehr liegt und die das typische französische Flair einer im Mittelalter erbauten Stadt versprüht. „Dort hinten links", zeigt er mir den Weg, „gibt es eine kleine Brasserie mit hervorragenden Gallettes.

Wir sehen uns um halb elf." Er winkt kurz, verschwindet hinter der Mauer und ich höre noch, wie sich das Tor zum Garten schließt. Es ist frisch geworden. Es mag auch daran liegen, dass die Straße bereits in tiefen Schatten liegt, aber ich schlage den Kragen meiner Jacke etwas höher, suche nach meinem Handy, um zu sehen, ob mich jemand versucht hat, mich zu erreichen. Schmunzelnd lese ich die Nachrichten auf dem Display. 25 Nachrichten von Callum, nochmal so viele von Simon und nur eine einzige von Tyler. Während ich langsam die Straße in Richtung Brasserie gehe, höre ich die von Tyler ab. „Charlotte, das du manchmal – nun sagen wir – etwas impulsiv bist, wissen wir. Aber das war die blödeste Idee, die du haben konntest. Die *Red Heads* haben Wind von deinem Verschwinden bekommen und sind auf dem Weg nach Amiens. Verschwinde so schnell wie möglich von dort …" Er macht eine kleine Pause, die sich die Gelegenheit nimmt, mir die Bedeutung seiner Worte ins Hirn zu meißeln. Mir wird flau im Magen und mein Hunger ist wie weggeflogen. Es wird noch schlimmer, als ich den zweiten Teil seiner Nachricht abhöre. „Im Übrigen habe ich einen Verdacht (hier lachte er, weil er immer nur einen Verdacht hegte und sich über dessen Wahrheitsgehalt nie ganz bewusst war) dass ich weiß, warum es gerade die Kathedrale ist, die für uns, die *Red Heads* und Keyne so interessant ist. Der Fußboden trägt ein besonderes Mosaik. Wenn man

flüchtig drüber schaut, fällt einem das nicht auf: Aber das Mosaik zeigt eine Swastika ... besser bekannt als Hakenkreuz. Es ist ein Hinweis auf ..." Hier bricht die Aufzeichnung ab. Na toll. Ich ignoriere die vielen Nachrichten von Callum und Simon, deren Vorwürfe kann ich mir auch später anhören, und wähle Tylers Nummer. „Na", fragt er belustigt, „wieder aufgetaucht?"
„Quatsch keine Opern und sag mir, was es mit dem Hinweis auf sich hat." „So kennen wir uns Charlotte, immer direkt zur Sache."
„Tyler", schimpfe ich ihn.
„Es ist ein Hinweis auf eine Gruppe innerhalb der *arwydd*. Sie schwafeln was von reinem Blut und dem Erhalt der Rasse. Callum hat mich drauf gebracht, der im Übrigen stinksauer auf dich ist und bereits auf dem Weg nach Amiens. Dein *parjânos* ist ebenfalls nicht besonders erbaut davon, dass du dich aus dem Staub gemacht hast. Hat es sich wenigstens gelohnt, dass hier alle vor Sorge gestorben sind?"
„Arsch", fahre ich ihn an. „Ja, es hat sich gelohnt. Ich weiß, wie die Bücher heißen, habe eine Kopie des zweiten Buches gesehen und werde das Original heute Nacht bekommen. Die *Red Heads* waren auch schon hier und ich vermute, sie sind eine Schlägertruppe für die Idioten vom „Reinen Blut"."
„Ja, so sehe ich das auch", sagt er nachdenklich.

„Diese Hohlköpfe haben das Labyrinth zerstört, und nachdem unser Buch – also *menna* wie es wohl heißt – eine Persönlichkeit entwickelt, die mir helfen will, das Labyrinth zu reparieren, werde ich das zweite Buch – *runa* – heute Nacht bekommen. Dr. Montand und ich werden danach sofort nach Amesbury fahren. Wie sieht es da aus?" Tyler stößt einen leisen Pfiff aus. „Fleißig, fleißig. Persönlichkeit? – Na egal … Wir haben einen Campingplatz in der Nähe gefunden und eine echte Wagenburg aufgebaut. Aber du solltest warten, bis Callum und Simon dich gefunden haben. Es ist einfach sicherer." Damit hat er wohl Recht. Doch auf der anderen Seite befürchte ich, dass eine Frau mit drei Männern im Schlepptau mehr Aufmerksamkeit erregt, als mir lieb ist. „Ich simse Callum, wo ich bin, die Standpauke hol ich mir später ab." Tyler lacht leise. „Es wird ernst, Charlotte, verdammt ernst." In seiner Stimme liegt ein sorgenvoller Ton, der mich erschrickt. „Wir schaffen das … irgendwie."

„Ja … irgendwie. Pass auf dich auf." Dann legt er auf. Ich starre auf mein Handy und so mulmig, wie in diesem Moment war mir noch nie. In was habe ich mich da hineinmanövriert? Wenn Tyler schon so ängstlich ist … Ich schüttel mich, so als könne ich den ganzen Wahnsinn der letzten Tage so loswerden, sehe auf die kleine Treppe der Brasserie und mit einem Seufzer auf den Lippen, steige ich hinauf, suche mir einen Tisch in dem kleinen Restaurant und entscheide mich für eine Gallette mit Wurst, Salat und Ziegenkäse. Ein Glas Wein sollte mir nicht schaden und so gönne ich mir den Luxus. Mein Platz am Fenster ermöglicht es mir den Vorplatz der Kathedrale zu beobachten. Die Vorbereitungen für die abendliche Lichtshow sind in vollem Gange. Die Lautsprecheranlage wird getestet, ab und an huschen bunte Lichter über das Eingangsportal. Es sieht gespenstig aus in der beginnenden Dunkelheit. Am Pult, auf welchem die hoch komplizierte Anlage für dieses Spektakel aufgebaut ist, kann ich Dr. Montand entdecken. Sein Blick jagt gehetzt über die Menge, aber von meinem Platz kann ich nicht ausmachen, was ihm Sorgen bereitet und so kümmere mich weiter um meine hervorragenden Gallette. Einen Augenblick später weiß ich es: Auf den Platz der Kathedrale führen von der Süd-Seite eine Treppe, von der Nord-Seite zwei Straßen, die sich auf dem Platz treffen – und natürlich die Straße, durch die ich gekommen war. Aus allen drei Richtungen kommen *Red Heads* daher geschlendert. Sie geben sich nicht einmal die Mühe, sich zu verstecken oder gar zu verheimlichen, dass sie sich dort zusammenrotten wollen. Sie sind so borniert, dass sie sich sogar wie Skinheads kleiden. Bomberjacken, Springerstiefel und graue Hosen. Ihre roten Haare leuchten selbst in der aufkommenden Dunkelheit. Vor Schreck fällt mir meine Gabel auf den Teller. Einige andere Gäste sehen mich strafend an. Zu allem Überfluss läutet auch noch mein Handy. Ich nehme den letzten Schluck Wein, suche das Telefon und meine Geldbörse heraus, lege das Geld auf die *soucoupe* und sehe zu, dass ich schleunigst Land gewinne. Mit dem Handy am Ohr renne ich die Stufen hinunter, sehe mich kurz um und wende mich dann in die Richtung, aus der ich gekommen bin. „Ja?", keuche ich in den Hörer. Es ist Callum. „Keine Zeit, dass du mir eine Standpauke hältst … *Red Heads* … auf dem ganzen Vorplatz. Verdammt." Ich höre ihn fluchen und mit Simon sprechen, der lautstark seine Meinung über mein dämliches Verhalten äußert. Ich kann ihn akustisch gut verstehen und das, obwohl er das Handy nicht in der Hand hält. „Wir treffen uns am Westflügel des Gartens der Kathedrale." Während ich renne, sehe ich mich immer wieder um, ob mich jemand verfolgt. Doch die *Red Heads* scheinen sich auf den Vorplatz der Kirche zu konzentrieren. Ein paar Minuten später habe ich das Tor erreicht und sehe mich um. Von Callum und Simon noch keine Spur. Zum Glück scheinen sich auch die Red Heads nicht hier entlang bewegen zu wollen. Ich sehe mir das Schloss des Gitters an, das den Garten verschließt. Mit einer Haarnadel ist es zu knacken. Aber ich besitze keine. Hinter mir höre ich Schritte und drücke mich an den Vorsprung des Eingangs, schiele hinaus und sehe meinen *anextlo* und meinen *parjânos,* wie sie vollkommen außer Atem um die letzte Biegung kommen. Ihre Gesichter zeigen mir deutlich, was sie davon halten, einfach so zu verschwinden, aber das ist mir egal. Ich habe meine Gründe und die beiden besten stehen gerade keuchend vor mir. „Hat jemand was Spitzes?", frage ich mit angestrengter Stimme. Noch habe ich es nicht aufgegeben, das Schloss allein zu knacken. Simon schubst mich sanft zur Seite. „Lass sehen", sagt er und kaum hat er ausgesprochen, da ist das Schloss auch schon auf. „Da hinten gibt es einen Eingang zur Sakristei", rufe ich den beiden zu, als ich losrenne. Callums *nicht schon wieder* ignoriere ich. Er hätte ja nicht herkommen müssen. Die Tür zur Sakristei ist nur angelehnt und sachte stütze ich mich dagegen, stecke den Kopf in den Raum dahinter und winke meinen Begleitern. Es sind mehrere Räume, die zu diesem Komplex gehören und aus einigen hören wir Stimmen. Also müssen wir uns einen Raum suchen, den wir tunlichst abschließen konnten. Wir finden ihn, verbarrikadieren uns und gönnen uns eine Pause. Simon lehnt an der Tür und rutscht mit geschlossenen Augen auf den Boden. „Ich weiß nicht, wann ich das letzte Mal so gerannt bin", stöhnt er und ich muss schmunzeln. Callum sieht auch nicht besser aus. „Das war idiotisch", stößt er keuchend hervor. Als ich den Kopf schüttel, sieht er mich prüfend an. „Doch war es", versucht er, seine Äußerung zu bekräftigen, wieder schüttel ich den Kopf. „Ich bin zu einem Entschluss gekommen", beginne

ich, langsam wieder zu Atem kommend, „und auch wenn dir – oder euch das nicht passt: Ihr werdet nicht mehr auf mich aufpassen. NIEMAND wird das tun." Verwirrt sehen sich die beiden an. „Das ist unser Job."
„Scheiß auf euren Job. Ich kann nicht zulassen, dass ihr meinetwegen in Gefahr kommt. Vergesst es und wenn ihr meint, dass das nur die kleine Charlotte zu euch sagt: Noch mal: Scheiß drauf. Das ist ein Befehl eurer *anu*." Sie sehen mich entsetzt an. „Du weißt, was da draußen los ist?", fragt Callum und ich nicke. „Die sind nicht meinetwegen hier. Sondern wegen des Labyrinths. Sie wollen damit protzen, dass sie es zerstört haben und genau das, wollen sie zeigen." Simon lässt erneut ein Stöhnen hören. „Warum sind wir dann so gerannt?"
„Um vor ihnen da zu sein. Wir müssen es schützen. Es beherbergt den Geist der *sacro* und es füllt die Menschen, die darüber wandeln mit diesem Geist, damit sie ihr Leben bewältigen können", kläre ich ihn auf. *„Und außerdem, menna, wäre es nett, wenn du mir die Informationen zeitnah zukommen lassen würdest."* Mein unsichtbarer Begleiter kichert wieder wie ein kleiner frecher Gnom und verzieht sich in seine Ecke, während ich meinen realen Begleitern nun erklären muss, woher ich das weiß. „Das Buch-Dingen ... hat einen Namen: *menna*. Und dieses Etwas, diese Gestalt oder was auch immer, entwickelt eine ziemlich unsympathische

Persönlichkeit, die mit ihren Informationen etwas sparsam umgeht."

"Hey ... ich bin nett!", protestiert *menna* aus seiner Ecke in meinem Hirn heraus. *"Das wage ich zu bezweifeln"*, schicke ich ihm hinterher. Leider kann ich mir das Lächeln zu dieser bissigen – gedachten – Bemerkung nicht verkneifen. Callum und Simon sehen mich an, als hätte ich nicht alle Tassen im Schrank. Was ja auch irgendwie stimmt, trotzdem sehe ich mich genötigt, ihnen eine Erklärung zu liefern. "Er unterhält sich mit mir." Sie nicken gleichzeitig, aber in ihren Gesichtern ist das pure Unverständnis zu sehen. "Ein anderes Mal." Ich habe jetzt wirklich nicht die Zeit und die Muße ihnen das zu erklären.

Vom Vorhof der Kirche ist Applaus zu hören und ich sehe auf meine Uhr. "Es ist zu Ende, wir sollten zum Mittelschiff gehen." Wir richten unsere Kleidung, öffnen die Tür, vor der ein paar Messdiener stehen und uns fragend ansehen. Breit lächelnd gehen wir an ihnen vorbei. Immer wieder kommen uns auf dem Weg zum Mittelschiff Leute entgegen, die uns da nicht erwartet haben. Wir halten uns mit unseren Unterhaltungen zurück, bis wir wieder allein sind. "Wow", gibt Callum von sich. Das bunte Licht, das durch die hohen Glasfenster in den Innenraum fällt und das von den starken Scheinwerfen, die den Besuchern auf dem

Vorplatz den Heimweg weisen, herrührt, taucht das Innere der Kathedrale in ein berauschendes Farbenmeer. Jetzt erst wird der majestätische Bau im Sinne der Baumeister ausgeleuchtet. Simon ist ein paar Schritte in das Mittelschiff gegangen und vor dem Labyrinth stehen geblieben. „Wie willst du das wieder hinkriegen?" Ich trete neben ihn, sehe hinunter und zucke mit den Schultern. *„menna* wird wissen was zu tun ist."
„Sehr richtig und weil ich nett bin, sag ich dir das auch."
„Schnauze!", entfährt es mir und Simon sieht mich entsetzt an. „Nicht du ... Er nervt", versuche ich zu erklären. Das Geräusch der sich öffnenden Türen des Hauptportals lässt uns drei herumfahren, gleichzeitig suchen wir Schutz hinter einer großen Säule. Es ist Dr. Montand. Ich stöhne, dass ist alles zu viel für mich und als er auf mich zukommt, lächele ich ihn an. „War irgendwas Besonderes?" Er verneint, aber in seinem schwach beleuchteten Gesicht kann ich sehen, dass er sich immer noch Sorgen wegen der *Red Heads* Macht. „Sie laufen immer noch draußen rum ... machen aber keine Anstalten irgendwas anzustellen, Mon Dieu. Ich halte das nicht mehr aus." Er sieht kurz erschrocken auf, als Simon und Callum aus dem Schatten der Säule treten. „Die gehören zu mir", versuche ich ihn zu beruhigen, er atmet laut aus und nickte dann. „Dann wollen wir ...?"

„Zieh die Schuhe aus, geh das Labyrinth vom Anfangsstein an, ab ... Du wirst die gestörte Energie spüren, die musst du aufnehmen und auf die zerstörten Steine verteilen, indem du dich draufstellst. Und ich bin sehr wohl nett." Ich nicke, ziehe mir die Schuhe und Strümpfe aus, gehe langsam, unter der Beobachtung meiner Begleiter, auf das Labyrinth zu. Wenn sie sich bei meiner Beobachtung nur halb so dämlich vorkommen, wie ich mir – die das Labyrinth jetzt abläuft – muss ich mir um meinen Seelenfrieden keine Gedanken machen. Aber *menna* hat recht: Ich spüre ganz deutlich, wie sich der gestörte Energiefluss neue Wege sucht. Als mich diese fließende Kraft nun im Gegenzug fühlt, kriecht sie meine Beine hinauf, erreicht meinen Rumpf und macht kurz vor meinem Herzen Halt. Ich mache einen Schritt näher auf den ersten zerstörten Stein hinzu und dieser Geist in mir fließt auf umgekehrtem Wege aus mir heraus. In dem Augenblick, in welchem ich den Geist dorthin trage, repariert sich der Stein von selbst. Ebenso der zweite und dann der dritte. Es war wie ein großer, lang gezogener Seufzer, der mich durchströmt und mir die Beine wegreißen will, als der Kraftfluss wieder ungestört durch das Labyrinth fließen kann. Wie jeder andere Tourist gehe ich nun den Irrweg bis zum Schluss entlang. Mit jedem Schritt mehr fühle ich, wie sehr sich das Labyrinth unter mir beinahe auf kindliche Art freut, dass es wieder zusammengefügt ist. Doch das, was mich

in der Mitte erwartet, übertrifft alle meine Erwartungen. Kaum habe ich den mittleren Stein mit der Fußspitze berührt, tritt ein Feuerstrahl daraus hervor. Die Spitze dieses Feuerschwertes erfasst mich, hebt mich in die Lüfte und diese Kraft der *sacro*, die ich wiederhergestellt habe, durchströmt mich.

Ich bin die Energie.

Ich bin das Licht.

Ich bin eine *sacro*, eine *arwydd*.

Ich bin das Leben. Tränen strömen mir über das Gesicht. Tränen des Glücks, denn ich habe endlich verstanden, und kann an das, was ich tue, glauben. Schluchzend lasse ich mich vom Lichtstrahl zurück auf den Boden tragen und breche über dem Stein zusammen. Ich bin angekommen. Im wahrsten Sinne des Wortes.

Zusammengekrümmt, als könne ich dieses Gefühl auf ewig festhalten, liege ich über dem Labyrinth und sehe aus den Augenwinkeln heraus, wie Dr. Montand davor auf die Knie geht. „Es ist vollbracht", sagt er atemlos, stützt sich mit den Händen auf und lacht ein wenig irre. Callum und Simon sind zu mir gestürzt, sorgen sich und ich weiß das, egal was sie sagen würden, ich ihnen ihre Sorge um mich verbieten muss. Ich werde das hier allein durchstehen müssen. Langsam richte ich mich auf, Callum reicht mir die Hand und für einen Augenblick lege ich meinen Kopf erschöpft an seine Schulter. Noch einmal will ich seine Wärme und Güte spüren, bevor ich ihn verstoßen muss. Natürlich sage ich ihm das nicht, aber er scheint etwas zu ahnen. In seinen dunklen blauen Augen liegt Traurigkeit, die mich schmerzt. Aber es musste sein. Ein Geräusch lässt uns alle samt herumfahren und zum Portal sehen. „War ja klar, dass deine Lichtshow nicht ungesehen über die Bühne gehen kann", flucht Simon, der schon auf dem Weg zu einer der ersten Säulen ist, sich dort versteckt. Dr. Montand wird aus seiner Euphorie über das geglückte Experiment herausgerissen und springt auf. „Dort", ruft er uns zu, „dort ist ein Ausgang, der zur Treppe vor der Kathedrale führt. Gehen sie. Schnell." Callum zieht mich vollständig hoch und wir rennen in die Richtung, die Dr. Montand uns zeigte. Auf halben Weg bleibe ich stehen. „Was ist mit *runa*?" Der Historiker grinst schräg, geht zu einer Säule in der Nähe des Labyrinths, drückt auf einen Stein und mit einem leisen schabenden Geräusch öffnet sich ein Geheimfach. „Die Kopie liegt schon am Ausgang", sagt er und ich kann die Aufregung in seiner Stimme hören. Er zieht sich Baumwollhandschuhe an, ähnlich denen, die ich trug als ich in der Uni *tritijâ illygad* katalogisierte, nimmt *runa* aus dem Fach, schiebt es unter seinen Pullover, nickt uns zu und wir rennen weiter. Wir haben kaum die Tür erreicht, da stürmen die ersten *Red Heads* ins Mittelschiff, bleiben stehen, rempelten sich gegenseitig an und versuchen sich zu orientieren. Mit dem bisschen Hirn, das sie zur Verfügung haben, scheint das allerdings ein etwas schwereres Unterfangen zu sein. Sie brüllen sich gegenseitig an, anstatt uns zu folgen. Glück für uns. Simon hält uns die Tür auf, wir schlüpfen hindurch, und dann kommt er nach. „Was jetzt?", fragt er berechtigterweise. „Mein Hotel", rufe ich. Wir nehmen mehrere Stufen der Treppe auf einmal, fliegen quer durch die Stadt, damit uns diese Idioten aus der Kathedrale nicht folgen oder zumindest - falls sie es tun - irgendwann die Lust daran verlören es zu tun. Zwanzig Minuten später stehen wir vollkommen außer Atem vor dem B&B Hotel. Ich gebe den Code für mein Zimmer ein und wir können uns endlich ausruhen. Ein weiterer glücklicher Umstand hilft uns eine günstige Zugverbindung zurück nach England zu buchen. Der Plan sieht vor, dass wir getrennt fahren. Callum und ich, mit der Kopie von *runa*; Simon und Dr. Montand mit dem Original. Wie Tiger im Käfig streunen wir, soweit dies möglich ist, in dem kleinen Zimmer umher. Ab und an treten wir uns auf die Füße, was uns ein Lachen der Erleichterung entlockt. Wir haben es geschafft. Keine Ahnung wie. Aber wir haben es geschafft.

Ich bin todmüde, aber ich muss wach bleiben. Schlafen kann ich im Zug nach Hause. Den anderen geht es ähnlich. Außerdem sind wir hungrig und Simon wird auserkoren den Pizza-Dienst vorne am Eingang abzufangen. Wir verteilen uns im Zimmer, jeder mit einem Stück fettiger Pizza in der Hand und denken darüber nach, was nun auf uns zukommen würde. Dass die Sache mit dem Labyrinth nur der Anfang ist, ist wohl selbst dem letzten Deppen klar. Wir schlagen die Zeit bis zu unserer Abfahrt also mit Nachdenken tot und somit ist es in diesem Zimmer sehr still. Dr. Montand hat *runa* auf dem Tisch abgelegt und ich kann nicht umhin, ständig drauf zu starren. Mir macht weniger die Tatsache, dass wir es im Besitz haben, Angst, denn der Umstand, dass ich nicht weiß, was diese blöden Dreiecke zu bedeuten haben. Im Zug nach Calais blättere ich die Kopie durch, schüttel immer wieder den Kopf. „Versuch zu schlafen", murmelt Callum schlaftrunken. Ich sehe ihn zärtlich an. „Ich kann nicht, obwohl ich wirklich zum Umfallen müde bin." Er nimmt mir das Buch aus den Händen, legt die Arme um mich und zieht mich in die Waagerechte. „Schlaf." Ich muss schmunzeln, lege meinen Kopf auf seine Brust und sehe in den Nachthimmel. Als ich das das letzte Mal getan hatte, war der Turm einer Raffinerie explodiert. Dieser Gedanke versetzt mir einen Stich und sagt mir, dass ich noch viel zu viel zu tun habe, um diesen glücklichen Moment zu genießen. Als Callum mich weckt, haben wir den Tunnel unter dem Kanal bereits durchfahren, den Zoll hinter uns gelassen und ruckeln auf britischen Schienen Richtung Amesbury. Er hat Frühstück besorgt und reicht mir ein Hörnchen. „Simon und Dr. Montand sind im letzten Wagon", informiert er mich. „Sie scheinen sich sehr angeregt unterhalten zu haben." Etwas in seiner Stimme sagt mir, dass dieses *angeregt* eher in einem lautstarken Streit geendet hat. „Wie sieht es in Amesbury aus?", frage ich Callum kauend, um das Thema zu wechseln. „Wir haben zweihundert Leute dort auf einem Campingplatz stationiert. Sieht aus, wie eine Wagenburg aus dem wilden Westen." Er reicht mir einen Tee. „Sie wechseln sich mit der Beobachtung von Stonehenge ab, aber wir müssen halt aufpassen, denn Keyne lässt die ganze Gegend bewachen." Ich verstehe. Das hört sich wie ein Krimi an und ich bin mir sicher, dass es in einem enden wird. Aber etwas anderes, vollkommen Profanes macht mir mehr Sorgen. „Campingplatz? So richtig mit Zelten?", frage ich angewidert und Callum lacht. „Wir haben Wohnmobile und Anhänger ... und nur ein großes Zelt, in dem wir uns treffen ... Keine Sorge, du wirst warm und gut schlafen." Meine Abneigung gegen Zelte scheint ihn zu amüsieren und vorsichtshalber schiebt er noch hinterher: „Die sanitären Anlagen sind hervorragend."

Amesbury

Amesbury ist eine Stadt, die das erste Mal 917 n. C. erwähnt wird. Sie soll das Kloster beherbergen, in das sich Guinevere aus der Artus-Saga zurückgezogen hat. Etwas weiter von Amesbury entfernt liegt eine Siedlung aus der Eisenzeit. Und natürlich Stonehenge. Soweit die Geschichte. Die Stadt ist eher ein größeres Dorf, das aus den für bei Touristen so beliebten kleinen, gedeckten typisch englischen Fachwerkhäusern besteht. Es ist trotz der Tatsache, dass es Ausgangspunkt für viele Reisende, die nach Stonehenge wollen, ein gemütliches Städtchen und durchaus sehenswert. Der Campingplatz liegt südlich davon und laut seiner Eigenwerbung hat er fünf von fünf möglichen Sternen. Was immer das heißen mag. Unsere Gruppe hat ihre Wagen am äußersten Ende des Platzes abgestellt und sich als „Laienschauspielgruppe mittelalterlicher Schaustücke" in die offizielle Meldeliste des Platzbetreibers eingetragen. Dazu passt, dass in der Mitte der Wagenburg, die unsere Jungs und Mädels aufgeschlagen haben, ein großes Koch-Zelt der Pfadfinder steht. Was darin passiert, blieb denen, die außen vor sind, verborgen. Zum Glück. Wir vier Ausflügler betreten das große Zelt gerade, als eine hitzige

Diskussion darüber im Gange ist, was die einzelnen Zeichen auf Tylers Tapetenrolle zu bedeuten haben.

Dr. Montand ist seltsam schüchtern, aber das fällt mir erst später auf. Genauso wie die Stimme *mennas*, die ich seit unserer Flucht aus Amiens auch nicht mehr höre. Die Anwesenden starren uns und vor allem mich, mit großen Augen an. Irgendwie wollen sie nicht glauben, dass wir fündig geworden sind und Dr. Montand scheint einen Überfall auf sich und *runa* zu befürchten, denn er klammert sich noch fester um das Buch. Um ihn zu beruhigen, packt Callum die Kopie aus und im Zelt wird es mucksmäuschenstill. Das Buch wird staunend betrachtet, angefasst, durchgeblättert.
Plötzlich schwirrten tausend Fragen auf einmal im Raum herum. Bei der im Zelt vorherrschenden Akustik ist es unmöglich, auch nur ein Wort zu verstehen. Callum versucht, dem Chaos Herr zu werden und mein *anextlo* schafft es tatsächlich die Menge zu beruhigen. Ich suche kurz seinen Blick und sage ihm, dass ich mich zurückziehen würde. Er kann das wesentlich besser als ich. Und ganz ehrlich? Wer soll meine Geschichte schon glauben, wenn ich sie erzähle. Das sollen die Augenzeugen tun. Jemand aus der Gruppe bringt mich zum Wohnmobil, in dem ich mit Callum die nächsten Tage verbringen soll. Es ist recht gemütlich eingerichtet und vor allem, das bereits gemachte Bett hat es mir auf

Anhieb angetan. Die letzten Tage sind anstrengend gewesen, ich kann jeden Muskel in meinem Körper einzeln spüren. Wann bin ich schließlich das letzte Mal um mein Leben gerannt? Doch bevor ich mich wenigstens hinlegen kann, an Schlaf wage ich nicht zu denken, muss ich noch ein Gespräch führen. *menna* hat sich seit dem Vorfall in der Kathedrale seltsam still verhalten. Beinahe beleidigt still. Also mache ich es mir auf dem großen Doppelbett im vorderen Teil des Mobils bequem, kicke meine Schuhe weg und strecke mich aus.

„*menna?*" *Ich lauschte in meinem Kopf nach ihm. Und unglaublicher Weise spürte ich seine Reaktion tatsächlich in mir.* „*Alles klar?*" *Ich wollte betont beiläufig klingen und hoffte, dass es mir gelang. Denn für eines hatte ich bestimmt keine Nerven mehr: Sein zickiges und extrovertiertes Ego zu ertragen.* „*menna*", *horchte ich nach, konnte mir ein Schmunzeln aber nicht verkneifen.* „*Ich wollte mich noch für den Tipp von gestern Abend bedanken. Bin ich noch nicht zu gekommen. Danke: Wärest du nicht gewesen, dann hätten wir wertvolle Zeit verloren.*" *Nun konnte ich förmlich fühlen, wie er aus seinem Schneckenhaus herausgekrochen kam und sich zu voller Größe aufrichtete.* „*Na ja*", *gab er lakonisch zurück,* „*war ja auch meine Aufgabe, nicht wahr.*"
„*Ja, schon ... aber trotzdem: Danke.*" *Meine Nase juckte plötzlich sehr real und ich nutzte den günstigen Zeitpunkt*

mein Schmunzeln durch meine Hände zu verdecken. Es war ein Reflex, ich hatte schließlich keine Ahnung, ob er das in meinem Inneren wohl sehen würde. „Kann ich was für dich tun", fragte ich pflichtbewusst. menna *spielte Katz und Maus mit mir. Ich konnte fühlen, dass ihm etwas auf dem Herzen lag und dass ich ihm einen Wunsch erfüllen konnte. Aber er hatte sich für die zickige Version entschieden und so musste ich ihn ein wenig aus der Reserve locken. „Kein Wunsch? Nichts, was ich für dich hier draußen tun kann?" Er räusperte sich ein wenig und rückte dann mit der Sprache heraus. „Doch, könntest du. Wenn du irgendwann mal an einem Spiegel vorbeikommst … könntest du mir dann vielleicht Bescheid sagen?" Fragend runzelte ich die Stirn. „Spiegel?" Sein Nicken war so heftig, dass ich beinahe seekrank wurde. „Äh … natürlich. Gleich? Vielleicht? Ich kann ja mal nachsehen, ob hier einer irgendwo hängt." Seine Stimmung wechselte sofort. Aufgeregt sprang er in meinem Kopf auf und ab. „Ja … ja … bitte schau mal nach." Verwundert erhob ich mich vom Bett und sah mich um. Rechts von mir war eine Tür, die mir ein provisorisches Badezimmer zeigte, als ich sie öffnete. „Bingo. Zwar nur ein kleiner … aber immerhin." Es war tatsächlich ein rechteckiger Spiegel mit blauem Rand. So einen, den man auf den Tisch vor sich abstellen konnte, damit man sich bei Tageslicht schminken konnte. „Reicht der?"* menna *nickte. „Halt ihn vor Dein Gesicht." Ich tat ihm den Gefallen und schloss die Augen. „Ey, Du musst die Augen schon aufmachen, damit ich durchsehen kann." „Oh", entfuhr es mir. „Tschuldigung." Ich öffnete die Augen, sah in den Spiegel. Für einen Moment sah ich eine unwahrscheinlich müde wirkende Charlotte, deren Haut ein wenig grau erschien, die tiefe Ringe unter den Augen hatte und deren Haare dringend die Bekanntschaft mit einer Haarbürste machen sollten. Nichts Neues, also. Doch dieses Bild verschwand. An seine Stelle trat ein junger Mann mit Augen so blau wie ein Gebirgssee.* menna *trat einen Schritt zurück und ich konnte mehr von ihm sehen. Mir stockte der Atem. Dieser Kerl wohnte ihn meinem Kopf? Er war – wenn er denn real gewesen wäre – ungefähr 180 Zentimeter groß, hatte blondes Haar, das mit allen Schattierungen, die Blond so bot, durchzogen war. Er trug es Kinn lang, hatte es auf einer Seite neckisch hinter das Ohr geschoben und in diesem Ohrläppchen blitzte ein kleiner Diamant.* menna *war sogar bekleidet, wie ich verwundert feststellen musste. Er trug ein kariertest Holzfällerhemd, das hervorragend zum Blau seiner Augen passte. Die verwaschene Jeans, deren vordere Tasche ein wenig eingerissen war, saß ihm so eng auf den Körper geschnitten, dass ich heftig schlucken musste. Hätte er in diesem Moment vor mir gestanden: Ich hätte meine gute Erziehung vergessen … Da stand ein Dreamboy vor mir. Adresse: Mein Hirn; Alter: Jahrhunderte alt. Mir wurde schwindlig. Es wurde auch* nicht besser, als er ein „wow" ausstieß. „So sehe ich also aus", sagte er. Das ließ mich stutzen. „Wie? Du wusstest das nicht?" Er schüttelte mit traurigem Gesichtsausdruck den Kopf. „Nein … oder vielmehr: Vielleicht wusste ich es, war aber zu lange in diesem Buch gefangen." Jetzt roch er an sich und nickte dann mit bitterem Lachen. „Ich stinke nach Schweineschwarte." So gerade eben konnte ich es noch verhindern, dass ich laut auflachte. „Danke", sagte er und ich hörte, dass er es ernst meinte. „Wird das jetzt immer so sein", stellte ich mir die Frage, tat es aber laut, „dass ich dir vor dem Spiegel den Vortritt lassen muss, damit ich mich später ungestört kämmen kann?" menna grinste schief. „Mal sehen, wie du dich in den nächsten Wochen und Monaten so benimmst … vielleicht bin ich sogar nett und lasse dir den Vortritt." Es war erstaunlich, aber nachdem er mich so tierisch genervt hatte, entwickelte ich ein zärtliches Gefühl für meinen Untermieter. menna schob die Hände in die Hosentaschen und sah damit so unendlich sexy aus, dass ich den Blick abwenden musste. Er registrierte mein verändertes Verhalten mit einem Lächeln. „Hey, Charlotte", rief er, „das wird nichts mit uns beiden … könnte ein bisschen kompliziert werden … so … ich hier drinnen, du da draußen…"

„Arsch." Da war sie wieder, die Nervensäge: Und ich wusste, er wollte es mir leichtmachen. „Ich bin müde", sagte ich leise und er nickte. „Wir sehen uns, Charlotte."

„Da bin ich mir ziemlich sicher."

Den Rest des Tages ließ er mich in Ruhe, wofür ich ihm sehr dankbar war. Stattdessen musste ich mich mit Callum rumschlagen. Was sich gemein anhörte, aber ich musste ihm jetzt endlich sagen, dass ich es nicht zulassen konnte. Ihn in meinem Leben nicht zulassen konnte. Ein paar Minuten nach meinen Treffen mit *menna* war er aufgetaucht, hatte mich verliebt angesehen, seine Arme um mich gelegt, mich zärtlich angesehen und das Messer, dass er mir, damit ins Herz stieß, mehrfach umgedreht. Jetzt hatte er sich an mich gekuschelt. *Link. Ganz link.* Denn allein seine Anwesenheit ließ meinen Entschluss ins Wanken geraten. Und wie immer setzte er sich in eine Ecke meiner Träume und achtete darauf, dass mich niemand störte und war sehr schweigsam. Sanft streichelte er meine Hand. Meine reale Hand. Wie sollte ich ihm begreiflich machen, dass ich sein mögliches Todesurteil war? Gerade jetzt, wo ich ihn mehr denn je brauchte? Wer konnte schon sagen, was uns in den nächsten Tagen hier erwarten würde? Wer wusste schon, welche Geheimnisse *runa* tatsächlich mit sich herumtrug? Und das alles als Resümee, dass ich eine kosmische Gegenwart, mit unheiliger Vergangenheit und ungewisser Zukunft hatte. Oder anders: Das ich nicht alle Tassen im Schrank hatte und mich das Erlebnis in Amiens so verändert hatte, dass ich daran glaubte.

Callum regt sich hinter mir und ich ahne, dass seine eigenen Träume in eine bestimmte Richtung gehen; eine die ich mir ersehne, aber nicht zulassen darf. Die erste Begegnung unserer Körper ist auch gleichzeitig die Verschmelzung unserer Seelen. Wenn ich jetzt zulasse, dass wir miteinander schlafen, würde diese Verbindung nur noch stärker werden und es wird schier unmöglich werden, dass ich diese löse. „Callum", versuche ich ihn zu wecken, doch er ist so tief in seinen Träumen, dass es nicht einfach ist. Für gewöhnlich reicht es, wenn ich ihn anspreche, dann reagierte er sofort, ist immer gleich hellwach. Aber dieses Mal scheint er mich nicht zu hören, obwohl ich ihn in meinem Kopf fühle. Er seufzt leise in seinen Träumen und es ist ein zufriedenes Seufzen. „Dann eben nicht jetzt", denke ich und versuche meine Gedanken zu befreien, damit ich schlafen kann. *Ein Fehler, ein schöner Fehler, aber ein Fehler.* Callum nutzt meine Unbedarftheit in diesem Moment schamlos aus. Er beugt sich über mich, küsst mich und ehe ich mich versehe, reiben sich unsere nackten Körper aneinander, verfallen wir uns gegenseitig. Gierig und hemmungslos lasse ich es zu, dass Callum dieses Band zwischen uns stärkt. Lasse ich es zu, dass wir eins werden und er sich weiter in Gefahr begibt. In mir macht sich neben der Lust auf seinen Körper Verzweiflung breit. So, wie ich sie noch nie gespürt habe. Ich kann nicht, ich darf das hier nicht und doch lasse ich es geschehen und handel mehr als verantwortungslos. Und so beschließe ich, dass ich ihn noch einmal lieben werde. Nur noch ein einziges Mal. Wir liegen nebeneinander, müde, verschwitzt, aber glücklich und zufrieden. Nun ... ich nur bis zu einem bestimmten Grad glücklich. Callum sieht mich aus seinen blauen Augen an und streicht mir eine Strähne aus meinem Gesicht. Sachte fährt er die Linien darin nach. „Du siehst müde aus", sagt er und ich ziehe eine Grimasse. „Womit wir beim Thema wären, Charlotte: Zieh bitte nicht noch einmal eine solche Sache durch. Es ist zu gefährlich. Wir - du hatten mehr Glück als Verstand." Der Tadel in seiner Stimme holt mich jetzt endgültig aus meiner Lethargie nach unserem Zusammensein. „Richtig: Womit wir beim Thema wären. Ich will nicht, dass du oder Simon sich meinetwegen in Gefahr begibt." Callum lacht und es klingt, als lache er mich aus. „Ja, klar. Vergiss es. Das ist unser Job und den werden wir erledigen." Langsam werde ich sauer. Wenn er mir schon nicht zuhören will, wenn ich Charlotte bin, dann soll er doch wenigstens die Anweisungen seiner *anu* annehmen. „Callum ... ich kann das nicht verantworten. Ich muss langsam erwachsen werden und anfangen für mich selbst zu sorgen und vor allem auf mich selbst aufzupassen." Sein Blick verändert sich von belustigt in genervt. Er will es nicht. Er will mir einfach nicht zuhören. „In meinem bisherigen Leben war immer jemand da, dem ich mich aufbürden konnte. Erst war es Tyler, dann Sue und jetzt sind es eben du und Simon. Das geht so nicht weiter. Ich muss mein Leben leben und ich muss verdammt noch in der Lage sein mich selbst zu schützen, ohne andere in Gefahr zu bringen. Du wirst deinen verdammten Hintern also nicht mehr in meine Nähe bringen. Hast du mich verstanden?" Ich habe mich in Rage geredet und nach seinem anfänglichen Erstaunen darüber, macht Callum etwas, was so ziemlich das Unvernünftigste ist, was er in diesem Moment hätte tun können. Er beugt sich plötzlich zu mir und verschließt meinen Mund mit einem Kuss, der sämtliche Wünsche verspricht, die ich je an einen Mann hätte haben können, und mich an das Geschehen von vor einer halben Stunde erinnert. Genauso plötzlich lässt er von mir ab. „Wenn ich dich nur so zum Schweigen bringen kann, werde ich es tun", sagt er streng. „Du willst erwachsen werden? Prima, dann fang damit an, dass du akzeptierst, dass du eine Aufgabe hast, bei der du Schutz brauchst. Schutz, den du nicht allein gewährleisten kannst. Du willst erwachsen werden? Dann akzeptiere endlich, dass es mein Leben und meine Entscheidung ist, auf wen ich aufpassen werde. Ich habe lange auf dich warten müssen, habe nie gedacht, dass ich nach dem Tod von Rose Tochter noch einmal die Chance haben würde, mein Leben für einen anderen Menschen einsetzen zu können, so wie es mein Schicksal ist. Und ich werde es tun. Ich werde dein verdammtes, kleines, vollkommen durch-geknalltes Leben beschützten. Ob du es willst oder nicht."

Vollkommen perplex lässt er mich liegen, steigt über mich hinweg und zieht sich an. Bevor er mich verlässt, dreht er sich noch einmal um. Muss der Scheißkerl ausgerechnet jetzt so sexy aussehen? „Find dich damit ab: Du wirst weder mich, noch Simon los und wenn du mir ganz krumm kommst, hol ich noch Tyler dazu." Er zeigt auf mich und ich weiß, ich habe verloren. An Schlaf ist nicht mehr zu denken, obwohl ich ihn so dringend brauche. Innerlich aufgewühlt mache ich mir einen Kaffee und versuche die Spuren unseres Liebesspiels zu beseitigen. Nachdenklich sitze ich in der kleinen Kombüse, rühre in meiner Tasse und schmiere mit einem Stift auf einem Zettel Papier herum. Ohne es zu registrieren, schreibe ich immer wieder „Charlotte" und „Callum", um irgendwann nur noch die beiden „C´s" zu schreiben, schmücke sie mit kleinen Häkchen aus, male Blümchen drum herum, setze ein paar Herzen oben drüber. Nach ein paar Minuten merke ich, was ich da tue und lache über mich selbst. Allerdings vergeht mir das Schmunzeln sehr schnell, als ich sehe, was ich da gezeichnet habe. Eine Swastika. Die Anfangsbuchstaben unserer Vornamen ergeben eine Swastika. Die beiden „C´s" verschlingen sich so ineinander, dass sie ein verdammtes, beschissenes Hakenkreuz bilden. Das Zeichen für die reine Blutlinie unserer Art. Der Schock sitzt tief. Mit schrägem Blick über meine Kaffeetasse hinweg, sehe ich auf die Zeichnung. Ich habe so lange vor mich hingemalt, bis ich dieses seltsame Symbol zusammengebaut habe. Das bringt mich auf eine Idee. Was, wenn *runa* nicht das ist, was es zu sein scheint? Ein Buch mit Dreiecken. So sinnlos wie sonst was? Was, wenn *runa* nur die Basis für etwas anderes wäre? Was, wenn *runa* nur der Bauplan für etwas ist? So wie die beiden Buchstaben unserer Vornamen ein Zeichen bilden konnten, konnte es doch durchaus sein, dass *runa* etwas Ähnliches darstellte? Ein Puzzle zum Beispiel. Die Erkenntnis, dass ich der Lösung unseres Problems ein Stückchen nähergekommen sein könnte, elektrisiert mich. Ich springe auf, verlasse so hastig das Wohnmobil, dass die Tür mehrfach auf und zu knallt, um dann weit geöffnet stehen zu bleiben, und renne hinüber zum großen Zelt. Wie ich es erwarte, steht Tyler über seine Tapetenrolle gebeugt und studiert die Zeichen darauf. „Wo ist Dr. Montand?", rufe ich schon am Eingang. Tyler sieht auf. „Oben an Stonehenge. Er wollte sich das nicht entgehen lassen … solange es noch steht."

„Ich weiß, was wir mit *runa* machen müssen", sage ich stolz und Tyler sieht mich fragend an. „Es ist ein Puzzle ... wir müssen die Dreiecke zusammenführen." Er setzt sich und denkt nach. „Woher willst du wissen, was es darstellen soll?" Die Frage ist durchaus berechtigt, und wenn ich mit meiner Vermutung recht habe, dann will ich das Dingen lieber nicht zusammenbauen. „Ich hab dich doch gebeten, etwas über die reine Linie rauszufinden?" Tyler nickt. „Kennst du auch das Symbol für diese Linie?" Er schnappt laut nach Luft. „Unmöglich", stößt er hervor. Ich nicke mit zerknirschter Grimasse. „Ich fürchte doch. Deshalb brauch ich Montand. Er als Altertumsforscher kann mir bestimmt etwas von dem unguten Gefühl nehmen, dass ich dabei habe ... Hoffe ich zumindest." Wie ein Schauspieler, der hinter einem Vorhang auf sein Stichwort wartet, betritt Dr. Montand in Begleitung von Callum, Simon und Owen sowie Rose und Sue das Zelt. „Beeindruckend, wirklich beeindruckend", höre ich ihn sagen, bevor sein Blick und der seiner Begleiter auf Tyler und mich fällt. „Ist was?", fragt Simon und Callums Blick auf mir gefällt mir nicht. Tyler steht auf und kratzt sich verlegen am Ohr. „Es scheint, dass Charlotte eine Idee hat, was *runa* sein könnte und ich fürchte, das wird Dr. Montand nicht gefallen." Tyler hat dafür gesorgt, dass ich jetzt die volle Aufmerksamkeit der anderen habe. *Danke auch*, denke ich. Jetzt ist es an mir, dem Historiker zu sagen, dass ich seinen wertvollsten Besitz womöglich würde zerstören müssen. „Bevor ich die Pferde scheu mache", sage ich und sehe Tyler strafend an, „möchte ich bezüglich der Swastika noch etwas abklären." Dr. Montand setzt sich und mit einer Handbewegung fordert er mich auf, meine Frage zu stellen. „Was ist die Bedeutung dieses Zeichens?" Er lehnt sich zurück, scheint nicht überrascht zu sein, dass ich diese Frage stelle. „Nun", beginnt er im Ton eines Dozenten, der versucht seine Studenten für etwas zu interessieren, was für ihn selbst den Nabel der Welt bedeutete, „der Swastika werden viele Bedeutungen zugesprochen. Hauptsächlich aber wird sie als Zeichen der Erneuerung verstanden." Er zieht sich ein Blatt Papier und einen Stift heran und beginnt zu zeichnen. Die anderen und ich drängen näher heran, um auch nicht ein Detail der Zeichnung und der Erklärung zu verpassen. „Also: Wir kennen einmal die Triskele, mit ihren drei Armen, die das Leben, die Erneuerung und den Tod darstellen sollen", sagt er und ich spüre, das Tyler zappelig wird. „Wir kennen es unter Glaube, Liebe, Hoffnung."

„In der Tat ist dies eine weitere Beschreibung. Eine weit verbreitete sogar. Die Swastika geht einen Schritt weiter. Wir müssen hier tief in die Symbolik verbunden mit einigen Fakten der Botanik gehen und so wie die Triskele die drei Arme des Lebenskreises zeigt, verdeutlicht dieses Kreuz die Blätter eines Furchtkerns. Es sind immer vier, die einen Samen umhüllen." Er hat ein Kreuz gezeichnet, abgesetzt und fährt nun mit seiner Erläuterung fort. „Die Swastika bedeutet auch Schutz, denn wenn sie genau hinsehen, würde sich dieses Kreuz – so sehr man es auch versuchen würde – niemals schließen." Er vervollständigt seine Zeichnung, in dem er an jeden Arm des Kreuzes einen kleinen Strich zeichnet. „Wenn ich diese Zeichnung jetzt zusammenklappen würde, dann erst würde es sich schließen." Wir nicken und sind auch ein wenig beeindruckt. So einfach wie genial. „Im Mittelalter wurde die Swastika allerdings bedeutungslos und zu einem Kunstobjekt degradiert. Wie sie sicher in der Kathedrale bemerkt haben werden." Wir sehen uns kopfschüttelnd an. Was meinte er? „Wie?", fragt er erstaunt und sieht mich an, „Sie haben das Muster in den Fliesen nicht bemerkt?" Angestrengt denke ich nach. „Es ist schwarz und weiß", sage ich und im nächsten Augenblick weiß ich, wie naiv diese Äußerung ist. „Der Boden ist eine große Swastika?" Dr. Montand nickt. „Sie wiederholt sich im ganzen Gebäude. Diese Anordnung lässt den Raum noch größer erscheinen, als er tatsächlich ist." Simon stößt wieder mal einen leisen Pfiff aus. „Und die Deppen von den *Red Heads*?"

„Nun, die weitere Geschichte dieses Zeichens und dessen Missbrauch dürfte bekannt sein", fuhr Dr. Montand fort. „Wir sollten aber die reine Schönheit im Auge behalten." Jemand kichert bei der Kombination Auge und rein, was mir etwas sauer aufstößt. Ich lehne mich zurück, die Zeichnung immer im Blick, dann gebe ich mir einen Ruck. Es hilft nichts, wir mussten herausfinden, was das Buch darstellte. „Ich habe vorhin eine ähnliche Zeichnung gemacht", sage ich vorsichtig, „dabei ist mir der Gedanke gekommen, dass *runa* eine Bauanleitung oder gar ein Puzzle oder so etwas sein könnte." Dr. Montand hört mir aufmerksam zu. Ich glaube, er versteht nicht sofort, was meine Worte bedeuten. Einen Augenblick später geht ihm das berühmte Licht auf. „Niemals", ruft er, springt auf und läuft aufgeregt durch das Zelt. Empört über meine Frechheit, auch nur im Geringsten annehmen zu können, dass er sein Heiligtum der Zerstörung preisgeben würde, verfällt er ins französische. „Du glaubst, dass der Inhalt des Buches eine große Swastika darstellen könnte?" Rose war bisher auffällig still, aber sie spricht aus, was ich tatsächlich denke. Ich sehe sie an und nicke zerknirscht. Mir wäre es auch lieber, ich wüsste, was ich tue und sage, und könnte einen anderen Weg finden. Es wird kalt im Zelt und ich friere. Zu meinem Erstaunen aber auch Rose und Sue, dann sieht sich Tyler nach der plötzlichen Kälte um. Uns allen ist kalt und einen Augenblick später sehen wir auch, warum es so kühl ist. Nathan.

„Wie, heute ohne Gelee?", frage ich bissig und er lacht. Er trägt heute keine Mönchskutte, sondern eine weiße, wallende Toga, die ihm ein wesentlich würdevolleres Aussehen in Verbindung mit seinem Bart und dem langen grauen Haar verleiht, als es eine andere Kleidung je hätte tun können. Trotzdem bin ich auf der Hut. Er ist es schließlich gewesen, der mit diesem Quatsch vom reinen Blut angefangen hat. Nathans Lächeln ist gütig, aber mich kann er nicht täuschen. Er will verhindern, dass wir Keyne in die Quere kommen. Warum auch immer. „Sie haben das Rätsel um das zweite Buch schneller gelöst, als ich es erwartet und gehofft hatte", gibt er unumwunden zu. Dass er dabei unendlich arrogant wirkt, stößt nicht nur mir sauer auf. Callum und Simon positionieren sich rechts und links von mir, wild entschlossen, ihre Aufgabe als meine Beschützer durchzuführen. Ein sinnloses Unterfangen, wie mir die erste Begegnung mit Nathan schmerzhaft gezeigt hat. So, wie an diesem Morgen, will ich Callum nie wiedersehen. *Aber mein anextlo ist ja unbelehrbar.* „Es tut mir leid", mischt sich Sue ein, die bisher auffällig und entgegen ihrer sonstigen Sprachgewalt, sehr still ist, „wenn sie von den Hybriden enttäuscht sind. Aber wir – die nicht Rein-Blütigen – werden verhindern, dass sie sich einmischen." Nathan bedenkt sie mit einem wütenden Blick. „Wie können sie es wagen … Unwürdige." Mir wird es jetzt zu bunt. „Ich glaube, sie verschwinden lieber wieder dorthin, wo sie hergekommen sind. Dieses altgestrige Zeugs können sie sich sonst wohin stecken. Wir wollen sie hier nicht und wir werden unser Vorhaben, Keyne bei dem, was er vorhat zu stoppen, weiterverfolgen. Gehen sie einfach. Sie will hier niemand." Nathan lacht wütend auf. „Und das aus dem Mund der Auserwählten. Derjenigen, die die reine Blutlinie vertritt ... Charlotte, sind sie so naiv, dass sie glauben, sie würden aus dieser Sache ungeschoren herauskommen? Sie sind der Grund für Keynes Plan ... Sie sind die Urmutter der *sacro*. Aus ihrem Blut sind alle, die nach ihnen kamen." Wieder lacht er, nur dieses Mal klingt das Ganze eine Spur wahnsinniger. „Als Keyne sie in der Universität fand, brachte er sie sofort zu mir ... dieser Narr ... wusste gar nicht, was er da gefunden hatte. Ich verpasste ihnen die Triskele, damit sie immer wissen, wer sie sind und woher sie kommen." Seine Rede wird von einem erschreckten Aufschrei Sues unterbrochen. „Ich lag falsch", flüsterte sie entsetzt, „vollkommen falsch." Fragend sehe ich sie an, doch sie schüttelt den Kopf. „Unwichtig, jetzt ist es unwichtig." Nathan lacht erneut. „Was will man auch von einem Hybriden erwarten", sagt er abfällig und mir steigt vor Wut die Galle hoch. Niemand redet so über meine Sue. Die Frau, die mir vieles erträglicher gemacht hat, die für mich da war und ist, wenn ich vor Angst nicht mehr ein noch aus wusste. Niemand redet so über meine Sue oder über sonst einen meiner Begleiter. „Verschwinden sie, sonst bring ich sie um."

"Genau, zeig's dem Arsch", mischt sich *menna* ein. Na super, den konnte ich jetzt gebrauchen. Er hüpft wie ein Boxer mit erhobenen Händen in meinem Schädel hin und her, bereit, Nathan die Nase zu brechen, wenn er es denn gekonnt hätte. Mit geballten Fäusten gehe ich an meinen Beschützern vorbei und trete vor die seltsame Erscheinung. „Gehen sie, gehen sie einfach und lassen sie mich in Ruhe. Ich will ihren Mist nicht hören. Ich bin nicht sie. Gehen sie. Und falls sie es vergessen haben: Meine Mutter ist menschlich." Dann hole ich aus und versuche tatsächlich Nathan die Nase zu brechen. Simon ist als Erster bei mir und hält mich zurück. Nathan lacht ein letztes Mal und als seine Erscheinung verschwindet, erklingt seine Stimme wie eine letzte Mahnung an uns. „Keyne wird siegen. Sie werden es nicht verhindern."

Wir sind alle stocksteif vor Schreck. Kaum einer wagt es, zu atmen. Callum schafft es jedoch, diese Starre als erster los zu werden. Er kommt zu mir, legt die Arme um mich und versucht mich zu beruhigen. Aber es gelingt ihm nicht. Ich bin zu aufgewühlt, kann nicht glauben, was ich da gehört habe. Aber es erklärt einiges. Keyne ist an meinem Unglück und dem Zeichen in meinem Nacken schuld. Auch wenn er es nicht selbst durchgeführt hat, geahnt habe ich es immer. Jetzt habe ich die Bestätigung. „Jetzt erst recht, meine Damen und Herren", sage ich, löse mich aus Callums Umarmung,

halte aber seine Hand fest. „Dr. Montand, sie haben gesehen, wie dringend die Sache ist. Geben sie mir *runa* ... ich verspreche ihnen, ich werde es zunächst nur mit Handschuhen anfassen. Das hat bei *menna* gewirkt, es hat bei *tritijâ illygad* funktioniert, es wird auch bei *runa* funktionieren. Wenn sich irgendwas tun sollte, sind Simon und Callum und zur Not auch Tyler da, um das Schlimmste zu verhindern." *menna* räuspert sich. *„Bist du dir sicher, dass du das tun willst?"*, fragt er. Seitdem ich sein Gesicht und seine Statur im Spiegel gesehen habe, kann ich mir auch vorstellen, wie seine Mimik in gewissen Situationen aussieht. Im Moment steht lässig an etwas gelehnt. Allerdings kann ich nicht erkennen was es ist. Ich resümiere daraus, dass ich nur ihn tatsächlich wahrnehmen kann. *„Ich muss"*, gebe ich zur Antwort. *„Wir müssen Keyne und seine Leute aufhalten. Bedenke, wie Nathan über die – ich wage es gar nicht so zu nennen – die Hybriden gesprochen hat. Ich schätze, dass* tritijâ illygad *ein Mittel ist, um die reine Blutlinie zurück an die Macht zu bringen."*
„Es ist nicht böse", protestierte menna, „Keyne macht es böse."
„Ich weiß. Wirst du mir helfen?" menna nickte und grinste schräg. *„Es wird mir ein Vergnügen sein."*
Während meiner Unterhaltung mit *menna* dachte Dr. Montand angestrengt nach. Und zu meinem Erstaunen ist er einverstanden. „Tun sie es." Tyler geht, um das

Buch zu holen. „Was ich sie immer schon fragen wollte, Dr. Montand: Was sind ihre Fähigkeiten?" Er lacht verhalten. „Wie haben sie es herausgefunden?" Nun muss ich schmunzeln. „Sie wussten in der Kathedrale, wer ich bin." Montand verschränkt die Arme vor der Brust, wiegt den Kopf hin und her und lacht erneut leise auf. „Dann wissen sie doch auch, welche meine Fähigkeit ist." Er sieht mich schmunzelnd an. „Telekinese?" Er lächelt. „Der Schwungstein in der Säule ist so schwer, dass ich ihn nicht hätte mit purer menschlicher Kraft bewegen können." Tyler kommt mit *runa* in den Händen zurück. Vorsichtshalber hat er es in ein rotes Samttuch gewickelt. Vorsichtig räumen wir seine Schriftrolle zur Seite und er legt das Buch darauf ab. Bevor er es auspackt, zieht er baumwollene Handschuhe aus seinen Hosentaschen. Ein Paar für ihn, eines für mich. Ich ziehe sie an und mich überkommt für einen Moment die Erinnerung an meinen ersten Kontakt mit den Büchern. Würde ich mich nach all dem hier noch daran erinnern können, was ich getan hatte? *„Wirst du"*, versicherte mir *menna*.

Ich trete näher an den Tisch. Mein Herz schlägt mir bis zum Hals, als ich in die Runde sehe. Angespannte Gesichter sehen mich an, keiner beneidet mich um das, was ich jetzt tun werde. Sachte lege ich eine Hand auf das Buch. Es vibriert, wie auch *menna* es getan hatte. Es ist ebenso mit Hitze erfüllt und ich fürchte, dass es mich ebenfalls frisst, sobald ich es in den Händen halte. Doch auch hier versucht *menna,* mich zu beruhigen. „Nein", sagt er leise, ganz so, als würde ihm nun nach langer Zeit wieder einfallen, wozu dieses zweite Buch da ist. *„Es wird dich nicht fressen. Du kannst es berühren."* Unter den strengen Blicken von Dr. Montand zieh ich meine Handschuhe aus und lege sie mit langsamen Bewegungen beiseite. Ein letztes Mal nehme ich meinen ganzen Mut zusammen. Meine Hände scheinen nur darauf gewartet zu haben, sich mit dem Buch zu vereinigen. Wie schon vor ein paar Tagen durchströmt mich diese Energie, aber sie geht von dem Buch aus und sie bleibt auch im Buch. *runa* zeigt mir, was in ihm steckt. Vor meinen inneren Augen ziehen tatsächlich Baupläne vorbei, die Dreiecke schieben sich zu einer Figur zusammen, die eine übergroße Swastika darstellen. Das Buch erklärt mir, wozu wir dieses Zeichen benötigen und ich verstehe. Das Zeichen würde als Verstärker unser aller Energien und Fähigkeiten wirken, wenn wir uns Keyne entgegenstellen würden. Wir haben das Geheimnis des zweiten Buchs entschlüsselt und ich kann *menna* vor Freude in meinem Kopf tanzen sehen. Mir fließen hingegen die Tränen der Erleichterung über die Wangen, als ich bemerke, dass die Abbildungen der Dreiecke sich über meinem Kopf zu einem handfesten Symbol zusammenfügen, um einen

Augenblick später auf dem Tisch zu liegen. Sobald es dort liegt, stößt mich *runa* weg und ich falle in Owens Arme. „Puh, einfacher als ich dachte."

Wir sind erleichtert, spürbar erleichtert. Nach der Anspannung der letzten Minuten huscht über jedes Gesicht ein Lächeln, wir liegen uns gegenseitig in den Armen. Wir sind richtig gut und wir lassen uns dieses Gefühl nicht nehmen. „Wo wir gerade bei Fähigkeiten sind?", meldet sich Tyler, „was haben wir denn da im Angebot?" Sue lächelt nachsichtig, bevor sie antwortet. „Wir sind zweihundert. Die Einzige, die alle Begabungen in sich vereint, ist Charlotte. Dann haben wir fünfzehn – nein, mit Dr. Montand sechzehn Mal Telekinese, einhundertfünfzig Hellseher, die auch gleichzeitig *parjânos* sind. Dreißig *anextlos*, die mit Telepathie umgehen können. Ein paar *parjânos* ohne weitere Fähigkeiten."
„Hört sich an, wie das Menü in einem China-Restraunt", bemerkt Owen. „Und wo wir gerade dabei sind: Ich habe Hunger." Rose boxt ihren Mann in die Seite und schüttelt den Kopf. „Du wieder."
„Wie viel Zeit haben wir noch?", frage ich Callum, als wir alle bei Tisch sitzen. Mittlerweile sind auch die anderen *arwydd* von ihrem Kontrollgang um Stonehenge zurückgekommen und im Zelt herrscht eine Lautstärke wie auf einem Volksfest. „Zwei Tage bis zur

Sonnenwende", antwortet er nachdenklich. „Was auch immer: Sollte zu schaffen sein ... oder?", versuche ich ihn aufzumuntern. Es gelingt mir leidlich. „Einer aus der Gruppe derer, die vor Stonehenge ihren Kontrollgang machen, hat mir erzählt, dass dort oben eigenartige Dinge vor sich gehen. Unter anderem haben sie ein Gebilde unter einer dicken Plastikplane versteckt." Meine Hand, die gerade die Gabel zum Mund führen will, blieb mitten in der Luft stehen. „Das will ich sehen." Callum nickt. „Iss erst mal, wer weiß, wann wir wieder dazu kommen."

Ohne es zu wollen hat Callum das ausgesprochen, was uns allen Angst macht. Die ungewisse Zukunft. Keiner von den Anwesenden will es zugeben, aber sie ist beinahe greifbar: Es herrscht eine unangenehme Unruhe im Zelt. Wie Kinder, die in den dunklen Keller gehen, pfeifen wir so laut vor uns hin, dass uns die Angst nicht erreichen kann. Callum und ich trödeln beim Essen. Wir wollen unseren Spaziergang hinauf, so lange wie möglich aufschieben. Doch irgendwann müssen wir uns eingestehen, dass unsere Teller leer sind, und so machen wir uns auf den Weg hinauf. Rose, Owen und Sue begleiten uns. Wir scherzen, als wir den Trampelpfad hinaufgehen. Sue ist trotz ihrer Körperfülle die Erste, die auf der Kuppel des Hügels ankommt „Shit", höre ich sie fluchen, dann dreht sie sich zu mir um. „Ich weiß nicht, ob du das sehen willst", sagt sie. Ich stürze an ihr vorbei und mir bleibt vor Schreck das Herz stehen, als ich hinunter auf Stonehenge blicke. Oder zumindest auf das, was Stonehenge einmal war. Callums kleiner Spion lag gar nicht so falsch: Man hat das Steingebilde mit einer Plastikplane abgedeckt und in der Mitte ein Loch gelassen. Aus diesem Loch steigen Rauchfahnen auf – wie von großen Feuern auf, die die Hülle gespenstisch beleuchten. Rund um diese Plane stehen – ich muss zweimal hinsehen, damit ich es glauben kann – Panzerwagen der Londoner Stadtpolizei, wie sie diese nutzt, um Demonstrationen aufzulösen. Das Bild ist unheimlich und ich weiß, was Sue meint, als sie sagte, sie wäre sich nicht sicher, ob ich das sehen wollte.

Das leuchtende Stonehenge, die Rauchschwaden erinnern – mit etwas Fantasie – an meine Vision vom Vulkan. Sue nimmt meine Hand. „Jetzt weißt du, was es bedeutet." Ich nicke. „Verdammt, die Leute, die verbrennen werden, sind die von Keyne." Unsere Gruppe steht auf der Anhöhe und die Angst vor dem, was Keyne vorhat, steht greifbar neben uns. „Wir brauchen alles Glück dieser Erde, um zu verhindern, was immer er vorhat."

„Du kannst es beim Namen nennen", sagt Owen wütend. „Er will alle Hybriden töten. Ende. So einfach ist das."

„Nicht, wenn ich es verhindern kann."

Schweigend gehen wir zurück. Keiner von uns will noch weiter über diesen Wahnsinn reden. Je näher wir unserem Camp kommen, desto entschlossener wollen wir die Katastrophe verhindern. Auch wenn sich die meisten von uns schon in ihre Wohnwagen begeben haben, um sich auszuruhen, rufen wir sie ins große Zelt zurück. Wir umreißen das Problem nur kurz, aber allen ist klar, worum es geht. Wir müssen das wider erstarken einer Ideologie verhindern, die wer weiß wie viele Opfer bringen würde. Ich spüre die Wut meiner Mitstreiter, über dieses Vorhaben. Viele haben Kinder, ihre Familien sind in Gefahr. Das will keiner von ihnen zu lassen und ich werde diejenige sein, die diese Verantwortung auf den Schultern trägt. Nicht auszudenken, was passiert, wenn wir scheitern. Die zwei Tage bis zur Sommersonnenwende vergehen viel zu schnell. Wir sind alle nicht sicher, ob wir für ein solches Unternehmen überhaupt geschaffen sind. Nervöse Anspannung liegt auf dem Camp, keiner kann richtig essen, keiner schläft so tief, dass er am Morgen ausgeruht ist. *menna* hat sich zurückgezogen. Ich spüre, dass er angestrengt über das Kommende nachdenkt. Wer kann es ihm verübeln. Tyler hat in seinen Recherchen die genaue Uhrzeit für die Wende ermittelt. Um zweiundzwanzig Uhr dreißig würde die Sonne in den nächsten Kreis überwechseln. Auch hat er den genauen Punkt am Himmel herausgefunden, an dem sie dies tun würde. Sind wir alle nervös, so ist Tyler ein Wrack. Ständig wischt er sich die feuchten Hände an seiner Hose ab, denn er weiß, dass von seinen Berechnungen viel abhängt. Nur ein Grad falsch, nur eine Sekunde zu früh oder zu spät, und wir sind womöglich alle tot. Der Abend kommt und wir haben uns zur anrüchigen Feier des Tages ein großes Menü gegönnt, von dem aber kaum jemand etwas nimmt. Stille herrscht im großen Zelt, bedrückende Stille. Niemand will es aussprechen, aber uns allen ist die Angst vom Gesicht abzulesen. „Hast du das Symbol?" Callum ist neben mich getreten und er nickt. „Wie fühlst du dich?" Ich lache leise. „Beschissen wäre geschmeichelt." Er küsst mich und legt den Arm um mich. „Wir sollten losgehen. Wer weiß, was Keyne und seine Leute dort treiben und ob die sich an unseren Zeitplan halten." Ich richte mich auf, atme tief durch und versuche zuversichtlich zu lächeln. Zuversicht, ich muss meinen Mitstreitern Zuversicht vermitteln. Dabei bräuchte ich selbst jemanden, der sie mir gibt. *„Ich bin da"*, sagt *menna* und ich bin wirklich froh, seine Stimme zu hören. Gefolgt von Callum gehe ich zum Zelteingang und das ist das Zeichen für alle anderen, mir zu folgen. Leise unterhalten wir uns auf dem Weg zur Anhöhe. Callum trägt das Symbol wie ein Schwert vor sich her. Es ist das Einzige, was er tun konnte.

Denn ansonsten sind wir ahnungslos. Ich erreiche die Anhöhe als erste und bleibe dort stehen. Vor Stonehenge ist die Hölle los. Polizei und Presse geben sich die Klinke in die Hand. Eine Handvoll Spinner im Druidenkostüm tanzen um das Heiligtum herum wie Derwische und die Polizei versucht diese Leute so unauffällig wie möglich einzufangen. Wir hören den Bericht eines Reporters, der von alljährlich wiederkehrendem Spektakel spricht und seiner Stimme konnte man anhören, dass er sich insgeheim über die Leute dort unten lustig macht. Was wird der Mann erst denken, wenn wir in dieses Spektakel eingreifen? „Da ist Keyne", höre ich jemand hinter mir sagen und ich sehe in die Richtung. Richtig: Das ist er, der Wahnsinnige, und er trägt *tritijâ illygad* in den Händen. Er positionierte sich vor dem Plastikgebilde, geht in die Knie und legt das Buch auf den Boden. „Callum?"
„Hier", gibt er zur Antwort. „Ich denke", fahre ich fort, „du solltest das Symbol auf den Boden legen, damit wir bereit sind." Er nickt, geht ein paar Schritte nach vorn, dort in die Knie und richtet das Symbol auf Stonehenge aus. Ich folge ihm und bleibe vor der Zeichnung auf dem Boden stehen, immer Keyne im Auge, damit ich sehe, was er dort unten macht. Tyler tritt neben mich, Simon steht hinter mir, Callum links von mir. Als ich mich umdrehe, erkenne ich im Halbdunkel, dass alle anderen sich wie eine Triangel hinter uns formieren. In ihren

Gesichtern kann ich trotz des schlechten Lichts ihre wilde Entschlossenheit sehen, mir mit ihren Fähigkeiten zur Seite zu stehen. Ich spüre ihre immense Energie. Ihre Wut, ihre Angst. Ich nicke ihnen zu. Es kann losgehen. Kaum habe ich mich wieder Stonehenge zugewandt, wird mir dieser hässliche Wunsch auch schon erfüllt. Keyne hatte die Plastikplane heruntergezogen worden und es kommen große Holzfeuer zum Vorschein. Schatten huschen herum und ich weiß, es sind Keynes Anhänger, die - wie er - einer dummen Idee folgen. Die Polizei hat es mittlerweile geschafft, die Presse und die Druiden vom Ort des Geschehens zu vertreiben. Ganz in unserer Nähe versucht der Reporter, seinen Zuschauern zu erklären, was Keyne dort unten vorhat. Er spricht von Vermessungen im wissenschaftlichen Sinne. Wenn der Mann nur wüsste, denke ich und konzentriere mich auf das Geschehen dort unten. „Dreißig Sekunden", sagt Tyler neben mir. Schlagartig wird mir bewusst, dass ich nicht mehr zurückkann. Das ist doch viel zu kurz. Wie können es nur noch dreißig Sekunden bis zur Sonnenwende sein. „Zwanzig." Verdammt, wir sind nicht bereit. Wir würden es vermasseln, schießt es mir durch den Kopf. „Zehn, neun, acht." Kann Tyler nicht einfach den Mund haben. Geschlossen sehen wir zum Himmel. „Eins. Jetzt."

In diesem Moment bricht das Inferno los. Aus *tritijâ illygad* schießt ein Feuerstrahl hinauf zum Himmel und dort oben erscheint die Swastika, die sobald sie in Kontakt mit dem Strahl kommt, wie ein Feuerwerk in großen Funken versprüht und dann auf die Erde nieder rieselt. Im gleichen Augenblick schießt ein weiterer Lichtstrahl aus unserer Swastika, die mich ergreift, mit sich zieht und mich hochhebt. Ich bin von heiligem Licht umgeben, grausam und schön. Meine Haare wehen im heißen Wind, mein Gesicht ist die Fratze der Rache. „Wage es nicht, Keyne, das heilige Gesetz der Liebe zu brechen", kommt es aus meinem Mund. „Wage es nicht gegen Glaube und Hoffnung anzutreten." Ich werde vom Feuer unserer Swastika getragen und spüre die Kraft meiner Mitstreiter in meinem Rücken. Sie tragen mich hinunter zu Keyne, der anscheinend nicht mit Widerstand gerechnet hat und vor Überraschung zu Boden fällt. „Ich bin *anu*, die Mutter aller *sacro*", rufe ich, „und ich gebiete dir Einhalt mit deinem Vorhaben, die Welt zu einem Ort des Hasses zu machen." Für meine Verwunderung, woher ich diese Worte kenne, bleibt keine Zeit, denn Keyne ist schneller auf den Beinen, als mir lieb sein kann. Er tritt auf mich zu. „Verschwinde, Hexe. Du kannst mir nichts anhaben, denn ich habe das Recht der Reinblütigen auf meiner Seite. Lange genug haben sie geschwiegen und den Irrsinn der Vermischung von Blut mitgetragen. Damit ist jetzt Schluss." Zu meinem Leidwesen taucht jetzt auch noch Nathan auf. Böse grinsend steht er zwischen den Steinen von Stonehenge, hebt die Arme und spricht Beschwörungsformeln. Die herabrieselnden Teile des Funkenstroms leuchten bedrohlich auf und verletzen die, die sie berühren. Ich höre Schmerzensschreie, Weinen und ich fühle die Angst, derjenigen, die verletzt sind. Aber diese Angst gibt mir Kraft. Kraft, mich gegen den Hass zu stellen. Ich sinke zu Boden. *„Jetzt kommt mein Auftritt"*, höre ich *menna* stolz sagen. Hätte er das mal lieber nicht. Im gleichen Augenblick werde ich wieder hochgehoben und aus meinem Körper schießt ein blauer, kalter Lichtstrahl direkt auf Nathan zu. Ich weiß nicht was geschieht, aber kaum trifft dieser Lichtstrahl auf Nathan, ist dieser auch schon verschwunden. Aufgelöst in Luft. Keyne scheint jetzt das ganze Ausmaß des Geschehens zu verstehen, denn er hebt das Buch auf, der Feuerstrahl daraus erstirbt, aber nur um einem roten, gleißenden Licht Platz zu machen, das nun seinerseits mich angreift. Sie formen sich zu Pfeilen und als sie aufeinandertreffen, verschlingen sie sich ineinander, kämpfend, um die Oberhand zu bekommen. Im Zentrum dieses Kampfes gefangen, brüllt ein heißer Wind um mich herum, schleudert mich durch die Lüfte, versucht mich zu töten, hält mich aber gerade noch so am Leben, dass ich die schwindende Kraft meiner Mitstreiter spüren kann. Ich schreie laut auf, als mich wieder ein Strahl packt, um mich erneut durch die Luft zu wirbeln. Von hier oben kann ich Callums Gesicht sehen und ich weiß, dass er es weiß. Ich werde heute Nacht sterben. Das hier kann keiner überleben. Immer wieder schlagen die Feuerstrahlen auf mich ein. Blaues Licht gegen rotes. Funken sprühen, Wind tost, Stonehenge brennt und die Gefolgsleute Keynes rennen um ihr Leben. Sie schreien vor Angst um ihr Leben und ich kann ihnen nicht helfen. Bin gefangen im Strom der Zeiten, im Licht der Welten. In einer letzten Anstrengung versuche ich, mich gegen den Strahl aus *tritijâ illygad* zu wehren. Ich schleudere ihm die Liebe entgegen, die ich für Callum empfinde, die ich in Amiens aufgenommen konnte. Eine gewaltige Explosion erhellt noch einmal die Nacht. Dann ist es still.

Callum Breen saß auf der kleinen Anhöhe, die eine natürliche Grenze um den heiligen Boden von Stonehenge bildete. Geografisch gab es diese Anhöhe nicht. Jeder, der schon einmal dort war, weiß, dass die Gegend um Stonehenge so platt ist, dass man glauben könnte, die Erde wäre eine Scheibe. Die Steinmonumente ragten in pechschwarzem Glanz in den Abendhimmel. Professor Keyne und seine Entourage hatte ganze Arbeit geleistet. In der Luft lag noch der Geruch aus Feuer und Kampf. Sie hatten sich ihm tapfer entgegengestellt. Keine Frage. Doch Callum fragte sich, ob die Zerstörung dieses Heiligtums auch auf ihrem Mist gewachsen war. Was wäre geschehen, wenn sie nicht eingegriffen hätten? Würden die Monolithe dann genauso dort stehen? Verkohlt, zerstört. Wäre Charlotte dann noch unter ihnen? Callum wusste es nicht. Sicher: Sie hatten ihren Beitrag geleistet. Aber welchen? Keiner konnte es sagen, weder Dr. Montand, noch Sue, noch Tyler. Charlotte konnte er nicht fragen. Die war seit der letzten Explosion - von was auch immer - verschwunden. Sie hatten sie überall gesucht. Sämtliche „Träger" hatten sich in die Zwischenwelten begeben und nach ihrer *anu* gesucht. Nach ihrer Übermutter, ihrer Führerin. Aber Charlotte blieb verschwunden. Laut Tyler sollte sie sich eigentlich melden können. Egal, wo sie war. Egal, wer sie in ihrer Gewalt haben sollte. Aber es kamen keine Nachrichten. Von nirgendwoher. Niemand hatte etwas gehört. Callum sah hinunter. Die Monolithe, die Stonehenge bildeten, wurden nun vom dunklen Grau der Nacht umhüllt. Die Sonnenwende bedeutete nicht nur eine neue Zeitrechnung. Sie war vor allem der Beginn der Dunkelheit. Der sternenklare Himmel - über ihm - spendete gerade genug Licht, damit man die Umrisse der Hinkelsteine erkennen konnte. Sie waren zweihundert, die sich Professor Keyne mit ihrer Angst und ihrer Wut entgegenstellten. Doch es hatte nichts genützt. Callum spürte eine schwere, warme Hand auf seiner Schulter und sah auf. „Hast du schon was gegessen?", fragte

Simon und ließ sich neben Callum nieder. Der schüttelte den Kopf. „Ist mir nicht nach." Simon nickte verständnisvoll. „Sie haben jetzt von allen die Personalien aufgenommen, drei von den vorläufig Verhafteten sind wieder da. Zwei fehlen noch." Callums Blick lag immer noch auf Stonehenge und es schien, als würde er überhaupt nicht zuhören. Doch in seinem Kopf arbeitete es. „Ich hab' zum zweiten Mal einen Protegé verloren", sagte er nachdenklich, dann senkte er den Blick, riss ein paar Grashalme aus und zerdrückte sie in seiner Hand. Der flüchtige Duft von nassem Gras stieg auf. „Hast du nicht", warf Simon trotzig ein. „Sie taucht auf. Sie ist irgendwo. Sie kommt wieder. Ganz bestimmt."

Callum wandte den Blick zu Simon. Dieser Mann schien einen unerschütterlichen Glauben in ihre Sache zu haben. Callum war sich nicht mehr so sicher, über das, was er fühlte, wusste oder glaubte zu wissen. Er liebte Charlotte, nicht nur, weil er ihr Beschützer war. Er liebte dieses Mädchen, das innerlich so zerrissen war. „Was werden wir jetzt tun?", fragte Callum leise. Simon sah in die Ferne. Sein Blick verschwamm und Callum wusste, dass er nach Charlotte suchte. Der blonde Riese räusperte sich. „Sue hat die Führung erst einmal übernommen, was Rose nicht passt, aber sie fügt sich", sagte er.

„Und was heißt das?", hakte Callum nach. Simon antwortete nicht sofort, stützte sich ab und stand auf. Während er sich das Gras von den Hosenbeinen klopfte, blickte er auf Callum, der immer noch in Richtung Stonehenge stierte. „Wir packen ein. Alle. Die, die ihre Kinder bei ihren Familien gelassen haben, holen sie nach. Wir ziehen um, Callum. Wir werden eine eigene Enklave sein. Ein Dorf der *arwydd*. Autark, fern von allem. Wir werden das sein, wozu wir bestimmt sind. Wir sind die *sacro* und wir werden genauso leben."

„Das klingt trotzig." Callum erhob sich nun ebenfalls. Mit einem letzten Blick auf die Steine wandte er sich ab. „Lass uns trotzig sein", sagte er zu Simon, legte ihm eine Hand auf die Schulter und lächelte dabei traurig. „Für Charlotte."

„Für Charlotte", bestätigte Simon. „Für unsere *anu*."

Liebe Leser

Die Geschichte um Charlotte ist noch nicht zu Ende erzählt. Sie hätten nach dem Lesen dieses Romans vielleicht mit einem Happy-End gerechnet, doch die Vorsehung hat anders entschieden.

Ich wollte Sie - als meine Leser über mehrere Bücher - mindestens noch eines - hinweg unterhalten. Das vorliegende Buch ist somit der erste Teil der „Charlotte-Heynes-Saga".

Wenn Sie mehr von ihr, Callum, Sue und Tyler, den *arwydd* lesen möchten, dann freue ich mich über Ihre Rückmeldungen.

Wenn Sie wissen möchten, wie es weitergeht, dann bitte ich - ganz profan - um ihre Meinung.

Ihre Kay Jones

Die Autorin:

Kay Jones ist das Pseudonym der Autorin Klarissa Klein für das mystische im Leben.
Bereits erschienen: